화장실 벽에 쓴 낙서

옮긴이 이민희
언어의 조각들을 오래도록 매만지고 싶어 번역의 세계에 뛰어들었다.
낯선 이야기 속을 극도로 천천히 헤엄치는 순간을 가장 사랑한다.
《드라이》《하늘은 어디에나 있어》《우리가 함께 달릴 때》《내가 지워진 날》
《슬프니까 멋지게, 애나 언니로부터》를 우리말로 옮겼다.

화장실 벽에 쓴 낙서

줄리아 월튼 · 이민희 옮김

양철북

내가 길을 잃지 않도록 손을 잡아 준
더기에게

1

최초 복용량: 0.5mg. 애덤 페트라젤리, 16세, 토자프렉스 임상 시험 대상. 상담 시 언어 소통을 거부하며 폐쇄적 태도로 일관. 신약 임상 과정에서 상담 치료에만 거부감을 드러내는 것으로 보아 예상 가능한 반응.

2012년 8월 15일

첫 담당의가 말하길 저처럼 어린 나이에 그런 증상이 나타나는 경우는 드물다더라고요. 조현병은 빨라도 20대 초반에 발병하는 게 보통이라면서요. 그때 생각했죠. 와, 존나 대박. **내가 보통 놈이 아니라니.**

아, 여기다가 욕 쓰면 안 되나?

제기랄.

하지만 박사님이 그랬잖아요. 이 기록이 외부로 새어 나가 저한테 불리하게 쓰일 일은 절대 없을 거라고. 그렇다면 제가 편한 언어를 사용하면 안 될 이유도 없겠죠. 꼭 문법을 지키지 않아도 상관없을 테고요. 박사님 말마따나 이 기록장이 '감정을 표출할 수 있는 안전한 공간'이라면, 그냥 제 마음 가는 대로 써도 되겠죠.

박사님 질문에 대답은 하겠지만 상담 시간에는 안 하고 여기에다 할게요. 제출하기 전에 제가 뭐라고 썼는지 한번 훑어보고 적당히 편집할 수 있게요. 괜한 얘길 했다가 신약 임상 과정에서 중도에 탈락하고 싶지는 않거든요.

저는 원래 남에게 속 얘기를 잘 안 하는 편이에요. 말은 내뱉고 나면 다시 삼킬 수 없으니 되도록 안 하는 편이 낫죠. 그러니까 그 점은 박사님이 감수하셔야 해요.

제 병에 대해 궁금한 게 많으실 테죠. 누구든 제 병을 알게 되면 그 얘기밖에 안 하거든요. 그러니 엄마랑 새아빠가 박사님을 택한 이유도 짐작하실 거예요. 경험이 아주 풍부하시다면서요.

인정할게요. 상담 시간에 꽤 노련하게 대처하시던데. 몇 분이 지나도 제가 입을 열지 않으니까 연습장을 주면서 정 말하기 싫다면 상담 시간이 끝난 뒤에 글로 써 달라고 하셨죠. 제가 말을 안 하는 건 낫기 싫어서가 아니라, 거기 앉아 있는 상황이 싫어서예요. 더 정확히 말하면, 그 상황이 현실이 아니었으면 해서요. 제가 일부러 무언가를 무시할 때처럼 그 상황도 무시하고 싶은 거죠. 아예 눈에 안 보이는 것처럼. 어차피 상담을 받는다고 해서 나아지지 않으리라는 걸 잘 아니까요. 약이면 몰라도.

처음으로 뭔가 이상하다는 걸 눈치챈 게 언제였는지 물으셨죠? 어떤 변화라든지.

처음엔 안경 때문인 줄 알았어요. 아니, 근시경이라고 할게요. 그 표현이 더 마음에 들거든요.

열두 살 때쯤 제가 하도 눈을 찌푸리고 다니니까 보다 못한 엄마가 안과에 데려갔죠. 렁 선생님은 제가 유일하게 좋아하는 의사 선생님이에요. 아주 간단한 해결책을 제시해 주셨거든요. 근시경.

문제 해결. 제가 잘 보인다고 하니 엄마도 만족했죠.

하지만 제가 남들이 못 보는 걸 본다는 사실을 깨달은 것도 그 무렵이었어요. 그것들을 더 잘 보려고 고개를 틀거나 눈을 찡그리는 사람은 저뿐이었죠. 다들 창문으로 날아들어 온 새나 응접실에 불쑥 나타난 낯선 사람들에게는 눈길도 안 주고 **저만** 이상하게 보더라고요. 그래서 더는 근시경을 쓰지 않고 엄마한테는 잃어버렸다고 둘러댔죠. 한동안은 멀쩡한 척하며 그럭저럭 넘어갔는데 결국 티가 났는지 엄마가 몇 개씩이나 사다 주더라고요. 망한 거죠.

엄마한테는 제가 헛것을 본다는 사실을 꽤 오래 숨겨 왔어요. 엄마는 재혼한 지 얼마 안 되었고 새아빠와 행복해했으니까요. 마침내 말했을 때는 선택의 여지가 없었어요. 어느 날 교장 선생님 전화를 받은 엄마가 통화를 마치고 저를 낯선 눈으로 바라보더군요.

"브리제노 선생님 말씀이, 네가 과학실에서 천장을 향해 괴성을 지르다가 쓰러졌다던데."

그때 엄마가 어찌나 차분하던지요. 뭔가를 추궁할 때처럼 목소리를 쫙 깔고 묻더라고요.

"뭘 보고 그랬어?"

곧바로 대답하지는 않았어요. 근시경을 벗고 눈앞에 엄마가 안 보이는 척했죠. 마치 엄마가 질문을 마치고 홀연히 사라졌다는 듯이. 저 그런 척 잘하거든요. 그런데 그날은 쉽지 않더라고요. 엄마는 그 자리에 우뚝 서서 제 대답을 기다렸어요.

"박쥐. 크고 시커먼 박쥐들."

저는 발끝을 내려다보고 중얼거렸어요.

그 박쥐들이 보통 박쥐보다 두 배는 크고 인간의 눈을 했으며 송곳 같은 이빨이 달려 있었다고는 말하지 않았죠.

엄마가 우는 모습을 보니 차라리 박쥐들이 진짜였으면 싶더라고요. 제가 과학실에서 그 소름 끼치는 짐승들에게 잡아먹혔다면 그 순간 엄마가 절 바라보는 눈빛을 마주할 일도 없었겠죠. 미친놈을 보는 눈빛.

저도 정말 미치고 싶지 않았어요. 누군들 안 그럴까 싶지만, 실제로 머릿속에서 무슨 일이 벌어지고 있는지 알고 나니까 내가 진짜로 미쳤고 그걸 내 가족이 안다는 사실을 받아들이기가 쉽지 않더라고요.

새아빠 폴은 좋은 사람이에요. 엄마한테 잘해 주거든요. 결혼 전에 연애 기간도 꽤 길었고 저랑도 친해지려고 나름 애썼어요. 가끔 학교생활을 물어보거나 하면서요. 변호사라서 물질적으로도 엄마에게 많은 걸 줄 수 있는 사람이에요. 오래전 아빠가 떠난 뒤로 엄마 혼자 고생이 많았거든요.

제 **병**을 알게 된 뒤로 좀 서먹해지긴 했죠. 이제 폴은 제 앞에서 어찌할 바를 몰라요. 나란히 앉아 텔레비전을 볼 때 제 옆에서 긴장하는 게 느껴지죠. 갑자기 날 두려워하는 다 큰 어른과 앉아 있는 느낌이 참 묘하더군요. 헛것을 보는 것과 별개로요. 예전에는 그런 느낌을 받아 본 적 없거든요. 아무래도 마음이 안 좋더라고요.

제가 두려워하는 게 뭐냐고 물으셨죠? 그 질문은 일단 패스할게요. 조만간 알게 되실 거예요.

그나마 다행인 점은 폴이 엄마를 진심으로 사랑한다는 거예요. 그리고 엄마가 절 사랑하니 폴도 저에게 잘해 주려고 노력하고요. 다른 학교로 전학 가는 게 어떠냐고 제안한 사람도 폴이었어요. 덕분에 제가 비정상인 걸 전교생이 다 아는 학교로 돌아갈 필요가 없었죠.

2주 후에 저는 세인트 애거사에서 11학년을 시작할 예정이에요. 12년제 사립 학교죠. 엄마와 폴이 미리 학교 측에 제 '상태'를 알렸어요. 가톨릭계라 제 입학을 거부할 수는 없을 거예요. 위선을 떨고 싶지 않다면요. 예수가 병든 이를 외면할 리 없잖아요.

게다가 폴은 교직원들에게 제 병에 대해 발설하지 말라고 못 박아 두었어요. 만약 어긴다면 변호사로서 **법적** 책임을 묻겠다면서요. 저야 고마운 일이죠.

11학년을 새 학교에서 시작하기란 쉽지 않을 거예요. 게다가 제가 보지 말아야 할 것들을 본다는 사실을 들킨다면, 친구 사귀기는 물 건너갔다고 봐야죠.

2

복용량: 0.5mg. 지난주와 동일. 여전히 대화 거부.

8월 22일

진단을 받자마자 저는 제 병에 관해 전문가가 되었어요. 누가 물어보면 모든 치료제와 최신 연구, 양성과 음성 증상의 차이까지 줄줄 읊을 수 있죠. 여기서 '양성'이나 '음성'은 좋고 나쁨을 의미하는 게 아니에요. 기본적으로 둘 다 엿 같거든요.

'양성'은 장애로 인한 **현상**을 말해요. 과대망상처럼요.

'음성'은 장애로 인한 **결여**를 일컫죠. 이를테면 창의력 부족이나 의욕 부진 따위요.

뭐가 걸릴지는 몰라요. 어떤 이들은 환시를, 어떤 이들은 환청을 겪죠. 또 어떤 이들은 망상에 그치기도 하고요. 엄마가 저더러 부작용을 줄여 주는 약물이 비약적으로 발전했다는 사실도 박사님께 언급하라고 하더군요. 엄마는 항상 컵에 물이 반이나 있다고 보는 쪽이죠.

남들이 보지 못하는 걸 보고 듣지 못하는 걸 듣는 현상은 '해리 포터' 시리즈에도 나오죠.《해리 포터와 비밀의 방》에서 해리가 벽을 통해 목소리를 듣잖아요. 그런 걸 혼자만 알고 있으면 왠지 선택받은 존재처럼 느껴지죠. 호그와트한 테서 편지가 날아오길 기다리는 느낌이랄까요. 어쩌면 깊은 뜻이 있을지도 모른다고 생각하면서.

그런데 론이 초를 치죠. "남들이 못 듣는 소리를 듣는 건 마법 세계에서도 별로 좋은 징조가 아니야"라고요. 어쨌거나 해리는 멀쩡히 살아남아요. 아무도 해리에게 상담 치료를 권하거나 약을 주지 않죠. 해리는 그저 자기가 듣고 본 모든 것들이 현실이 된 세상에 살게 돼요. 운도 좋은 놈.

그래도 약만큼은 도저히 불평할 수 없네요. 신약을 먹고부터 벌써 차도가 보이거든요. 한동안 정량을 복용하며 지켜봐야 효과를 제대로 알겠지만요. 아직 적응기라는 건 알고 계시죠? 박사님이 저한테서 어떤 문제를 발견해 임상 연구진에게 보고하는 거, 그게 제가 일주일에 한 번씩 박사님 방에 앉아 있어야 하는 이유 중 하나잖아요.

신약에 대해 아는 걸 전부 말해 달라고 하셨죠. 이미 알고 계시겠지만 답해 드리죠. 약의 명칭은 토자프렉스. 라벨에 따르면 백혈구 수 감소(신체의 질병 퇴치 능력 저해), 발작, 심각한 저혈압, 어지럼증, 호흡 곤란, 심한 두통 등을 유발할 수 있다고 하네요.

제 담당의가 엄마에게 심각한 부작용은 정말 드물다면서 걱정하지 않아도 된다고 하더라고요. 하하. 그럼요, 걱정은 무슨.

몇몇 부작용을 겪긴 했어요. 주로 두통. 뭔가가 제 뇌에 둥지를 틀고 신경줄을 툭툭 건드리다가 시들해지면 이내 물러가죠. 약을 먹으면 머릿속에서 벌어지는 일들에 일일이 반응하지 않게 돼서 좋아요. 하지만 그렇다고 환영이 사라지는 건 아니에요. 보지 말아야 할 것들이 여전히 보이죠. 차이가 있다면 이제 보지 말아야 한다는 걸 제가 인식한다는 점이에요.

무엇을 보냐고요? 음, 누구를 보는지부터 말하죠. 레베카. 몇 년이 지나도 외형이 변하지 않아서 진짜가 아니란 걸 알아요. 미인이고 아마존(고대 그리스 신화에 나오는 여자 전사 부족: 옮긴이)처럼 키가 무척 커요. 파랗고 커다란 눈에 긴 머리를 허리까지 늘어뜨린 여자예요. 상냥하지만 말은 한마디도 안 해요. 완전 무해하죠. 딱 한 번 우는 모습을 봤어요. 엄마가 제 비밀을 알게 되었을 때요. 그때까지도 저는 레베카가 진짜인 줄 알았어요. 왜 우나 했는데 제가 울어서 따라 우는 거였죠.

미리 대답하자면 아니요, 레베카만 보이는 건 아니에요. 하지만 나머지는 별로 얘기하고 싶지 않아요. 왠지 떠올릴수록 자주 나타나는 것 같아서요. 그들은…… 늘 망치거든요. 꼭 제 마음이 평온해질 때만을 기다렸다는 듯이요.

환시나 환청은 대개 사소하게 시작해요. 시야 한 귀퉁이에서 뭔가가 꿈틀댄다거나, 귀에 익은 목소리가 들리기 시작해서 몇 시간 동안 머무르죠. 때로는 누가 숨어서 지켜보고 있다는 느낌이 드는데, 그럴 리 없단 거 저도 알아요. 대체 누가, 왜 그러겠어요? 그래도 저는 꼬박꼬박 블라인드를 쳐 둬요. 왜 그러는지는 저도 몰라요. 프라이버시를 지켜 내려는 본능일까요? 부디 단 한 번이라도, 제대로 혼자 있고 싶어요.

한 달 전, 그러니까 토자프렉스를 복용하기 전까지는 언제 통제 불능 상태가 될지 몰라서 내내 두려웠어요. 제가 보는 건 다 진짜 같거든요. 일단 환각이 시작되면 스위치를 끌수가 없죠. 그 안에서 몇 시간 내내 허우적댈 수도 있고요.

이제는 뭔가 이상한 게 보이기 시작하면 적어도 그걸 영화처럼 볼 수 있게 되었어요. 끝내주는 컴퓨터 그래픽처럼요. 가끔은 정말로 아름다울 때도 있죠. 풀밭 전체가 나비 떼로 변하는 광경을 바라볼 수도 있어요. 때로는 어떤 감미로운 목소리에 취해 잠이 들기도 하고요. 이제 그런 것들이 현실이 아니라는 걸 확실히 자각하게 되니까 예전만큼 두렵진 않아요.

새 학교에 가는 게 긴장되지 않냐고요? 아니요.

얼마 전에 새 교복을 샀어요. 흰 폴로셔츠, 학교 휘장이 수놓인 붉은 스웨터 조끼, 그리고 허리에서부터 코끼리 피부처럼 펑퍼짐하게 늘어지는 짙은 남색 반바지가 한 세트죠. 수업에 필요한 책도 이미 다 읽었으니 준비는 얼추 된 것 같아요.

그나저나 그거 아세요? 전 솔직히 박사님이 어떻게 거기 앉아서 제 기록을 소리 내어 읽고 한 시간 내내 혼자 질문할 수 있는지 모르겠어요. 이상해요. 비정상인 제가 봐도 좀 이상하다고요.

3

복용량: 0.5mg. 지난주와 동일. 여전히 대화 거부.
새 학교 시작. 새로운 환경에 자극을 받아 상담에 진전을
보이길 기대함.

8월 29일

노동절(미국의 노동절은 9월 첫째 월요일이며 공휴일이다: 옮긴
이)도 안 돼서 개학하는 건 엿 같은 일이에요. 진심으로 개
같죠. 새 학기 첫 주는 이러나저러나 최악이긴 하지만요. 게
다가 그 첫 주가 아직 끝나지도 않았네요.

저는 운전면허증이 없고, 조만간 딸 생각도 없어요. 신
경 쓰고 책임질 거리가 하나 더 늘어나는 셈인데 그만한 가
치는 없거든요.

이전 학교도 걸어서 다녔는데, 엄마가 세인트 애거사에
서 첫날이니까 태워다 주겠다고 고집을 부렸어요. 그런데 운
전이 좀 거칠더라고요. 태연한 척하고 싶었던 거 같은데 너

무 긴장해서 예민한 티가 났죠. 하지만 막상 학교 앞에 도착해서는 그저 웃으며 좋은 하루 보내라고만 했어요. 뺨에 입 맞추고 싶어 하는 눈치였지만, 제가 여덟 살 때 남들 보는 앞에서 그러지 말라고 화를 낸 뒤로는 자제하더라고요. 그때 좀 참을 걸 그랬어요.

저는 말없이 가방을 들고 차에서 내렸어요. 원래 걱정 말라는 듯이 씩 웃으려고 했는데 내리면서 깜빡했죠. 아마 엄마는 제가 긴장했다고 생각했을 거예요. 아닌데.

등교 첫날이 어땠는지 궁금해하셨죠. 얘기해 볼까요?

이전 학교와 다른 점이 있냐는 질문에 답하자면, 음, 아니요, 교복 말고는 딱히. 거기나 여기나 다들 침울해 보이기는 마찬가지더군요. 잠에서 덜 깬 얼굴마다 '아이고, 내 팔자야'라고 쓰여 있던데요. 그 점에서만큼은 동질감이 느껴지더라고요.

사물함을 찾아 짐을 넣은 뒤, 첫 임무는 등교 도우미 이안 스톤을 만나는 일이었어요. 보아하니 전학생은 등교 첫날 학교를 안내하고 수업에 데려다주는 도우미를 한 명씩 배정받는 모양이었어요. 이안 스톤은 행정실 앞에서 저를 기다리고 있었는데, 보자마자 얼간이인 걸 알았죠. 머리 스타일이나 악수하면서 상대를 위아래로 훑어보는 방식, 껌을 짝짝 씹는 태도뿐만 아니라 그냥 녀석을 둘러싼 공기가 그랬어요. 필요 이상 많은 공간을 차지하는 느낌. 녀석은 입꼬리로만 웃으며 주위를 쓱 둘러보았죠.

사람을 파악할 때 시간을 두고 지켜봐야 하는 유형이 있는가 하면 녀석처럼 한눈에 읽히는 유형도 있어요. 녀석은 정보 수집가형이었죠. 접수처에 있는 나이 지긋한 여자에게 다가가는 걸 지켜봤어요. 자녀 안부를 물으며 카운터에 놓인 병에서 사탕을 한 줌 꺼내 자연스럽게 주머니에 집어넣는 걸 보니 알겠더라고요. 여자가 웃으며 대꾸했는데, 녀석은 돌아서면서 카운터 밑에 씹던 껌을 붙이더군요.

녀석은 저를 현관 밖으로 데리고 나갔어요.

"체육복 받고 생물학 수업 들어가면 되지?"

저는 고개를 끄덕였어요. 녀석의 걸음걸이에는 뭔가 단련된 나태함이 흐르더라고요. 빠르게 움직이되 딱히 서두르지는 않는 느낌. 녀석은 앞장서 걸으며 몇몇 부속 건물을 짚어 주고 체육부 사무실을 가리켰어요.

"난 밖에서 기다리고 있을게."

하지만 체육복을 받아 밖으로 나왔을 때 녀석은 없었어요. 딱히 당황스럽지는 않았죠. 이전 학교에서 제가 찌질이였다거나 그런 건 아니지만, 이 녀석은 처음부터 저를 따돌릴 기회만 노리는 것처럼 보였거든요. 굳이 짐작하자면 제가 쉽게 조종할 수 없는 유형 같아서 실망한 듯했어요.

어디로 갈지 몰라 헤매다가 아직 수업 종이 울리지 않았으니 건물 안내도라도 얻으러 행정실로 돌아가려던 참이었어요. 왼쪽 교실에서 한 여자애가 출석부를 들고나오다 저를 보고 고개를 갸웃하더라고요.

"혹시 길 잃었어?"

그 애가 물었어요.

"아마도."

대답하면서 보니 체구가 작고 아주 예쁘장한 애였어요. 왠지 성난 벌새가 떠오르는 인상이었죠. 짧은 보폭으로 빠르게, 군더더기 없이 걷는데 어딘가 우아해 보였어요.

"등교 도우미 없어?"

그 애가 안경을 고쳐 쓰면서 물었어요.

"있었어. 이안 스톤. 그런데──"

"튀었구나."

그 애가 안 봐도 뻔하다는 듯이 고개를 끄덕이고는 이어서 말했어요.

"걔 원래 그래. 첫 수업이 뭐야?"

"생물학."

"이쪽이야."

그 애는 안뜰을 가로질러 계단을 올라갔어요. 저는 백팩에 체육복을 쑤셔 넣고 뒤따라갔죠.

"그래서, 걔는 왜 그러는데?"

그 애는 별 한심한 질문을 들었다는 듯이 절 쳐다봤어요.

"걔네 가족이 학교에 거액의 기부금을 내거든. 걔 형들도 다 이 학교 나왔어."

"그럼 대대로 얼간이인가 봐?"

제 말에 그 애 얼굴에 웃음이 스쳤어요.

"아마도. 그리고 그냥 타고나길 재수 없는 인간들도 있잖아."

"이유 없이 그러지는 않겠지."

제가 나지막하게 중얼거렸어요.

"인간들은 대부분 밥맛이야."

그 애가 제 말을 들었는지 툭 대꾸했어요. 그러고는 여기야, 하며 턱짓으로 앞쪽 과학실을 가리키더니, 제가 고맙다고 인사하거나 이름을 묻기도 전에 휙 가 버렸어요.

다행히 지각하지는 않아서 자연스럽게 자리에 앉을 수 있었어요. 옆자리에는 무릎까지 오는 흰 양말을 신은 아주 창백한 남자애가 있었는데 지나치게 깔끔한 인상이었죠. 가만 보니 옷, 피부, 손톱까지 전부 새하얗더라고요. 마치 표백제에 담겼다 나온 사람처럼요. 그 애는 곧바로 자신을 드와이트 올버먼이라고 소개했어요.

이름을 듣자마자 다른 이름은 상상도 못 하겠더라고요. 아마 낯선 사람이 갓 태어난 그 애를 봤더라도 똑같은 이름을 지어 줬을 거예요. 애덤도 딱히 세련된 이름은 아니지만, 드와이트라는 이름을 갖고 또 그 이름이 더없이 잘 어울린다는 것은…… 비극이죠. 저라면 차라리 중간 이름을 쓰겠어요. 그게 클레터스 같은 것만 아니라면요.

감사하게도 담당 수녀는 출석을 부를 때 저더러 일어나서 자기소개 하라고 시키지 않았어요. 제 이름이 불릴 때 애들이 잠깐 돌아본 게 다였죠. 두 명씩 짝을 지어 교과서 첫 장의 요점을 정리하는 수업이었어요.

드와이트가 과학실 파트너였는데, 저한테 좋은 인상을 주려고 애쓰는 기색이 역력했어요. 왠지 해맑은 골든 레트리버가 연상되었죠. 알고 보니 그 애는 저랑 수업이 거의 다 겹치더라고요. 그리고 입을, 절대, 안 다물었어요. 연달아 수업 세 개를 같이 이동했는데, 그때마다 제가 아무리 대강 고개만 끄덕이거나 단답형으로 대답해도 끄떡없이 대화를 이어나갔죠. 얼마 안 가 백색 소음처럼 느껴지더군요.

어쨌든, 박사님 질문에 대답하자면, 네, 새로운 장소는 부담스러워요. 참고할 만한 기준이 없으니까요. 노란 원피스를 입은 여자가 종이 뭉치를 안고 차로 걸어가는 모습은 얼핏 지극히 평범해 보이죠. 하지만 그 종이들이 품에서 빠져나와 주위를 비둘기 떼처럼 맴돈다면? 아마 현실인 게 이상하겠죠.

어딜 가나 수녀와 십자가가 있다는 점은 확실히 이전 학교와 달라요. 그리고 자꾸 엉덩이가 교복 반바지를 먹는다는 점만 빼면, 네, 꽤 무난한 첫 이틀을 보냈어요. 청바지를 입고 학교에 다니던 시절이 벌써 그립네요. 은밀한 골짜기에서 속옷을 발굴하려면 교묘한 손기술이 필요한데, 남들 눈을 피해 작업하기란 쉬운 일이 아니거든요. 다행히 다들 자기 골짜기에서 속옷을 빼내느라 바빠서 적당히 눈감아 주는 것 같지만.

첫 수업들은 알맹이가 하나도 없었어요. 첫 주 동안 별것도 안 할 거면서 왜 쓸데없이 우리를 앉혀 놓는 걸까요? 저는 교사들이 필요할 때만 연락해서 시간 낭비를 줄여 줬으면 좋겠어요. '도서관과 친해지기' 같은 헛짓거리는 왜 하는지 모르겠어요.

체육 수업은 예외였어요. 이번 주 내내 마지막에서 두 번째 교시던데, 러서트 코치가 첫날부터 오래달리기를 시켰거든요. 저는 딱히 체력이 부실한 편은 아니지만 평소에 안 하던 달리기를 하려니 죽을 맛이더라고요. 그 와중에 드와이트가 계속 말을 걸었어요. 짜증이 나면서도 약간 감탄했죠. 그렇게 쉬지 않고 떠드는 사람은 처음 봤거든요.

"너 운동하는 거 있어? 농구?"

드와이트가 물었어요. 그렇게 짐작할 만하죠. 제가 또래보다 머리 하나는 더 크니까. 복도를 걷다 보면 과장을 조금 보태 소인국에 도착한 걸리버처럼 느껴져요.

"아니."

"가톨릭 학교는 여기가 처음이야?"

"어."

"전에 학교가 그리워?"

"아니."

재수 없게 굴려는 의도는 없었어요. 달리다가 토하고 싶지는 않으니 단답형 대답이 최선이었죠. 이미 두 명이 트랙 가장자리에다 토를 쏟았는데 한 남자애가 한눈팔고 달리다가 밟는 바람에 미끄러져 뒤로 자빠졌거든요. 어떤 여자애가 그 광경을 찍었다가 핸드폰을 압수당했고요. 다들 여름 방학 내내 몸을 움직이지 않은 대가를 톡톡히 치르고 있었어요.

사실 드와이트하고 나란히 달리는 건 썩 나쁘지 않았어요. 자꾸 말을 걸어서 주의를 분산해 준 덕분에 달리는 내내 덜 고통스러웠거든요. 그만큼 달리기가 끔찍했죠. 달리기만 아니면 뭐든 할 수 있을 것 같더라고요. 첫 교시 전에 저를 구해 준 여자애는 이미 우리보다 한 바퀴 앞서 제 몫을 끝냈어요. 달리는 모습이 아주 인상적이었어요. 짧은 다리로 트랙을 거의 날아다녔죠. 그 애가 사라지기 직전에 드와이트가 이름을 알려 줬어요. 마야.

짧고 예쁜 이름이었죠. 그 애처럼.

저는 10분 30초 만에 1.5킬로미터를 완주했어요. 다행히 꼴찌도 아니었고 오줌을 지리지도 않았죠. 그래도 코치는 실망한 눈치였어요. 그렇다고 제가 신경이나 썼을까요? 엿이나 먹으라죠. 우리가 달리는 동안 코치가 한 일은 뭣도 없는

데, 실망하든 말든 제가 알 게 뭐예요?

앞서 얘기했듯이, 전 이 학교 애들이 크게 다르다는 생각은 안 해요. 좀 더 부유한 정도? 물론 다들 교복 차림이니 명품 옷으로 판단하기는 어렵지만 다른 것들을 보면 알 수 있죠. 고가의 명품 시계나 유명 브랜드 백팩. 심지어 머리 스타일까지 돈을 바른 티가 나더군요.

여자애들 쪽은 좀 까다로워요. 구두 브랜드를 잘 안다면 모를까, 저 같은 경우는 그저 후각으로 느낄 뿐이죠. 온갖 과일 향부터 고급 스파 숍에서 맡을 수 있는 향까지 향수 냄새가 진동을 하거든요. 누구 하나 아껴 쓰는 사람이 없죠. 가끔은 유독 가스 속을 걷는 느낌마저 들어요. 오히려 공기를 정화하기 위해 방귀를 뀌고 싶을 지경이랄까.

또 하나 다른 점이 있다면 다들 서로 아는 사이라는 거예요. 심지어 부모끼리도 잘 아는 모양이고요. 부모라고 해도 실제로는 엄마들뿐이지만요. 다들 가정주부라서 그런지 어울릴 시간이 많은가 봐요. 자식들을 줄줄이 같은 학교에 보내면서 몇 년 동안 축구 응원석과 연극 관람석에서 부대꼈겠죠. 애나 어른이나 서로 모르는 사람이 없어요. 그게 제 눈에는 좀 낯설더라고요. 이전 학교 학부모들은 아침마다 애들을 집에서 몰아내고 각자 출근하느라 바빠 남의 집 사정에는 관심이 없었거든요.

아, 그리고 이 학교는 수업마다 자리가 지정돼 있어요.

좀 웃기더라고요. 이전 학교에서는 그냥 아무 데나 앉았거든요. 고등학생쯤 되면 어느 정도 자율성을 주기 마련인데 이 학교는 교칙이 엄한 편이더군요. 그럴 만하다는 생각이 드는 게, 의외로 반항하기 좋아하는 애들이 많아요. 화장을 지우고 더 긴 치마로 갈아입으라고 쫓겨난 여자애만 벌써 두 명 봤어요. 공교롭게도 둘 다 이름이 메리(성모 마리아에서 유래했다: 옮긴이)였어요.

첫날 마지막 수업 전에 이안을 다시 봤어요. 남자애들 무리와 걸어가고 있더라고요. 꼭 교복 때문이 아니라 다들 비슷하게 생겼더군요. 아니, 풍기는 분위기가 닮았달까. 수업 종이 울리자 각자 수업을 하러 흩어졌는데, 이안은 복도에서 조잘대는 여자애들 뒤에서 여전히 느릿느릿 걷더라고요. 표정이 왠지 불길했죠. 여자애들 가운데 붉은 머리를 높이 올려 묶은 열두 살쯤 되는 애가 있었는데, 반쯤 열린 책가방 사이로 보라색 공책이 보였어요.

이안이 그 공책을 슬쩍 빼내 근처 쓰레기통에 던져 넣고 만족스러운 표정으로 복도 모퉁이를 도는 걸 본 사람은 저뿐이었어요. 웃는 것도 아니고 어딘가 상쾌한 표정이었죠. 그 여자애는 무슨 일이 있었는지 전혀 모르는 채로 걸어갔고요. 그래서 저는 쓰레기통에서 그 공책을 꺼내 여자애한테 달려가 건네줬어요.

"이거 떨어뜨렸어."

"아, 고마워! 방학 숙제인데, 큰일 날 뻔했다."

여자애가 안도한 얼굴로 환히 웃었어요.

어느새 복도는 텅 비었고, 서둘러 사물함으로 돌아가려고 발걸음을 돌린 순간, 이안과 눈이 마주쳤어요. 녀석은 처음부터 제가 자기를 본 걸 알았고, 제가 쓰레기통에서 공책을 꺼내 주인에게 돌려주는 걸 지켜본 거예요. 눈빛을 보니 제 행동에 열이 받은 게 분명한데 얼굴은 무표정하더라고요. 저는 그 순간 개가 어떤 정보를 수집했는지 궁금했어요. 저 놈이 날 어떻게 생각할까?

판단을 돕기 위해, 저는 가운뎃손가락을 들어 보였어요.

녀석은 씩 웃더니 이번에는 정말로 가 버렸어요. 왜 일부러 그렇게까지 치졸한 짓을 할까 궁금하더라고요. 그냥 제가 어떻게 반응하나 보려고 한 것 같았어요.

이안 스톤 말고 불친절하게 구는 사람은 아무도 없었지만 그 재수 없는 낯짝이 한 번씩 눈에 띄더라고요. 학생 수가 많지 않은 데다가 저는 아는 얼굴도 별로 없으니까요. 보통 이럴 때 레베카가 등장하죠. 레베카는 제가 혼자 있는 걸 싫어하거든요. 뭔가 불쾌한 감정이 들려고 할 때 제 주의를 돌릴 정도로만 시야에서 알짱거리죠. 의심이나 두려움이나 짜증 같은 감정. 그럴 때마다 제 근처에서 재주넘기를 하거나 물구나무를 서거나 과일로 저글링을 해요.

레베카는 저한테 저글링을 가르쳐 주기도 했어요. 과연

그게 가능한 일일까요? 진짜가 아닌 사람에게 저글링을 배운다는 게? 유튜브로도 충분히 배울 수 있다고 하면 할 말 없지만, 저는 레베카에게 배운 기억이 나요. 사과가 차례로 손을 떠나는 모습을 관찰하고 그 움직임을 따라 했죠. 레베카는 제가 스스로 할 수 있을 때까지 끈기 있게 반복해서 보여 줬어요. 물론 어디까지나 미친 사람이 하는 얘기니 신빙성은 없지만.

어쨌든, 이번 주 금요일부터 종교 의식을 시작한대요. 네, 그렇다더라고요. 어렸을 때 성당을 다니기도 했고 엄마한테 가톨릭에 대해 대충 들었기 때문에 제가 할 일은 그저 평소처럼 내숭을 떠는 것뿐이라는 걸 잘 알아요. 이제 스스로 단련해서 감정과 별개로 행동하는 건 습관이 되었죠. 눈에 안 보이는 대상을 믿는 게 종교인의 삶이라면 믿지 말아야 할 대상이 눈에 보이는 게 제 삶이죠. 그럴싸한 대칭 아닌가요?

그건 그렇고, 네, 이 약 정말 마음에 들어요. 환각과의 거리감, 이게 제가 필요한 전부거든요. 모든 걸 한발 떨어져서 지켜보는 느낌. 사실 꼭 나쁜 환각만 겪는 것도 아니고요. 어떨 땐 아무렇지도 않아요. 정말로. 모든 환각이 괴롭다는 건 아니에요.

이 시점에서 보고할 만한 환각 증상은 없어요. 자기들이 내킬 때 등장할 거예요. 언제나 그러거든요.

복용량: 1mg. 용량 증가에 따른 반응은 경미함. 주변을 잘 인지하고 있으며 현시점에서 심각한 환각 증세는 나타나지 않는 것으로 보임. 환각과의 정서적 친밀도를 계속 관찰할 것.

9월 5일

신앙이 없다고 해서 딱히 문제가 되지는 않나 봐요. 아무래도 가톨릭은 출석에 의의를 두는 모양이에요. 매일 오전 11시에 종탑에서 종이 울리면 전교생이 일어나서 성 아우구스티누스의 기도문을 암송해야 하죠. 일제히 감정 없는 목소리로.

언젠가 적응이 될지 모르겠네요.

우리 집 냉장고에 붙어 있던 안내서에 따르면 세인트 애거사는 주에서 가장 오래된 사립 학교래요. '총독의 구혼을 거절했다는 이유로 가슴을 잘린' 여자의 이름을 따서 지었다나 봐요. 하여간 가톨릭은 별 희한한 걸 떠받든단 말이죠.

성당 자체는 아름다운 벽돌 외벽과 독특한 4층 종탑 덕분에 〈건축 다이제스트〉지에 자주 등장한대요. 이탈리아에서 가져온 스테인드글라스는 1900년대 초 교황 레오 13세가 죽기 직전에 축성한 것이라는데, 물론 제 출석에 영향을 미치는 사항은 아니죠.

엄마와 폴이 선택할 수 있는 가까운 사립 학교는 여기 말고도 있었어요. 20분 정도 떨어진 남자 고등학교인데, 엄마 생각엔 너무 '남자남자' 했나 봐요. 엄마가 한 말이지 제가 한 말은 아니에요. 같이 학교를 둘러보고 와서는 교복이 너무 군복 같다는 말만 되풀이했죠. 폴은 그저 어깨를 으쓱했어요. 이 사안에서는 엄마 의견을 전적으로 따랐거든요.

웃긴 건 세인트 애거사가 폴의 모교라는 사실이에요. 세다가 저는 종교에 아무런 관심이 없고 엄마는 성당에 갈 바에는 차라리 명상을 하는 사람인데, 엄마가 이 학교를 택한 건 단순히 오래된 벽돌 건물들이 아름다워서였죠. 저는 별다른 의견을 내지 않았어요. 어딜 가든 상관없었으니까요. 저한테는 그냥 있어야 할 장소에 지나지 않거든요.

성당은 흔히 보는 오래된 성당과 다를 바 없더라고요. 반쯤 벗은 천사들. 불편한 나무 의자. 찌든 때를 불사르는 듯한 냄새가 나는 분향. 아, 그리고 수치. 수치심의 구린내가 나요.

수치심 얘기가 나와서 말인데, 분명 진부한 고정관념이지만 가톨릭 학교 여학생의 이미지인 주름치마와 브이넥 조끼에는 뭔가 시선을 잡아끄는 구석이 있어요. 금요일에 복도를 걸어가는데 수녀 둘이서 여자애들을 복도에 세워 놓고 치마가 무릎 위 몇 센티미터인지 자로 재고 있더군요. 이 학교에 들어오기 전까지는 수녀들이 아직도 그런 짓을 하는 줄 몰랐어요. 한참을 쳐다보고 나서야 제가 미사를 위해 성당으로 가는 길이었다는 걸 깨달았죠. 레베카가 저를 따라왔어요. 레베카의 연보라색 드레스가 남색과 붉은색 교복 물결 사이에서 환히 빛났죠.

레베카는 더 이상 제가 말을 안 걸어도 토라지지 않아요. 제가 약을 먹기 시작할 때는 원망하는 기색이 뚜렷했는데, 이제 받아들인 것 같아요. 만약 레베카가 진짜라면 **그쪽이야말로** 한 번도 나한테 말을 건 적 없지 않느냐고 따졌을 텐데, 어차피 제가 이기지도 못할 싸움이잖아요, 안 그래요? 저는 이따금 레베카를 향해 고개를 까딱이거나 눈동자만 굴려서 쳐다봐요. 싹수없게 굴고 싶지는 않거든요.

아무튼, 성당 안으로 들어갈 때 뭔가 축축한 게 목덜미를 툭 치는 느낌이 났어요. 종이를 씹어 뭉친 덩어리였죠. 깜짝 놀라 뒤를 휙 돌아보니 근엄하게 생긴 수녀가 제가 고통스럽게 죽길 바라는 표정으로 눈을 부라렸어요. 그 뒤에서 이안이 남자애 두어 명과 낄낄대더군요. 울컥했지만 잠자코 발걸음을 옮겼어요. 초등학생도 아니고 종이를 씹어 뭉친 걸 날려 사람을 맞히다니. 그 순간 난생처음으로 누군가를 때리고 싶다는 생각이 들었어요. 물론 맞을 만한 놈을요. 개자식에게 주먹을 날려 즉각적인 업보를 선사하는 거죠.

제가 어릴 때 성당 다닌 적 있다고 했죠? 그때 성찬식도 참여할 만큼 했고 가톨릭 십계명도 달달 외웠어요. 엄마가 할머니를 기쁘게 하려고 저를 이용했거든요.

하지만 새로운 장소이다 보니 마음 한구석이 불안했어요. 이제 막 신약 복용량을 늘렸잖아요. 기억하시죠? 어딘가 메모해 두신 것 같던데. 중요한 점이니 꼭 알아 두세요.

어지럽다는 말은 아무한테도 안 했어요. 왜냐고 물으신다면, 제가 학교에서 제대로 말을 섞어 본 유일한 사람이 복사(사제의 미사 집전을 돕는 사람: 옮긴이) 노릇을 하느라 바빴거든요. 성당은 드와이트가 유일하게 입을 다물고 있는 곳이었어요. 옆 사람에게 말을 걸지 않고 가만히 앉아 있는 모습이 퍽 낯설더라고요. 하지만 복사 예복이 하도 우스운 모양새라, 모든 게 끝나기만을 초연히 기다리는 심정도 이해가 갔어요.

아무튼, 겨우 제1 독서 봉독이 끝났어요. 어렸을 때 가톨릭 미사가 얼마나 길었는지 돌이켜 볼 때 앞으로 30분은 더 꼼짝없이 신부의 말에 집중해야 한다는 뜻이었죠. 유독

설교하기 좋아하는 분이라면, 대체로 그렇지만, 그보다 길어질 수도 있고요. 그래서 저는 두 손을 깍지 끼고 눈앞이 빙도는 증상이 가라앉길 기다렸어요.

뭔가에 시선을 고정하려는데, 성당 안이 지루함을 못 참고 꼼지락거리는 교복 무리로 가득했어요. 그래서 제단 위 스테인드글라스 창문을 올려다보았어요. '십자가의 길'을 묘사한 성화였죠.

엄마와 폴과 함께 이 학교를 견학할 때 들은 얘기로는 중등부에서 고등부까지 학년마다 부활절에 〈십자가의 길〉을 공연해야 한다더라고요. 예수로 뽑힌 학생은 가짜 피를 뒤집어쓴 채 합판으로 만든 무거운 십자가를 지고 성당 안을 돌면서 고난의 길을 단계별로 연기하는 거예요.

그 얘기에 심기가 불편해진 건 저뿐이더군요.

어쨌든 스테인드글라스는 꽤 근사했어요. 엄숙하면서도 오싹하달까. 금색과 붉은색이 빛을 받아 반짝일 때 뭔가 마음이 차분해지더라고요. 예수의 얼굴을 덮은 피마저도 유리 안에서는 딱히 거북하지 않았어요. 하지만 곧 이상한 점을 눈치챘어요.

예수의 가슴팍이 오르락내리락하기 시작한 거예요. 저는 애써 시선을 제6처로 돌렸어요. 베로니카라는 여자가 군중 속에서 걸어 나와 죽음으로 향하는 예수의 피와 땀을 닦아 주는 장면이에요. 총 14처에서 제가 제일 좋아하는 대목이고요. 그야 제일 다정한 대목이니까. 하지만 제가 시선을 옮겨 고정한 순간, 베로니카가 숨을 터뜨렸어요. 저한테 얼굴을 돌리자 화려했던 의상이 검게 변했죠. 그리고 천천히, 스테인드글라스의 모든 인물이 저를 향해 고개를 돌렸어요.

뒤이어 천사들도 저를 내려다봤어요. 유리질의 얼굴들은 아침 햇살을 받아 반들거렸고, 날개들은 수상한 바람에 버스럭거렸죠. 저는 눈을 감고 고개를 푹 숙였어요. 옆에 앉은 아이들이 제가 기도 중이라고 생각하길 바라면서. 만약 고개를 들어 유리 속 천사들을 마주 본다면 두 번 다시 시선을 돌리지 못하리란 걸 직감했어요.

그때 등 뒤로 레베카의 시선이 느껴졌어요. 슬쩍 돌아보자 레베카가 웃어 보였어요. 뭔가 잘못되었으나 일을 키우고 싶지 않을 때 짓는 걱정스러운 웃음이었죠. 저는 그 웃음이 진짜가 아니란 걸, 아니, 레베카가 진짜가 아니란 걸 알았지만 그 순간에는 침착하기가 어려웠어요. 그저 성찬식이 주의를 돌려주길 기다렸죠.

성찬을 받으러 일어나지는 않았어요. 그 있잖아요, 예수님의 살이라며 주는 딱딱한 빵. 우습게도 성찬을 안 받는 걸 이상하게 보는 사람들이 아직도 있더군요. 어릴 때 엄마한테 듣기로는 지은 죄가 너무 커서 예수님을 영접할 수 없다고 느끼면 성찬을 받지 않는 거라던데. 하지만 상태가 멀쩡했더라도 저는 애초에 웬 늙은이가 제 입에 음식을 쑤셔 넣는 행위가 달갑지 않아요. 낯선 사람 100명과 포도주를 잔 하나로 나눠 마시는 것도요. 제 눈에는 역겹거든요. 일명 잔 돌리기. 마시고, 닦고, 옆 사람에게 건네는 거예요. 마치 같은 천으로 닦을 때마다 잔이 기적적으로 깨끗해진다는 듯이. 예수의 보혈……과 입가에 수상한 발진이 돋은 여자애의 침.

어느새 레베카는 제 두 줄 앞 끝자리에 앉아 저를 보며 손가락으로 머리카락을 쓸어내리고 있었어요. 못내 걱정스러운 표정으로요. 저는 레베카를 안심시키고 싶었지만 그랬다면 제가 헛소리를 하는 걸 여러 사람이 봤을 거예요. 그렇다 해도, 진짜가 아닌 건 레베카 잘못이 아니죠.

그 대신 저는 어깨를 움츠리고 몇 번인가 심호흡을 했어요. 머리가 핑핑 도는 증상이라도 가라앉히려고요.

"괜찮아?"

옆자리에 앉은 여자애가 속삭였어요. 한 박자 늦게 그 애가 마야란 걸 알아차렸고 또 한 박자 늦게 그냥 두통이라고 대답했어요. 거짓말은 아니었죠. 버릇처럼 하는 말이기도 하고. 그보다 그 애가 처음부터 제 옆에 앉아 있었던 건지, 방금 자리를 옮겨 왔는지 모르겠다는 게 신경 쓰이더라고요.

마야는 군말 없이 자리에서 일어나 열 끝으로 가더니 성당 뒤쪽으로 사라졌어요. 그리고 1분쯤 뒤에 생수병 하나를 들고 와서 저한테 주었고요. 마야가 아스피린을 들고 오지 않아서 다행이었어요. 그랬다면 이미 먹는 약이 있어서 못 먹는다고 설명해야 하니까.

왜냐면 난 헛것을 보고 헛소리를 듣거든.

"마셔. 괜찮아질 수도 있어."

그 애가 속삭였어요.

"고마워. 난 애덤이야."

"난 마야."

그 애는 제단으로 눈길을 돌리며 대답했어요. 드와이트가 이미 알려 줬지만 새로운 정보를 얻은 느낌이었죠. 성이 살바도르인 것도 드와이트한테 들었어요. 아마 필리핀계일 거예요. 저는 곁눈질로 마야를 봤어요. 일자로 곧게 뻗은 갈색 단발머리가 어깨에 닿을 듯 말 듯했어요. 어떻게 열 끝에 앉은 수녀의 분노를 사지 않고 긴 좌석을 지나 성당 밖으로 나갔는지는 모르겠어요. 수녀들은 보통 미사를 방해하는 행위를 곧바로 응징하거든요. 마야는 누가 막기도 전에 신속하게 움직인 것 같았어요. 캐서린 수녀는 마야가 돌아오고 나서야 고개를 끄덕였죠. 저라면 그렇게 쉽게 빠져나가지 못했을 거예요.

마야는 신부의 말에 집중했어요. 눈빛에서 집중력이 느껴졌지만 한 번씩 제 쪽을 흘깃하더라고요.

얼마 지나지 않아 깨달았죠. 제가 괜찮아졌는지 살피고 있다는걸.

저는 멀쩡한 척했어요.

예전 학교에 친구들이 있었어요. 어릴 때부터 같이 자란 애들. 함께 자전거를 타고, 통금 시간 이후에 집에서 몰래 빠져나와 어울렸죠. 하지만 제 병을 알고부터는 다들 절 경계하더라고요. 폴처럼. 그러다 제가 비정상적인 행동으로 학교를 발칵 뒤집고 난 후로는 연락이 뚝 끊겼어요.

마이클과 케빈은 다섯 살 때부터 알고 지냈고 같은 티볼(야구를 변형한 경기로, 투수 없이 T자 모양 막대기 위에 올린 공을 타자가 치고 달리는 방식이다: 옮긴이) 팀 소속이기도 했어요. 그 둘은 적어도 제가 자퇴할 때 "쾌유를 빌어"라고 쓴 카드를 보냈죠. 아마 엄마들이 강요했겠지만. 그 뒤로 아무도 찾아오거나 하지 않았어요. 제 절친이었던 토드는 코빼기도 안 보였고요.

쾌유를 빌어.

마치 푹 자고 일어나면 정상이 될 거라는 듯이.

하지만 제가 두려워서 그랬다는 걸 알고, 이해해요. 걔들한테 화가 난다거나 그런 건 아니에요.

옆에서 마야가 팔꿈치로 제 팔을 쿡 찌르며 저를 쳐다봤어요.

"괜찮아."

저는 작게 말했어요. 마야는 제 얼굴을 뜯어보다가 고개를 돌렸어요. 미심쩍은 표정이었죠.

스테인드글라스 속 천사들은 여전히 저를 지켜보고 있

었지만 딱히 신경이 쓰이지 않았어요.

레베카가 제 앞으로 깡충깡충 뛰어가다가 고개를 돌려 마야를 보고 웃었어요.

미사가 끝난 뒤, 전교생 300명이 잔디 깔린 교정을 가로질러 저마다 수업을 들으러 이동했어요. 제가 들을 수업은 캐서린 수녀가 가르치는 종교 이론이었어요. 유일하게 드와이트와 겹치지 않는 수업이자 마야와 겹치는 수업이죠. 캐서린 수녀는 이 학교에서 가장 젊은 교사이면서도 제가 만난 수녀 중 가장 깐깐해요. 화가 나면 이맛살이 구겨지면서 밝은 금발 눈썹이 거의 사라지죠. 아마 체벌이 허용되었다면 자를 회초리로 썼을 거예요.

"오늘은 여러분이 얼마나 숙제를 잘해 왔는지 확인해 볼 겁니다."

캐서린 수녀는 빨간 기도서를 손에 들고 있었는데, 개학 한 달 전에 우편함에 도착한 것과 같은 것이었어요. 기도문을 전부 읽는 게 여름 방학 숙제 중 하나였죠. 그런데 캐서린 수녀는 입매를 비틀어 불길하게 웃었어요.

"묵주 기도와 성 아우구스티누스의 기도문, 그리고 성모 찬송을 외운 대로 써 보도록 하죠."

교실 전체가 신음을 터뜨렸어요. 숙제 안내문 어디에도 암기하라는 말은 없었으니까요. 마야도 짜증이 났는지 입술을 말아 물고 코를 찡그리더라고요. 아무리 성실한 가톨릭 신자라도 묵주 기도를 암송하는 사람은 없을 텐데, 숙제인 걸 미리 알았다면 마야는 달달 외웠을 거예요. 그냥 그런 성격이란 걸 알 수 있었죠.

"성적에는 반영되지 않을 거예요. 다만 완벽하게 적어 내는 사람에게는 올해 말까지 종교 숙제를 모두 면제해 줄 겁니다. 한 시간 주겠습니다."

캐서린 수녀는 씩 웃었지만 어디 할 테면 해 보라는 느낌이 강했어요.

사실 저는 암기를 잘해요. 제 작은 문제가 빼앗아 가지 못한 능력 중 하나죠. 저와 같은 문제를 지닌 사람들은 대체로 생각을 정리하는 데 어려움을 겪지만 저는 정보를 저장하는 일이 그다지 어렵지 않아요. 여름 방학을 통틀어 기도문 전부를 두뇌 벽에 새기는 데 약 한 시간쯤 걸렸고, 그걸 고스란히 종이에 쏟아 내는 데는 15분도 채 걸리지 않았어요. 제가 가장 먼저 펜을 내려놓자 마야는 제 쪽을 보고 눈을 치켜뜨더니 재빨리 자기 종이로 돌아갔어요. 표정으로 보아 기도문을 읽을 때의 감각을 골똘히 되새기는 것 같더라고요.

저는 기도문에 별로 관심이 없지만 성모 찬송에서 마음에 드는 구절이 있었어요.

가엾이 추방당한 하와의 자손들이 성모님을 우러러 울부짖나이다.

원래는 비참하게 들려야 할 구절이죠. **추방당한 하와의 자손들.**

그런데 왠지 징징대는 것처럼 느껴지더라고요. 아빠한테 혼나고서 엄마한테 달려가는 느낌이랄까.

성모님을 우러러 울부짖나이다.

수업이 끝나자 종이를 내고 복도로 나갔어요. 당분간 종교 숙제는 신경 쓰지 않아도 된다고 생각하니 후련했죠. 저는 마야가 아이들 사이로 빠져나가는 모습을 지켜봤어요. 아무와도 닿지 않으려고 애쓰는 몸짓에 피식 웃음이 나더군요. 어깨 자락에서 찰랑이는 갈색 머리가 꼭 핫초코 같다고 생각하면서, 저도 모르게 꽤 오래 바라본 거 같아요.

일렬로 늘어선 사물함 위에서 레베카가 무릎을 끌어안고 앉아 혼자 웃고 있었어요. 넋이 나간 듯한 표정이 왠지 모르게 거슬리더라고요.

저는 날마다 드와이트하고 점심을 먹어요. 제가 선택한 건 아니지만 내심 그게 드와이트와 어울려서 가장 좋은 점이라고 생각해요. 같이 밥 먹을 사람이 있다는 거요. 혼자 먹거나 꽉 찬 테이블에서 앉을 자리를 찾는 건 꽤나 껄끄러운 일이거든요. 아무도 날 위해 자리를 만들어 주지 않는다고 해서 기분 상할 필요가 없다는 건 잘 알지만, 어김없이 상하게 되죠.

마야는 늘 몇몇 여자애와 함께 카페테리아 안쪽에 앉아요. 금수저 애들이 앉는 중앙 테이블에서 멀찍이 떨어진 곳이죠. 오늘 마야와 눈이 한 번 마주쳤는데 저는 그쪽을 쳐다보고 있지 않았다는 듯이 곧장 시선을 돌렸어요. 아마 티가 났을 거예요.

아무튼, 저는 드와이트와 함께 앉아요. 저도 말을 하긴 하지만 주로 드와이트 얘기를 듣죠. 실은 필요 이상 드와이트에 대해 많이 알게 되었어요. 중학생 때부터 복사였다든가, 아홉 살 때 고모할머니네 농장에서 닭 모가지 자르는 걸 본 뒤로 비건이 되었다든가 하는 것들. 그리고 콜럼버스의 종자(기사의 몸종: 옮긴이)라고 하더라고요. 엄마가 콜럼버스 기사단의 회원인 할아버지를 따라 모임에 참석하게 했대요. 콜럼버스 기사단은 쭈글쭈글한 노인들과 그 아들들로 이루어진 가톨릭 단체인데, 자선기금을 마련하거나 가톨릭 가치에 초점을 맞춘 캠페인을 유도한다더군요. 최대한 아이를 많이 낳는다든지, 사순절 금요일마다 고기를 먹지 않는다든지 하는 것들이요. 듣자 하니 이안을 포함해 이 학교의 많은 남자애가 그 단체 소속 청소년부인 '콜럼버스의 종자들' 회원이더라고요. 드와이트는 비교적 어릴 때 휘말린 모양인데 딱히 벗어나고 싶지는 않은가 봐요.

드와이트는 제가 말을 안 해도 별로 신경을 안 써요. 다행이죠. 특히 제가 헛것을 보지 않으려고 애쓸 때는 더더욱.

이를테면 오늘, 핀 스트라이프 슈트 차림의 마피아 갱단이 카페테리아에 쳐들어왔을 때처럼요. 총성이 요란하게 울려 퍼질 때 눈살을 찌푸리긴 했지만, 약 덕분에 공황 상태에 빠지지는 않았어요.

"어디 불편해?"

드와이트가 물었어요.

"아, 괜찮아. 두통 때문에."

제가 대답했어요.

마지막 갱 단원이 깨끗한 리놀륨 바닥에 쓰러져 피를 철철 흘렸어요. 몇몇은 숨을 거두기 직전에 극적인 효과를 내려고 부르르 떨더라고요. 저는 잠시 시체들의 창백한 얼굴을 내려다봤어요. 영화 〈대부〉에 나오는 엑스트라처럼 생겼더군요. 갱 두목은 저를 똑바로 바라보다가 문을 빠져나가 교복들 사이로 사라졌어요.

제 환각에는 고정 배우들이 출연해요. 전에도 갱단을 본 적은 있지만, 총격이 시작될 때 제자리를 지킨 건 이번이 처음이에요.

나름 발전했죠.

5

복용량: 1mg. 지난주와 동일. 저번 상담 때보다 적대적인 태도를 보임.

9월 12일

"아버지에 대해 얘기해 볼래?"

하. 별로 오래 걸리지 않았네요. 고작 4주 만에 제 모든 문제의 원인을 파악하셨군요. 제 망상의 진원지이자 제가 이런 놈이 된 이유.

그야 아빠가 절 버렸으니까요.

이렇게 말하길 바라는 거 아니에요? 친아빠가 아빠 노릇을 제대로 하지 않아서 제가 마음의 상처를 받았다고? 아니면 제 병을 아빠 탓으로 돌린다고? 그랬다면 쉬웠겠죠.

생물학적 질병을 누군가의 탓으로 돌릴 수는 없어요. 제가 아무리 그러고 싶다 해도요. 그런 건 세상에서 가장 한심한 투정이에요. 제가 탓할 사람이 필요할 만큼 처량해 보이나요? 게다가 제 병은 외가 쪽 유전이에요.

제 아빠는 그냥 머저리예요. 반박할 수 없는 사실이죠. 제가 여덟 살 때 집을 나갔어요.

어느 날 저녁에 엄마가 그러더군요. 이제 아빠는 집에 안 올 거라고. 그때 엄마 얼굴이 어땠는지 또렷이 기억나요. 얼굴의 피가 다 빠져나간 듯이 창백했죠. 엄마는 울지 않았어요. 굉장히 피곤해 보였을 뿐.

그래서 아빠가 머저리라는 거예요.

엄마는 늘 피곤해했어요. 퇴근하고 집에 오면 녹초가 되었는데, 아빠는 그런 엄마에게 아무런 도움도 주지 않았어요. 어차피 가장 노릇도 못 하니 없는 편이 나았을 거예요. 아니, 못 하는 게 아니라 안 하는 거였죠.

아빠가 집을 나가 어디로 갔는지는 몰라요. 엄마라면 알지도 모르지만 말해 준 적은 없어요. 저도 안 물어봤고요.

다만 몇 년 뒤에 편지 한 통을 받았어요. 저는 그때 열한 살이었는데, 여느 때처럼 엄마가 퇴근하기 전에 우편물을 수거했죠. 발송지는 캘리포니아주 바스토 어딘가였어요. 읽고 나서 찢어 버렸는데 내용은 낱낱이 기억나요.

애덤에게

그동안 몇 번이나 편지를 쓰려고 했지만 미처 보낼 힘이 없었다. 네 엄마는 좋은 사람이었어. 어떤 상황에서 무엇을 해야 하는지 정확히 알고, 기적처럼 문제를 사라지게 하는 사람. 그래서 반했지.

하지만 내가, 내가 바로 문제였다. 든든한 가장이 되길 기다려 줬는데 그런 네 엄마의 기대를 번번이 저버리기만 했지.

애덤. 너는 나 없이 더 잘 지낼 거다. 앞으로 하는 일 모두 잘되기를 바란다. 해 준 게 없어 미안하다.

아빠가

'사랑하는 아빠가'도 아니었어요.

저는 3년 동안 아빠가 보낼 '힘'이 없었던 이 편지에 대해 엄마에게 말하거나 답장을 쓰지 않았어요. 그나저나 그 빌어먹을 편지 한 통 부치는 데 대체 힘이 얼마나 들길래요? 세어 보니 겨우 200자가 넘더군요. 그걸 쓰느라 진이 빠지셨나요, 아빠?

적어도 솔직하긴 했죠. 자기가 겁쟁이라는 걸, 엄마가 자기한테 과분한 사람이란 걸 인정했으니까. 하지만 더 솔직해지자면 아빠는 우리를 사랑하지 않았어요. 사랑했다면 더 노력했겠죠. 그래서 저는 아빠가 그립지 않아요.

6

복용량: 1.5mg. 용량 증가에 긍정적 결과를 보이는 것으로 나타남. 내담자에 따르면 환각의 출현은 증가했으나 환각에 대한 반응은 미미함. 비약적 발전.

9월 19일

저는 이 상담에 무슨 의미가 있나 싶어요. 이미 박사님은 의료진이 제 토자프렉스 복용량을 늘린 걸 알고 계시잖아요. 그렇다면 복용량 증가에 부작용이 따른다는 점도, 어떤 부작용들이 있는지도 잘 아실 테죠. 무려 하버드 출신 심리학자신데.

하지만 약이 잘 들어서 기분이 좋으니까 박사님이 요청하신 대로 복용량 증가에 따른 '제 경험'을 말씀드리죠.

두통은 왔다 갔다 해요. 주로 사람들이 북적이는 곳에서 느끼죠. 그리고 빛에 좀 예민해졌어요. 환각도 많아졌고요.

걱정할 필요는 없어요. 뭐가 진짜고 뭐가 가짜인지 잘

인식하고 있으니까. 더는 공황에 빠지지도 않아요. 예전에는 진짜 침대에 불이 난 줄 알고 혼비백산했던 적도 있죠. 하지만 여전히 어딜 가나 환영을 봐요. 지폐가 줄줄 흐르는 철제 가방을 든 슈트 차림의 남자, 잔디밭에서 커다란 개한테 질질 끌려가는 여자, 시야에서 알짱거리다 골목만 나오면 그리로 뛰어가는 시커먼 남자. 갱단. 레베카. 그 외에는 어쩌다 한 번씩 등장해요.

아무래도 성이 '페트라젤리'니까 제가 마피아 갱단을 보는 게 그럴싸하다고 생각하시죠? 왠지 이탈리아계 남성 조현병 환자들에게 단골로 등장하는 환각이 아닐까 싶은데. 제가 갱단을 보는 게 혈통의 영향인지 엄마가 영화 〈대부〉의 팬이라서 그런지는 잘 모르겠어요.

엄마한테는 말하지 마세요. 엄마가 제 병에 조금이라도 영향을 끼쳤다고 자책하는 건 싫거든요.

하지만, 네. 환각은 어떤 인과관계가 있다기보다는 상징적인 것 같아요. 저는 이탈리안 마피아 거점지에서 달만큼 멀리 떨어진 동네에 살지만 제 눈에는 갱단이 별로 낯설지 않거든요. 딱히 이질감이 없죠. 단원들은 제 손을 더럽힐 필요가 없는 두목의 명령을 수행해요. 영화 〈누가 로저 래빗을 모함했나〉의 족제비 일당처럼, 커다란 코맹맹이 소리로 '예, 보스' 하고 합창하는 졸개들 같죠.

가끔은 낯선 환각을 겪을 때도 있어요. 그럴 때 주의해야 해요. 애초에 환영이 아니라 그냥 낯선 사람일지도 모르니까요. 그럴 때면 신호가 나타나기까지 기다려요. 눈동자 색깔이 기묘하다든지, 목소리가 이상하다든지, 아니면 엉뚱한 짓을 하는데 주변에서 아무도 눈치를 못 챘다든지 하는 신호. 실제로 동네에서 운동복 차림으로 달리는 할머니가 진짜가 아니라는 것도 그래서 알았어요. 할머니가 우리 집 앞에서 별안간 공중제비를 넘는데 유모차를 끌고 지나가던 부부는 눈길도 안 주더라고요. 모르긴 몰라도 부부 쪽이 진짜였을 거예요.

그리고 약의 부작용인지 아리송한 부분이 있는데 이건 자초지종을 얘기해 볼 테니 박사님이 판단해 주세요.

세인트 애거사에는 수영장이 있는데 남녀가 이용하는 시간이 구별되어 있어요. 수영복 차림이 혈기 왕성한 십 대에게 성적 호기심을 자극하고 불순한 생각을 불러일으킨다는 이유에서죠. 그런 생각은 수영복과 상관없이 늘상 한다고 지적하고 싶지만 뭐 어쨌든. 이번 주에는 조를 나눠 왕복 수영을 했어요. 달리기보다 싫은 건 있을 수 없다고 생각했지만, 그냥 이렇게 말하죠. 헤엄치기가 달리기보다 좀 더 의욕을 북돋을 뿐이라고. 열심히 물장구치지 않으면 남들이 몰래 오줌 싼 수영장에 꼬르륵 가라앉을 테니까요.

물 밖으로 잠깐 고개를 내밀었을 때 몇 레인 건너에서

이안이 헤엄치는 모습이 보였어요. 인정하긴 싫지만, 정말 수영을 잘하더라고요. 녀석은 가장 먼저 바퀴를 다 돌고는 수영장 가장자리에 걸터앉아 우월감에 젖은 표정으로 남들을 내려다봤어요. 드와이트를 보고 코웃음 칠 때는 평소 거만하던 시선이 한껏 더했죠. 물론 드와이트가 팔다리를 로봇처럼 삐걱대고 유일하게 코마개와 새파란 고글을 쓰고 있긴 했지만, 안 그랬더라도 이안은 드와이트를 그런 눈빛으로 봤을 거예요.

아무튼, 여기서부터 박사님 소견이 필요해요. 제가 보는 환각이 그다지 믿을 만하지 않다는 걸 잘 알지만, 가끔은 제가 볼 수 없는 것들을 저한테 알려 주려고 하는 것 같아요. 이게 말이 되나요?

탈의실에 마지막으로 남아 옷을 막 다 입었을 때, 첨벙 소리가 들렸어요. 그 순간 벤치에 다리를 꼬고 앉아 저를 기다리던 레베카가 자리를 박차고 나갔어요. 주위를 빙빙 돌거나 로커들을 지나 복도로 나간 게 아니라 곧장 수영장으로 돌진했죠. 처음 있는 일이라 의아한 마음에 레베카를 따라갔어요.

수영장 한복판 레인에 사람 하나가 매달려 허우적거리고 있더라고요. 근시경을 쓰지 않아서 누구인지는 파악이 안 됐지만 수영에 꽝인 건 확실했죠.

그래서 일단 뛰어들었어요. 환각이라고 판명 나더라도

최악의 상황은 쫄딱 젖는 것뿐일 테니까요.

물에 빠진 사람을 구하는 건 생각만큼 아름다운 일이 아니더라고요. 도와주려고 가까이 다가갔다가 가라앉지 않으려고 필사적으로 발버둥 치는 사람에게 얼굴을 정통으로 후려 맞았죠.

"움직이지 마!"

제가 소리쳤어요.

"뭐? 그럼 이대로 가라앉으라고?"

마야였어요.

"아니. 널 끌고 가장자리로 가려고."

헐떡이며 말하는데 코피 맛이 나더군요.

마야는 구명줄처럼 붙들고 있던 수영장 레인을 마지못해 놓았고, 저는 간신히 마야를 끌고 수영장 가장자리 사다리까지 헤엄쳐 갈 수 있었어요. 마야는 밖으로 나오자마자 하수구에다 왈칵 토를 했어요.

"너 수영 못 해?"

제가 가쁘게 숨을 몰아쉬며 묻자 마야는 보면 모르냐는 눈빛으로 저를 쏘아봤어요.

"알았어. 근데 어쩌다 그런 거야?"

마야는 문 근처에 놓인 클립보드 더미를 가리켰어요.

"러서트 코치가 저것들 좀 갖다 달라고 했거든. 내가 영어 수업 가는 길에 체육부 사무실을 지나가는 걸 알고."

"그 김에 수영이나 한번 할까 했어?"

제 코에서 피가 꽤 많이 흐르는데도 마야는 눈 하나 꿈쩍 안 하고 노려보더군요.

"발을 헛디뎠어."

마야는 근처에 쓰러진 구명조끼 탑을 가리키고는 한숨을 내쉬었어요.

그러고는 순식간에 분위기가 어색해졌어요. 둘 다 흠뻑 젖은 채 바닥에 누워 있는 상황을 동시에 인식한 거죠. 근처에는 마야가 게워 낸 토사물이 있고 제 코에서는 피가 멈추지 않고 흘러나왔어요. 그나마 다행이라면 그 어색함 덕분인지 마야의 태도가 조금 누그러졌어요.

"미안."

마야가 제 코를 가리키며 말했어요.

"괜찮아."

실은 눈물이 찔끔할 만큼 아팠지만 사실대로 말할 생각은 없었어요.

몸을 일으킨 뒤 우리는 잠시 제자리에 서서 꾸물거렸어요. 영화에서는 이런 일이 있고 나서 보통 로맨틱한 장면이 이어진다든가 적어도 영원한 우정을 약속한다든가 하는데, 우리는 서로 멀뚱히 보고만 있었죠. 마침내 마야가 입을 열었어요.

"덕분에 살았어."

디즈니 영화의 단골 대사인데 실제로 들으니 그렇게까지 극적인 느낌은 아니더군요.

"천만에."

그 순간 마야가 방긋 웃었는데 효과가 굉장했어요. 하지만 제가 그 웃음의 여운을 즐길 새도 없이 마야는 여자 탈의실로 쏜살같이 사라졌어요. 저는 그 자리에 우두커니 남아 방금 일어난 일을 되짚어 봤어요.

내가 사람이 물에 빠지는 소리를 듣고 달려온 건가? 아니면 정말 레베카가 달려서 따라온 건가?

어느 쪽이든 그게 중요한가?

세인트 애거사에서의 첫 고해성사는 지난주 금요일 미사 직후였어요. 학년별로 돌아가며 진행되는데, 정말이지 말도 안 되게 오래 걸리더군요. 자기 차례가 올 때까지 두 시간 가까이 기다려서 신부와 5분간 대화하고 5분간 무릎 꿇고 참회하는 식이에요. 그 정도 시간이면 유익한 무언가를 배울 수 있을 텐데.

저는 가톨릭 가정에서 자랐지만 고해성사는 여덟 살 때 딱 한 번 해 봤어요. 그 나이대에 주로 첫 고해를 하거든요. 딱히 고해할 거리가 없다는 건 말할 필요도 없죠. 여덟 살짜리가 얼마나 큰 죄를 지었겠어요. 하지만 제 나름 양심에 찔리는 것들을 털어놓으니 신부는 만족한 것 같았어요.

저는 사람들이 왜 자기가 지은 죄를 아무 연고도 없는 사람에게 낱낱이 털어놔야 한다고 생각하는지 모르겠어요 (제가 여기 앉아 박사님께 제 문제를 털어놓는 것처럼요). 무엇보다 실제로 그렇게 하는 사람이 있다고 믿지도 않고요. 다들 자기 차례가 올 때까지 머리를 굴려 이것저것 지어내는 거죠.

그러고 보니 다른 사람들은 어디서 죄책감을 느끼는지 궁금하네요. 제가 이상한가 싶어서요. 저는 뭘 하든 딱히 죄책감을 느끼지 않거든요. 오히려 죄책감을 안 느끼는 데서 죄책감을 느끼죠. 어제도 그랬어요. 할 수만 있다면 이 병을 누군가에게 확 떠넘기고 싶다고 진지하게 생각했거든요. 벌 받을 만한 놈을 골라 옮겨 버리고 저는 멀쩡해진다면 얼마나 좋을까 하고요. 아마 대단히 후련하고 만족스러울 거예요. 그러고 나서 조금도 찜찜하지 않다는 사실에 찜찜함을 느끼겠죠. 그렇게 끔찍한 인간이 되고 싶지는 않으니까요.

저는 성당 좌석에서 자기 차례를 기다리는 아이들을 둘러봤어요. 다들 지루한 표정이었죠.

통로 건너편에 앉은 마야가 저를 보고 웃더니 눈알을 위로 굴렸어요. 마치 '이건 바보짓이야' 하고 말하듯이요. 저도 비슷한 표정을 해 보였어요. '내 말이 그 말이야'라는 식으로. 하지만 제 표정을 제가 볼 수는 없으니 마야가 어떻게 받아들였는지는 모르겠어요. 실제로 아무 뜻도 전달되지 않왔을 수도 있겠네요. 아무튼 수영장 사건 이후로 처음 보는 건데 딱히 어색하지 않았어요.

성가대가 주일 미사를 위해 연습 중이었어요. 성가가 시작되자 저절로 몸이 움츠러들었어요. 저는 지루하거나 원치 않는 정보를 쉽게 흘려보내는 편인데 그 정보가 성가에 실리면 얘기가 달라져요. 뇌에 박혀 도통 떨어지지 않거든요.

마침내 제 차례가 되어 고해소로 들어가 격자 가림막 앞에 무릎을 꿇고 정해진 대사를 읊었어요.

"나의 모든 죄를 전능하신 하느님과 신부께 고백합니다. 8년 만에 고해성사를 봅니다."

"왜 그리 오래 걸렸습니까, 형제님?"

가끔 벤저민 신부를 대신해 미사를 집전하는 아일랜드인 사제였어요. 참고로 저는 피를 나눈 사이도 아닌데 형제나 아들이라고 부르는 게 싫어요. 들을 때마다 소름이 돋아요. 하지만 패트릭 신부는 아일랜드 억양 때문인지 미국인 사제보다는 덜 지루하게 느껴졌어요. 괴팍하면서도 친근한 아일랜드 요정 레프라혼이 떠올랐죠. 저는 패트릭 신부가 '너도 금은보화를 원하니?'라고 말하는 모습을 상상하며 죄책감을 느껴 보려고 했다가 실패했어요. 웃기기만 하더라고요.

"자기 죄를 남한테 털어놓는 게 쓸모없는 짓이라고 생각해서요."

가림막 너머로 패트릭 신부가 자세를 고쳐 앉는 소리가
들렸어요. 제 말이 무례했을 수도 있지만 고해성사 중에 거
짓말을 하는 것보다는 낫겠죠.

"쓸모없는 짓?"

"네…… 죄송해요."

저는 패트릭 신부가 손으로 가림막을 뚫고 제 멱살을
잡기를 기다렸지만 그런 일은 없었어요. 한동안 침묵이 흘러
서 초조하게 덧붙였어요.

"너무 놀라셨나요?"

다행히 패트릭 신부는 웃으며 대답했어요.

"아뇨."

"사람들이 여기 들어와 순순히 죄를 고백하고 나가나
요?"

"보통은요."

패트릭 신부는 웃음기를 머금고 말을 이었어요.

"하지만 어쩌다 가끔 형제님처럼 고해성사의 의미를 알
고 싶어 하는 신도들이 있죠."

"그럼 말씀해 주시나요?"

"누군가에게 자신의 죄를 털어놓는 것은…… 본인에게
결점이 있다는 사실을 인정하는 것과 같다고 얘기합니다."

"그걸 자기가 모를까요? 왜 꼭 아픈 데를 후벼 파야 하
죠?"

패트릭 신부는 잠시 침묵하다가 입을 열었어요.

"하느님과 소통하는 방법 가운데 하나라고 하면 믿겠습니까?"

"애초에 제가 하느님을 믿지 않는다면요?"

신부가 다시 앉음새를 고쳤어요. 순간적으로 본인의 고용 안정에 위협을 느꼈는지도 몰라요.

"그렇다면 이참에 자신이 어떤 사람이 되고 싶은지 생각해 보세요. 최소한 자기 자신을 믿어야죠."

제가 예상한 답변은 아니었지만 패트릭 신부가 참회의 기도를 하라고 말하기 전에 서둘러 고해소에서 나왔어요. 꽤 논리적인 답변을 듣고 나니 왠지 시키는 대로 해야 할 것 같았거든요.

고해소에서 나오자 캐서린 수녀가 자기 왼쪽 자리를 가리키며 입술에 손가락을 갖다 댔어요. 제가 다섯 살 꼬마처럼 충동적으로 휘파람을 불거나 흥분해서 비명을 지를까 봐요. 저는 성큼성큼 지정된 자리로 갔어요. 마야가 제 건너편 장궤틀(신자들이 앉는 의자 뒤에 무릎을 꿇을 수 있게 되어 있는 틀: 옮긴이)에 무릎을 꿇고 기도를 하고 있었어요. 일단 겉보기로는 그랬죠.

저도 제 열에서 무릎을 꿇고서 남들처럼 고개를 숙이고 눈을 감았어요. 잠시 뒤 누군가 제 옆으로 왔어요.

"안녕."

마야가 속삭였어요.

"안녕. 성당에서 말해도 되는 거야?"

제가 작게 물었어요.

"고개 똑바로 하고 목소리만 죽이면. 가끔 성령이 소리 내어 기도하라고 명령하거든."

마야는 눈알을 굴리며 피식 웃고는 덧붙였어요.

"코는 좀 어때?"

"괜찮아."

저는 거짓말했어요. 미안해하는 얼굴을 보니 도저히 아프다고 말할 수가 없더라고요. 다행히 멍은 안 들고 욱신거리기만 했어요.

"있잖아, 조만간 캐서린 수녀가 너한테 퀴즈 팀에 들어오지 않겠냐고 물어볼 거야. 다른 수녀한테 얘기하는 걸 엿들었어. 네가 기도문들을 다 외운 걸 보고 놀랐나 봐."

"그 찌질이 모임? 토너먼트 대회 하는?"

"그중 하나가 나야."

마야가 이맛살을 찌푸리며 대꾸했어요. 저는 본의 아니게 마야를 찌질이라고 부른 것을 구차하게 사과했어요.

"됐어, 그런 취급 익숙하니까. 어쨌든 너도 부 활동 하나 선택해야 돼. 악기나 운동을 하는 게 아니라면 퀴즈 팀이야."

"그럼 선택의 여지가 없네."

"넌 키도 큰데 농구 같은 거 안 해?"

순간 헛웃음이 터졌는데 캐서린 신부가 제 쪽을 보길래 재빨리 기침이 터진 척했어요. 예전 학교에서 한 번 농구 팀 입단 테스트를 받은 적이 있는데, 저는 워낙에 운동 신경이 형편없어요. 오죽하면 안경을 낄 때마다 안경다리에 눈이 찔리겠어요. 결국 테스트 10분 만에 제가 링에 매달리는 것 말고는 아무짝에도 쓸모없다는 사실이 드러났죠.

"이따가 번호 알려 줘. 연습 장소 문자로 보내 줄게."

"그냥 네 번호 알려 줘."

"지금 펜도 없고 아무것도 없는데."

"외울게."

"역시."

마야가 씩 웃었어요. 저는 애써 뿌듯함을 숨기고 마야가 알려 주는 번호를 미릿속에 새겼어요.

과연 그날 종교 이론 수업 전에 캐서린 수녀가 저더러 퀴즈 팀에 들어오라고 권하더군요. 종교 숙제를 덜었으니 그 시간에 지식을 암기하면 좋지 않겠냐면서. **아무렴요.**

수업 중에 레베카가 교실 앞에서 한쪽 발로 중심을 잡고 빙글빙글 도는 발레 동작을 선보였어요. 성가대가 부르는 〈놀라운 은혜〉에 맞춰 금실 같은 머리카락이 휘날렸죠. 그 광경에 잠시 한눈을 팔다가 시선을 돌리니 캐서린 수녀가 저를 보고 눈을 깜빡이고 있었어요. 제 딴에는 꽤 잘 감췄다

고 생각했는데 눈치챘나 봐요. 이해한다는, 그러나 티가 났
다는 눈빛으로 쏘아보더군요. 저는 심호흡을 하고 수업이 끝
날 때까지 칠판에 시선을 고정했어요.

그날 오후에 마야에게 문자를 보냈어요. 10분쯤 고민하
다 보냈는데 내용은 '안녕, 애덤이야'가 다였죠.

곧바로 답장이 왔어요. '고마워.'

학교 끝나고 폴이 데리러 왔어요. 별 얘기는 안 하고 함
께 맥도날드 드라이브 스루에 들러 셰이크를 사 마셨어요.
폴은 여전히 저를 두려워해요. 그리고 싶지 않은 마음도 느
껴지지만.

차고 진입로에 막 들어섰을 때 주머니에서 핸드폰이 울
렸어요. 마야의 문자였어요.

'그나저나 찌질이 모임에 들어온 걸 환영해.'

아무래도 마야가 저한테 호감이 있나 봐요.

복용량: 1.5mg. 지난주와 동일. 질환에 관해서는 거리낌 없이 얘기하지만 상담 치료에는 반감이 늘어남.

여전히 대화 거부.

9월 26일

제 기록에 '자의식이 지나쳐' 진솔함이 느껴지지 않는다고 하셨죠. 황당하네요. 이게 저예요. 박사님은 그냥 제가 입을 열지 않으니까 트집을 잡는 거고요.

심리 치료사에게 질문을 받는 건 사실 좀 짜증스러운 일이에요. 박사님이 저한테 조현병에 대해 뭘 아냐고 묻는 건 제가 박사님한테 거만한 꼰대 패션에 대해 뭘 아냐고 물어보는 거나 마찬가지죠. 뭘 아냐고요? 그건 제 삶이라고요.

이미 알고 계신 사실을 기술해 보죠. 그야 저는 똑똑하게 보여서 박사님에게 인정받기를 간절히 원하잖아요, 보시다시피.

조현병(Schizophrenia)은 그리스어로 분열을 뜻하는 'schizein'과 정신을 뜻하는 'phren'의 합성어예요. 하지만 자아분열이나 다중인격을 의미하지는 않죠. 여기서 분열이란 정신 기능 사이의 불화에 가까우니까요.

아시다시피 아주 빌어먹을 병이에요.

절대 사라지지 않고, 절대 평범해질 수 없어요. 죽을 때까지 안심할 수 없다는 뜻이죠.

여담이지만, 박사님이 입은 재킷 진짜 구려요. 격자무늬는 웬만하면 삼가세요. 그리고 머리 스타일도 거슬려요. 그 기름진 웨이브는 무스를 발라서 그런 건가요? 제발 그만두세요. 하나 더. 저번 상담 때 한 시간 내내 바지 지퍼 열려 있었던 거 아세요? 제가 아무 말도 안 한 건 첫째, 그곳을 빤히 쳐다봤다고 오해하실까 봐, 둘째, 애초에 말을 안 하기로 했으니 손짓으로 설명해야 하는데 그게 엄청 까다로워서였어요.

이쯤에서 박사님이 모르는 사실을 알려 드리죠. 제 외할머니의 남동생인 그레고리 할아버지도 조현병이 있었어요. 제가 기억하기로 외할머니는 늘 동생이 정상인 척했어요. 그냥 평범한 남자인데 약간 문제가 있다는 식으로 얘기했죠. 주변 누구도 조현병이라는 단어를 입에 올리지 않았어요. 그 당시에는 그편이 나았는지 모르지만, 옛날 사람들은 죽을병이 아니면 크게 신경 쓰지 않았잖아요. 게다가 엄마 말로는 그레고리 할아버지는 한 번도 제대로 진단을 받은 적이 없대요. 만약 돌봐 줄 가족이 없었더라면 길거리에서 돌아가셨을 거예요.

저는 그분을 좋아했어요. 목소리가 나직하고 성품이 온화했죠. 타고난 기질이 그랬어요. 도서관 책을 반납할 때 책장 사이에 푼돈을 껴 두고, 계산대 앞에 줄을 설 때 늘 남을 먼저 앞세우는 사람이었죠. 그리고 제가 아는 사람 중에 가장 피아노를 잘 쳤어요. 독학으로 깨치고 귀로 듣고 외워서 연주했죠.

평생 제 외할머니와 살면서 딱히 돈 나갈 데가 없었기 때문에, 그분은 레슨 받을 형편이 안 되는 아이들에게 피아노를 가르쳤어요. 가끔 레슨비로 밭에서 키운 채소나 집에서 구운 쿠키를 받기도 했고요. 한번은 학생이 뜨개질로 떠 준 목도리를 한 달 내내 두르고 다닌 적도 있어요. 한여름에요.

아무튼, 그때 피아노를 배우고 싶어 했던 아이들은 제대로 배우고 떠났죠.

저는 그때 배우려 하지 않은 걸 진심으로 후회해요.

그레고리 할아버지는 아빠가 집을 나갔을 무렵에 돌아가셨지만, 언젠가 저를 피아노 앞에 앉혀 놓고 평생 못 잊을 말을 해 주셨어요. 엄마가 외할머니에게 하소연하는 걸 들었나 봐요. 제가 학교에서 별거 아닌 일로 놀림받았다는 얘기였죠. 그때는 제가 이상하다는 걸 아무도 모를 때였어요.

"사람들은 대개 자기 자신을 두려워한단다, 애덤. 어딜 가든 그 두려움을 지니고 다니지. 아무도 눈치 못 채길 바라면서."

그게 무슨 말이냐고 묻기도 전에 할아버지는 웃음을 터뜨렸어요. 웃음소리가 워낙 유별났는데, 마치 엉뚱한 순간에 튀어나오는 경적 같았죠. 엄마 말로는, 제가 아기 때 그 웃음소리만 들으면 좋아서 자지러졌대요.

비록 진단은 받은 적 없지만 저는 할아버지가 저와 같은 부류의 사람이었다는 걸 알아요. 저와 다른 점이 있다면 정말 착한 사람이었다는 거죠. 진정 좋은 사람이라면 얼마나 미쳤는지는 그리 중요치 않아요. 다들 용서해 줄 테니까.

저번에 제가 두려워하는 게 뭔지 물어보신 적 있죠. 그때는 내키지 않아 대답 안 했어요. 그런 얘길 하다 보면 스스로가 한심해지잖아요. 하지만 밤이 늦었는데 잠이 안 오니까 얘기해 보죠. 마침 잠이 안 올 때마다 머릿속에 기어들어 오는 것들이 슬슬 고개를 드네요.

박사님도 짐작하시겠지만 저는 이제 한밤중에 제 방에 뭐가 들어온다고 해서 경기를 일으키거나 하지 않아요. 하지만 여전히 주먹에 힘이 들어가고 방바닥을 긁는 소리의 정체를 알아내려고 눈동자가 쉴 새 없이 돌아가요. 왜냐면 마음 한구석에서 여전히 제가 보고 듣는 게 **진짜**라고, 그게 절

덮치려 한다고 믿으니까요.

어디선가 이런 이야기를 읽었어요. 한 남자가 기차 여행을 하는데 같이 탄 사람들이 자기를 죽이려 한다는 망상에 사로잡혔죠. 그들이 자기 생각을 읽을 수 있고 다음 정거장에서 자기를 끌어 내려 때려죽일 거라고요.

그래서 화장실 칸에 한 시간 동안 숨어 있다가 다음 정거장에 도착하자마자 비명을 지르며 플랫폼을 향해 뛰어내렸어요. 하지만 발을 헛디디는 바람에 눈 덮인 둔덕에 고꾸라져 머리통이 박살 났죠.

그는 서른일곱 살이었어요. 죽기에는 꽤 젊은 나이죠.

여태껏 제가 읽은 책을 되짚어 보니 이야기에 등장하는 기차는 늘 모험이 아니면 죽음을 의미하더라고요.

지금 제 방 구석에 한 남자가 서 있어요. 어두워서 잘은 안 보이지만 중절모를 쓰고 손잡이가 구부러진 지팡이를 들고 있네요. 몇 분에 한 번씩 손목시계를 확인하고 저를 쳐다봐요.

"때가 됐어. 달릴 준비 해. 기차가 오고 있어."

남자는 계속 나직하게 말해요.

"때라니?"

하지만 남자는 아무 말 없이 미소만 지어요. 말할 필요가 없는 거죠.

물론 소름이 끼치고 어서 꺼져 줬으면 좋겠지만, 저는

그가 두려운 게 아니에요.

그가 진짜라고 믿게 될 때 벌어질 상황이 두려워요.

언젠가 환각을 연달아 겪다가 그들이 하자는 대로 하게 될까 봐 두려워요. 더는 약이 듣지 않을까 봐. 그때는 모두가 타당한 이유로 저를 두려워하겠죠.

8

복용량: 1.5mg. 지난주와 동일. 특이 사항 없음.

10월 3일

어쩌다 한 번씩 벌거벗은 사내가 찾아와요. 아마 제가 보는 환영 중에서 가장 괴상한 인물일 거예요. 저보다 키가 크고 알몸이에요. 말 그대로 홀딱 벗었죠. 저는 속으로 남자를 제이슨이라고 불러요. 그냥 제이슨처럼 생겨서지 다른 이유는 없어요.

사실 제이슨은 꽤 괜찮은 사람이에요. 저에게 뒷사람을 위해 문을 잡아 주거나 고맙다는 인사를 하라고 언질을 주죠. 예의를 대신 챙겨 준달까. 하지만 우리 관계는 딱 거기까지고, 제이슨은 그저 학교 복도를 배회하는 벌거벗은 껑다리예요. 환각으로도 정상은 아니죠.

참고로 저는 제 자신에게 비정상이라고 하면 안 돼요. 진단을 받고 나서 엄마가 산 책들 중 하나에서 읽었어요. 그

책들은 하나같이 괴짜 아이를 사랑으로 품으라고 말하죠. 아이에게 상상의 친구가 얼마나 많든 간에요.

아무튼 저는 벌거숭이 제이슨하고 홈룸(등교한 학생들이 출석을 알리고 공지 사항을 전달받는 교실: 옮긴이) 밖에 앉아 있었는데, 이안이 다른 남자애랑 생물 실험실에 있던 '폐기물'이라고 적힌 양동이를 들고 지나가더군요. 딱 봐도 개수대에 쏟아 버릴 수 없는 덩어리진 실험 잔재물을 처리하러 가는 길이었고, 고개를 들었을 때는 제 앞을 지나기 딱 2초 전이었어요. 그래서 놈들이 제 무릎 위로 양동이 내용물을 3분의 1쯤 끼얹고 남은 것을 바닥에 뚝뚝 흘리며 머저리들처럼 복도를 내달리는 걸 보면서도 무슨 짓을 당했는지 인지하지 못했죠. 놈들의 웃음소리가 귓가에 맴돌았어요. 놈들은 일부러 저한테 오물을 퍼부은 거예요. 심지어 남을 위해 습관처럼 변명하는 친절한 제이슨마저 한마디 하더군요.

"정말 너무했다."

그러고는 온데간데없이 사라졌어요.

화장실에서 씻어 내려고 해도 소용없길래 보건실에 갔어요. 보건 선생님은 제가 스스로 개구리 내장과 포름알데하이드를 몸에 끼얹기라도 한 듯 한심하다는 눈빛으로 대여 교복 반바지를 건넸어요. 허리는 대충 맞는데 길이가 최소 5센티미터는 짧더라고요. 제가 바지를 갈아입고 화장실을 나오자 보건 선생님은 웃음을 꾹 참고 말했어요.

"미안. 더 긴 게 없어서."

"근사하네요."

"수업 두 개 남았잖아. 좀만 참아."

저는 좀만 참으라는 말을 좋아해요. 정말 대수롭지 않을 때만 쓸 수 있는 말이거든요. 아무튼, 쫄딱 젖은 속옷은 몰래 쓰레기통에 버렸지만 새 교복 바지가 희미한 약품 냄새까지 덮지는 못했어요.

그러고 한 시간 동안 앉아서 영어 수업을 받았어요. 드와이트가 보건실에 가는 저를 봤다길래 무슨 일이 있었는지 말해 줬어요. 드와이트는 수업 내내 이안이 얼마나 얼간이인지 주절주절 늘어놓았는데, 은근히 위안이 되더라고요. 비록 조금만 잘못 움직이면 습기 찬 궁둥이에서 찰진 소리가 났지만요.

노팬티로 학교 수업을 받는 건 기묘한 경험이에요.

노팬티로 체육 수업을 받는 건 아주 불편한 경험이고요.

러닝 쇼츠 안에 달린 그물망은 별 도움이 되지 않았어요. 내 은밀한 공 두 개가 신축성 있는 옷감에 부딪히는 감각이 선명했죠. 이안과 아까 그 녀석(제인? 블레인? 아무튼 이안 못지않게 재수 없는 이름이었어요)이 몇 번인가 저를 빤히 쳐다봤어요. 땅에 처박아 달라는 얼굴로요. 레베카가 관중석에서 저를 보며 고개를 내저었어요.

수업이 끝나고 마야랑 사물함까지 걸어갔어요. 드와이

트는 복사 모임이 있어서 곧장 성당으로 달려갔죠. 수영장 사건 이후로도 마야와 단둘이 있는 경우는 손에 꼽았는데, 이때가 그중 하나였어요. 마야는 어디서 이상한 냄새가 난다는 듯 킁킁거렸지만 아무 말도 하지 않았어요. 어쩌면 희미한 약품 냄새가 가랑이에 찬 땀과 화학 작용을 일으켰는지도 몰라요.

"내 생각에 이안은 네 키가 커서 질투하는 거야."

"뭐?"

너무나 뜬금없는 말이었어요.

"걔는 평균 키인데 걔네 형들은 진짜 크거든. 네가 열등감을 건드렸을 수도 있어."

"키가 크다고 남을 괴롭히는 놈이 어딨어?"

"뭐, 자기보다 좀 더 잘생겨서일 수도 있고."

"아."

"나중에 봐."

제가 뭔가 재치 있는 말을 생각해 내기도 전에 마야는 모퉁이를 돌아 사라졌어요. 결국 저는 남은 하루를 멍청한 기분으로 보내야 했죠. 아.

'아'라니?!

그것 말고 할 수 있는 말은 널렸잖아요. '고마워'라든가.

아.

진짜 꼴통이 되었나 봐요. 뭐라고 대꾸했어야 하는지 아직도 모르겠거든요.

제 병을 문제로 여기면 안 된다고 하더라고요. 그보다는 나의 일부분인데 나머지와 소통이 원활하지 않을 뿐이라고 여기는 편이 낫대요. 하지만 그건 개소리예요.

미치더라도 자기가 미쳤다는 사실을 아는 게 중요해요. 알고 있어야 그나마 덜 미친 거죠.

박사님에게 저 말고도 대화를 거부한 환자가 있었는지 궁금하네요. 이만큼 쉽게 돈을 벌기도 쉽지 않잖아요. 제가 쓴 걸 읽고, 다 안다는 듯이 고개를 끄덕이고, 저를 대화에 끌어들이려고 시도하는 게 다죠.

박사님은 정신병이 있는 환자들에게 돈을 받아서 양심의 가책을 느끼나요? 아마 아니겠죠. 오히려 환자 가족들이 느낄 거예요. 박사님이 낫게 해 줄 거라 믿고 심리적 부채를 덜 테니까요. 듣고 싶은 말을 들려주는 대가로 점쟁이에게 돈을 퍼 주는 사람들처럼요.

박사님이 그 진로를 택했다고 비난하는 건 아니에요. 솔직히 정신병에 걸린 사람들은 상당히 흥미롭잖아요. 열 살 때 엄마와 폴을 따라 샌프란시스코에 간 적이 있어요. 알고 보니 노숙자가 넘치는 동네더라고요. 따라서, 미치광이도 많죠.

그들이 자기만의 세계에 빠져 있는 모습을 보면 좀처럼

눈을 떼기 어렵죠. 공원에서 한 남자가 침에 비누를 조금 섞어서 비눗방울을 불더라고요. 쓰레기통 뚜껑에 앉아 지나가는 사람들한테 침방울을 날리며 누군가와 대화하듯이 혼잣말을 지껄였어요.

그 모습에 웃음을 터뜨렸더니 엄마가 역대급으로 엄한 표정을 지어 보였어요. 지금이라면 웃지 않을 거예요. 적어도 대놓고는요. 지금 생각해도 웃기긴 하거든요.

저는 정신적으로 문제가 있는 사람들을 불쌍하게 여기지 않아요. 저부터 그런 취급을 원치 않거든요. 동정 따위는 필요 없어요. 쥐뿔도 도움이 안 되니까. 저 같은 부류는 세상을 다르게 보고 자기만의 규칙을 만들어요. 사람들은 그 점을 두려워하죠. 질투할 수도 있고요. 아마 아니겠지만.

그래서 저는 가톨릭 성인들의 일대기를 다룬 책을 좋아해요. 세인트 애거사에는 금지하는 책이 많지만(이를테면 아이들을 오컬트에 빠지게 한다는 '해리 포터' 시리즈), 성인의 전기만큼은 무궁무진해요. 사실 이쪽이 더 난장판인데 말이죠. 온갖 미친 짓을 하고도 추앙받는 사람들의 이야기는 가끔 읽을 만해요.

진짜 미쳤으면서도 끝내주는 성인이 누군지 아세요?

잔 다르크, 일명 오를레앙의 소녀.

잔 다르크는 대천사 미카엘, 성 카타리나, 성 마르가리타의 환영을 보고 샤를 7세를 도우라는 계시를 받아 영국과의 백 년 전쟁에서 프랑스를 구했어요. 환청을 듣고 오를레앙 포위전에서 직접 군대를 지휘했죠. 주변에서 종교적 불가사의를 기꺼이 받아들이다 못해 신의 선택을 받았다면서 십대 소녀에게 나라의 운명을 맡긴 거예요. 그 당시 사람들 눈에 잔 다르크는 신력과 저항의 화신이었어요.

그러니 당연히 불태웠죠.

마야가 어제 퀴즈 팀 연습 날짜와 시간을 문자로 보내 줬어요. 저는 이렇게 답장했어요.

나: 고마워. 첫 연습 전에 뭐 알아 갈 거 있어?

마야: 뭐든. 일반 상식, 국가 수도, 옛날 영화, 고전 문학 등등.

나: 옛날 영화라면?

마야: 바람과 함께 사라지다, 오스의 마법사, 카사블랑카 같은 거. 주로 흑백 영화들.

나: 아하. 카사블랑카는 봤네.

마야: 축하해.

나: ☺

＊참고로 스마일 이모티콘은 뭐라고 답해야 할지 모를 때 사용하면 십중팔구 적절해요.

복용량: 1.5mg. 지난주와 동일. 확연히 나아진 모습. 상담 시 눈에 띄게 안정됨.

10월 10일

며칠 전에 치킨 팟타이를 만들었어요. 재료 손질부터 제가 다 했죠. 아마 지금까지 만든 것 중 최고일 거예요. 네, 아주 뿌듯해요. 저는 요리를 좋아하거든요. 사람들을 쉽게 행복하게 해 주고 거기서 저도 즉각적인 만족감을 얻죠.

제빵 쪽에 더 소질이 있지만, 엄마가 집에 오기 전에 저녁을 차려 놓으면 엄마의 감동한 얼굴을 볼 수 있어요. 폴은 토스트도 겨우 굽는 사람이라서 요리는 주로 제 담당이에요. 폴이 못하는 게 하나는 있다는 사실이 고무적이죠.

미리 대답하자면 저는 요리라는 취미가 부끄럽지 않아요. 네, 한때 놀림을 받은 적도 있지만, 엿이나 먹으라고 해요. 적어도 저는 스스로 챙겨 먹을 수 있어요. 훌륭한 기술이죠. 실제로 유용한 기술이고요. 비록 제 인생을 제가 온전히 책임질 수는 없지만, 배고프면 시리얼이나 구운 치즈 말고도 선택지가 다양하니까요. 그리고 필요할 때 다른 사람에게 뭔가를 해 먹일 수도 있죠. 스스로 음식을 만들 수 있다는 데는 뭔가 해방감이 따라와요. 아무도 절 위해 가스 불 앞에서 땀 흘릴 필요가 없잖아요. 그것도 능력이에요.

게다가 요리할 때는 비교적 환각을 덜 봐요. 고도의 집중력이 필요하거든요. 요리는 정밀한 예술이라고 할 수 있어요. 허브나 향신료 정도는 대강 뿌려도 상관없지만, 세부 과정은 여러 번 연습해야 그럴듯한 결과물이 나와요.

며칠 전 저녁에 치킨가스를 만들려고 하는데 주방에 칼이 하나도 없더군요. 엄마에게 물어보니 망설이다 대답하기를, 제가 요리를 할 때는 누가 옆에 있는 편이 좋겠다고 폴이 그랬다는 거예요. 엄마는 그 말을 하면서 제 눈을 똑바로 못 보더라고요. 두 사람은 집 안에 위험한 물건을 두지 않기로 합의한 거예요. 폴이 먼저 제안했다는 사실이 의외였어요. 이유 없이 행동하는 사람이 아니거든요. 뭐 때문에 지레 겁을 먹었는지 모르겠더라고요.

기분이 더러웠어요. 미리 말해 줬더라면 이해했을 거예요. 두 사람이 저를 두려워하는 건 원하지 않으니까요. 굳이 칼이란 칼은 몽땅 숨겨서 절 감정 조절 안 되는 사이코패스로 만들어야 했을까요? 제가 닭고기를 손질하다가 별안간 사람을 찌르고 싶어 날뛸까 봐?

말이 안 되잖아요.

그렇죠?

마야가 제 공책을 봤어요. 레시피들을 적어 놓은 공책이
요. 뭐냐고 물어보길래 그냥 어깨를 으쓱하며 요리가 취미라
고 말해 줬어요.

"무슨 요리?"

"뭐든."

저는 마야에게 엄마 얘기를 했어요. 매일 늦게까지 일하
는데 아무리 피곤해도 저를 식탁에 끌어다 앉히고 시리얼이
라도 함께 먹으면서 하루를 어떻게 보냈는지 이야기한다고
요. 엄마가 중요하게 여기는 의식이죠. 누군가와 식사를 함
께하는 거요. 그래서 제가 끼니를 가볍게 생각하지 않나 봐
요. 대충 때우면 찜찜하거든요.

의외로 엄마는 요리하는 걸 별로 안 좋아해요. 실력이
나쁘다는 게 아니에요. 사실 엄마가 만드는 음식은 대부분
맛있어요. 단지 요리를 즐기지 않을 뿐인데 그게 항상 맛에
서 미묘하게 느껴지죠.

엄마의 정성이 들어가는 음식은 남부식 비스킷이 유일
해요. 버터가 듬뿍 들어간 큼지막하고 폭신폭신한 지방 덩어
리. 제가 처음으로 배워서 만든 빵이기도 한데, 그것만큼은

아직도 엄마가 더 잘 만들어요.

한동안 저 혼자 열심히 떠들었나 봐요. 마야가 안경을 벗은 줄도 몰랐거든요. 안경이 없으니 뭔가 달라 보였어요. 전에는 몰랐는데 눈동자에 작은 녹색 반점들이 있더라고요. 그제야 제가 마야를 빤히 바라보고 있다는 걸 깨달았죠.

"묻지도 않은 아주 사적이고 훈훈하고 애매한 정보였지?"

제 말에 마야는 공책을 돌려주며 피식 웃었어요.

"우리 엄마는 요리를 질색해. 아예 손 뗀 지 오래됐어. 애가 셋이니까. 나랑 내 남동생들, 거기다 아빠까지. 병원 일 마치고 돌아오면 부엌 쪽은 쳐다보지도 않아. 저녁 식사는 내가 그날그날 내키는 대로 대충 만들어. 따라서 스크램블드에그 일색이지."

마야는 언뜻 피곤해 보였어요.

"우리 아빠는 수입이 들쭉날쭉해."

마야가 무덤덤하게 말을 이었어요.

"배관공인데 일이 많을 때는 꽤 괜찮게 버는 편이지만 아닐 때는 엄마가 추가 근무를 하고 아빠가 어린 남동생들을 돌봐. 대책 없이 쌍둥이를 낳았거든."

"그걸 대비할 수 있는 사람은 아무도 없을걸. 엄연히 아기 하나가 더 생기는 건데."

"응가도 두 배지. 기저귀 배출량이 상상 초월이야."

몸을 부르르 떠는 마야를 보고 저는 웃음을 터뜨렸어요.

마야가 화제를 이어 갈 생각이 없어 보여서 나머지는 속으로 상상했어요. 아이 하나를 더 키우려면 그만큼 일손도 필요하고 돈도 더 들겠죠. 느낌상 마야는 자기 엄마만큼 큰 타격을 받은 것 같지는 않았어요. 그저 상황에 순응하고 적응한 거죠. 아버지가 곁에서 동생들을 돌보는 것도 다행이고요.

그나저나 마야를 묘사해 보라고 하셨죠. 겉모습 말이죠? 여자애 외모를 세세히 알려 달라는 건 박사님치고는 약간 변태 같네요.

마야는 아주 작아요. 전에도 말했지만 제대로 이해하셨나 모르겠어요. 저는 어릴 때부터 별명이 빅풋, 프랑켄슈타인이었거든요? 마야와 나란히 서면 그 별명의 진가가 드러나요. 반박 불가. 마을 사람들이 횃불을 휘두르며 마야를 구하러 와도 이상하지 않을 그림이에요. 그리고 눈이 엄청 커요. 숲속의 무구한 초식 동물처럼요. 말을 할 때는 작은 손을 쉴 새 없이 움직이죠.

성격으로 보자면, 썩 다정다감한 편은 아니에요. 지금까지의 한정된 경험으로 미루어 보아 사람을 별로 안 좋아한다는 점은 확실해요. 제 말은, 상냥하고 딱히 모난 구석도 없지만, 실제로 곁을 주는 사람은 몇 안 돼요. 만약 마야가 누군가와 가까워지기로 마음먹었다면, 그건 상당히 대수로운 일이에요. 마야는 시간 낭비하는 걸 싫어하거든요. 더 정확히 말하면, 사람을 가려요. 속으로 평가하고서 괜찮다 싶으면 말을 트죠.

학교 애들이 뭘 어쩌든 무신경해 보이는데, 주변에 이안이 있으면 좀 예민하게 굴어요. 쉬는 시간에 게시판 주위가 애들로 바글바글해도 뚫고 지나가지 않고 이안이 지나갈 때까지 한쪽에 비켜서서 꼼짝도 않더라고요.

평소와 다름없어 보여도 이안의 뒤통수를 노려보는 마야의 눈에서 뭔가 심상치 않은 기운이 느껴졌어요.

"문제 있어?"

제가 물었어요.

"있지."

하지만 이어지는 설명은 없었어요. 자주 그러더라고요.

마야는 어제 우리 집에 와서 저녁을 먹었어요. 엄마 아이디어였죠. 사실 엄마는 마야를 만나고 싶어 안달이 난 상태였어요. 몇 번이나 그냥 친구라고 말했는데, 그때마다 특유의 얄궂은 웃음을 지어 보였죠. 마치 저도 모르는 걸 본인이 안다는 식으로요. 그리고 윙크까지.

저는 윙크가 싫어요.

저녁 메뉴로 간단하게 브로콜리와 닭고기를 곁들인 마카로니 앤 치즈를 만들었어요. 사실 끝내주는 베어네이즈 소스도 만들 줄 알지만, 괜히 거들먹거리고 싶지 않았어요. 어쨌거나 마야는 좋아하는 것 같았어요.

"그래, 마야, 애덤을 어떻게 만났다고?"

폴이 물었어요. 엄마가 폴을 향해 뾰족한 눈빛을 날렸어요. 제가 일찌감치 엄마한테 질문은 최소한으로 하라고 당부했는데 폴이 방금 고리타분한 질문으로 하나 까먹은 셈이었죠. 적어도 엄마는 그렇게 생각했나 봐요.

"물에 빠진 걸 구해 줬다고?"

마야가 이야기를 마치자 엄마가 소리쳤어요.

"음, 사실 첫 만남은 그때가 아니었어. 첫날 내가 길을 잃어서 마야가 교실까지 데려다줬거든."

"오. 그쪽이 더 흥미롭네. 앞으로는 그걸로 해라."

폴의 말에 마야와 엄마가 웃음을 터뜨렸고 저는 어깨를 으쓱했어요.

"왜 이런 얘기 하나도 안 해 줬어!"

엄마가 저를 향해 불을 뿜듯 다그쳤어요.

"그럴 만도 해요. 제가 마구 허우적거리면서 얼굴을 걸어찼거든요. 썩 좋은 얘기는 아니죠."

마야가 말했어요.

"당신이 질문 공세를 퍼부을까 봐 그랬겠지."

폴이 엄마를 향해 눈썹을 치켜올리며 와인을 홀짝였어요. 식사 자리는 제가 상상했던 것보다 어색하지 않았어요. 머지않아 마야와 저는 주방에서 쫓겨나 퀴즈 연습을 할 수 있었죠.

저는 단순 암기를 담당했어요. 책, 상식, 연도, 대중문화 같이 비교적 만만한 것들. 마야는 과학과 수학을 다뤘어요. 머리를 써야 하는 문제들이죠. 마야는 방정식을 무슨 예술 작품 감상하듯이 보더라고요.

"좋아, 너 〈카사블랑카〉 봤다고 했지. 결말부에 릭을 도와 라즐로와 일자를 붙잡으려는 나치 일당을 따돌린 비시 프랑스 경찰 서장 이름은?"

"그런 질문이 어딨어."

"엄연히 질문 목록에 있어."

"진짜 쓸데없다. 그런 걸 알아서 어디다 써먹어? 무슨 의미가 있어서?"

"그래서 알아, 몰라?"

"루이 르노 서장."

"답을 알면서 질문을 욕하는 이유는 뭐야?"

"신념이지."

마야는 눈알을 굴렸어요. 흔한 제스처지만 느낌이 달랐어요. 마야가 하면 뭔가 제대로죠. 실제로 눈알이 두개골까지 굴러갔다가 돌아오는 느낌이에요. 그 와중에 두 손은 뭔가 지탱할 것을 찾으려는 듯이 허공을 배회하죠. 의미하는 바는 명확해요. **너무 한심해서 말이 안 나온다.**

"뮤지컬 영화 〈마이 페어 레이디〉의 원작인 희곡은?"

"《피그말리온》. 진짜 그런 질문이 나온다고 생각해?"

"응. 기출 문제였어."

"혹시 헨리 히긴스가 일라이자에게 한 비하 발언 같은 것도 질문으로 나올까?"

"아니."

침묵.

"뭐라고 비하했는데?"

마야가 물었어요.

"'천박하다' '상스럽다' '말라비틀어진 배추 이파리' '약 아빠진 부랑아'"

〈마이 페어 레이디〉는 외할머니가 가장 좋아하던 영화였어요. 대사를 줄줄 읊을 수 있죠.

"너 진짜 엉뚱하다."

마야는 퀴즈책을 눈으로 훑었어요.

"액운을 막고자 시메나와라는 금줄로 신사를 둘러싸는 일본 종교는?"

마야의 표정을 보자 웃음이 비어져 나왔어요. 자기는 여기 놀러 온 게 아니라고 주장하듯 매서운 표정이었는데 타격이 전혀 없었죠.

"신도."

저는 웃음을 참고 대답했어요.

마야는 언짢아하면서도 절대 화를 내지 않았어요. 한동

안 이런 식으로 이어졌어요. 마야가 질문을 하면 제가 엉뚱한 소리를 해서 결국 잡담으로 이어졌죠. 저는 잡담 쪽이 훨씬 좋았지만 마야는 번번이 눈알을 굴렸어요.

"제일 좋아하는 영화는?"

"〈해리가 샐리를 만났을 때〉"

마야는 주저 없이 대답했어요.

"설마."

"마지막 장면이 좋아. 해리가 샐리에게 사랑 고백하는 대목."

"그래도 그건……. 글쎄, 네 취향이 아닐 거 같은데."

솔직히 말해서 저는 마야가 좀 덜 로맨틱한 걸 좋아할 줄 알았어요. 너무 진부하지 않은, 뭔가 실용적이고 심도 있는 장르를 예상했죠. 다큐멘터리라든가요. 〈해리가 샐리를 만났을 때〉는 엄마가 엄청 좋아하는 영화이기도 한데 서도 스무 번쯤 봤을 거예요. 사실 봤다기보다 화면에 나올 때마다 뇌에 흡수되었다고 볼 수 있어요. 엄마는 늘 영화를 백색소음으로 틀어 놓거든요.

"여자라면 누구나 그 장면을 좋아할걸. 아니라고 하면 거짓말이야."

마야가 플래시 카드에서 눈을 떼지 않고 말했어요.

마야는 빈말을 하느니 침묵하는 타입이에요. 하지만 그 영화 속 여주인공에게 공감한다는 말이 좀처럼 믿기지 않더라고요. 마야는 진지하고 논리적이니까요. 식당에서 가짜 오르가슴을 연기하는 캐릭터와는 상당히 거리가 멀죠.

우리는 이제 매일 문자를 나눠요. 별 내용은 없어요. 퀴즈책을 읽다가 흥미로운 사실을 발견하면 공유하기도 하죠.

나: 벤저민 프랭클린은 건강을 위해 공기욕이란 걸 했대. 날마다 창문 앞에 알몸으로 앉아 신선한 공기를 쐬었다나 봐.

몇 초 지나지 않아 마야가 답장했어요.

마야: 벤 프랭클린 알고 보니 요염한 야수였네.

저는 마야가 정말 마음에 들어요.

이번 주는 성당 종탑에 십자가 설치식이 있었어요. 듣자 하니 몇 달 동안 진행된 협상이 겨우 마무리된 모양이에요. 교구민들이 성금을 모아 이탈리아에서 공수해 왔다더라고요. 심지어 지역 방송국에서도 새 십자가가 도착하면 한몫 거들기로 했나 봐요. 종교인들이 돈지랄을 한다는 걸 동네방네 떠벌리는 역할이었죠.

아무튼 꽤 경사스러운 일이기 때문에(주로 자매님들이 흥분했죠), 거대한 십자가가 기중기에 매달려 조심스럽게 이동하는 동안 전교생이 성당 밖에 모여서 지켜볼 수 있었어요. 저는 마야, 드와이트와 역사 수업을 듣다가 나와서 안뜰 한가운데 서 있었어요.

"어어, 떨어지겠어."

드와이트가 자꾸 중얼거리자 한 수녀가 조용히 하라고 다그쳤어요.

"입 다물어. 떨어뜨릴 리 없잖아."

"저거 봐, 아슬아슬하잖아."

제 말에 드와이트가 속삭이며 대꾸했어요.

벤저민 신부가 축성을 하고 대표 기도를 올릴 때였어요. 케이블 하나가 끊어지면서 십자가가 그대로 지붕 위로 쾅, 하고 떨어졌어요. 소리가 어찌나 큰지 귀청이 찢어지는 줄 알았어요.

"내가 뭐랬어!"

드와이트가 이를 악물고 씩씩댔어요. 마야는 억지로 웃음을 눌러 참았죠.

뉴스 카메라가 계속 돌아가는 가운데 몇 분간 정적이 흘렀어요. 기중기 조작 기사는 넋이 나간 표정이었죠. 아마 이 학교 역사를 통틀어 가장 극적인 순간이었을 거예요.

다행히 십자가는 다시 기중기에 실려 제자리에 안치됐고 우리는 수업으로 돌아갔어요. 왠지 저는 예수가 잠시 일탈을 즐긴 것 같다는 생각을 떨칠 수 없더라고요.

10

복용량: 1.5mg. 지난주와 동일. 평소보다 비호의적.

10월 17일

끈기 있으시군요. 그건 인정할게요. 다른 정신과 의사들은 환자가 입을 열기만 기다릴 텐데 박사님은 매번 접근 방식을 달리하시네요.

게임 좋죠. 다트, 젠가, 체스, 간이 농구…….

감탄했어요.

확실히 박사님의 겉멋 든 작은 방에서 보내는 시간이 덜 지루하긴 해요. 아마 제가 마음 열고 편안함을 느끼길 바라시는 거겠죠. 그렇다면 염려 놓으세요.

저는 박사님이 불편하지 않아요. 자기 할 일을 하실 뿐이잖아요. 심지어 가끔은 질문받는 게 그다지 짜증스럽지도 않아요. 하지만 끝까지 입은 열지 않을 거예요. 적어도 이것만큼은 제가 통제하게 해 주세요, 아셨죠?

첫 퀴즈 팀 연습이 어땠냐고 물어보셨죠.

지도 교사는 헬렌 수녀예요. 두꺼운 안경을 쓴 나이 지긋한 수녀인데 사도직에 일생을 바친 것과 별개로 엘비스 프레슬리를 마음에 품고 사시죠. 게다가 골격이 웬만한 미식축구 선수 저리 가라 해요. 수녀치고 융통성 있는 편이고요. 한 번도 지옥 불 운운하며 으름장 놓는 모습을 본 적 없어요. 그게 수녀들의 주특기인데 말이죠. 하긴 지옥 말고 뭘로 학생들을 겁주겠어요? 아, 성병도 있네요.

팀 연습은 항상 기도로 시작해요. 저도 그러기 싫은데 매번 넌더리가 나더군요. 그야 우리가 아무짝에도 쓸모없는 퀴즈의 정답을 맞히기 전에 기도를 올릴 이유가 없으니까요. 만약 신이 존재한다면 털끝만큼도 신경 안 쓸 거예요. 실제로 일어나는 중요한 일들로 바쁠 테니까.

기도하는 동안 마야의 시선이 느껴졌어요. 제 표정을 보고 무슨 생각을 하는지 대강 눈치챈 듯했어요. **모두가 제 비밀을 알게 될까 봐 두렵다는 생각은 빼고요.** 마야와 저는 얘기를 많이 하거든요. 아마 제가 엄마와 드와이트에 이어 가장 많은 시간을 함께하는 사람일 거예요. 물론 **진짜** 사람에 한해서.

아무튼, 마야는 제가 기도를 지긋지긋해하는 걸 알아채고 저를 향해 '닥쳐'라고 말하는 듯한 표정을 지었어요. 하마터면 '아무 말도 안 했거든!'이라고 받아칠 뻔했는데, 그건 마야도 마찬가지였죠. 저 혼자 머릿속으로 주거니 받거니 한 거예요.

사실 제가 정말 하고 싶었던 말은 이거예요. **피칸파이를 같이 먹으면 영광이겠소.** 〈해리가 샐리를 만났을 때〉에서 빌리 크리스털이 우스꽝스러운 말투로 했던 데이트 신청 대사죠. 마야를 웃기고 싶었거든요. 제가 무슨 말 하는지 모르겠다면 유튜브에서 찾아보세요. 저는 마야를 웃기는 게 정말 좋아요. 하지만 그 대사를 입 밖에 내지 않길 잘했어요. 아마 멍청하게 들렸을 테죠. 아니나 다를까 교실 앞쪽에서 레베카가 고개를 끄덕였어요.

연습은 화요일과 목요일이에요. 기도를 마치면 두 조로 나뉘어 헬렌 수녀의 질문을 받아요. 정답을 외칠 때 누르는 버저와 전자 득점판이 있어요. 카테고리별로 각 조에서 얻은 점수를 집계하죠.

제가 가장 어색한 팀원이 아니라 내심 안도했어요. 마야와 같이 점심을 먹는 두 여자애(이제 저하고 드와이트도 함께 먹죠), 클레어와 로사가 마야와 나란히 상대편에 앉았어요. 둘 다 눈썹이 아주 짙고, 억세 보이는 머리카락을 하나로 질끈 올려 묶었어요. 로사는 말할 때마다 말끝을 올려 질문하는 것처럼 들리게 하는가 하면 클레어는 목소리가 너무 작아서 대답을 두 번 묻게 하는 재주가 있어요. 그리고 물론 드와이트도 있죠. 아무래도 제가 드와이트 없이 이 학교에서 또 다른 경험을 하기란 불가능해 보여요.

그런데 연습 5분 만에 드와이트가 단순히 절 따라온 게 아니라는 사실이 드러났어요. 몇 년간 퀴즈 팀에 있었다더니 정말 모르는 게 없더라고요. 저도 몇 번쯤 버저를 누를 기회가 있었는데 드와이트가 너무 빨라서 상대가 안 됐어요. 한동안 드와이트의 손가락과 버저를 멍하니 바라보다가 둘 사이가 너무 끈적해 보여서 시선을 돌려야 했어요. 하마터면 자리를 피해 줄까 물어볼 뻔했죠.

헬렌 수녀는 끊임없이 질문을 퍼부었고 팀원들은 창백한 얼굴로 앞다투어 대답했어요. 화학과 물리학 분야에서 마야가 자기편을 위해 활약하는 동안 드와이트는 마약 중독자처럼 광기 어린 손놀림으로 연습장에 수학 공식을 휘갈겼어요.

거짓말은 안 할게요. 실제로 몇 번인가 버저를 울리고 정답을 외쳤을 때 기분이 꽤 좋더라고요. 대부분 마야와 함께 공부한 쓸모없는 잡지식이었지만 어쨌거나 조금이나마 팀에 보탬이 된 느낌이었어요.

연습이 끝났을 때 드와이트와 마야의 부모님은 이미 기다리고 있어서 저는 엄마가 데리러 올 때까지 잠시 혼자 기다려야 했어요. 걸어갈 만한 거리지만 해가 져서 어두웠거든요.

방과 후에 학교에 남아 있으면 기묘한 느낌이 들어요. 아이들이 다 빠져나간 복도는 뭔가 우울하면서 으스스한 구석이 있죠. 저는 얼른 그런 생각을 떨쳐 버렸어요. 학교 건물이 살아 숨 쉬는 섬뜩한 이미지야말로 정신 건강에 가장 도움이 안 될 테니까요.

어둠이 무서운 건 아니에요. 시야가 어두우면 환영도 안 보이니까. 하지만 그때를 틈타 목소리가 끼어들죠.

약이 좋긴 좋아요. 이제 진짜가 아니란 걸 알거든요. 환청도 제 머릿속에서 이래라저래라 하는 헛것일 뿐이죠. 예전처럼 진짜라고 믿었다면…… 끔찍할 거예요.

주로 여자의 음성을 듣는데, 연습이 끝난 그날 저녁은 남자 목소리였어요.

네 엄마는 평범한 자식을 가질 자격이 있어. 안 그래, 애덤? 환청을 듣지 않는 자식, 새 남편이 부엌칼을 몽땅 숨기는 상황을 만들지 않는 자식 말이야. 언젠가 엄마가 곁에 없고 약이 듣지 않으면 어떡할래? 폴이 너랑 살기 싫다고 해서 엄마가 둘 중 한 명만 선택해야 한다면? 허공에 비명을 지르고 흡혈귀처럼 집 안의 블라인드를 전부 치고 어두컴컴하게 사는 놈을 택하고 싶을까? 넌 이기적이고 배은망덕한 놈이야, 애덤. 엄마가 주는 사랑을 받을 자격이 없어. 새아빠가 학비를 내주는 비싼 사립 학교에 다닐 자격도 없고. 어차피 조만간 전교생이 네 비밀을 알게 될 거야. 네가 감춘 게 뭔지 눈치챌 거라고. 이제 평범한 인생은 글렀어. 도망칠 곳도 없어.

엄마가 찬장에 자물쇠로 보관하는 약들을 한꺼번에 삼키는 게 모두를 도와주는 일이야. 열쇠를 어디에다 두는지 알잖아. 네가 없으면 다들 편안해질 거야.

저는 눈을 감고 주먹을 쥔 채 박사님이 환청이 들릴 때마다 하라고 했던 대로 했어요. 숨을 깊이 들이마시고 같은 말을 중얼거렸죠. 진짜가 아니야 진짜가 아니야 진짜가 아니야 진짜가 아니야 진짜가 아니야 진짜가 아니야 진짜가 아니야 진짜가 아니야. 마침내 목소리는 사라지고 먼발치에서 주차장 모퉁이를 도는 엄마 차 헤드라이트가 보였어요.

목소리를 물러가게 한 건 약이죠. 주문 따위가 아니라. 같은 말을 반복하는 게 무슨 효과가 있다고 생각할 이유가 없잖아요. 그렇지 않으니까요.

집 앞에 도착했을 때 엄마가 저더러 차를 차고에 넣어 보겠느냐고 묻더군요. 내키지 않았어요.

저도 유별난 거 알아요. 유별남이라면 가만있어도 보통 십 대들의 범주를 뛰어넘는데 굳이 한 가지를 더 추가하는 셈이죠. 그래도 면허는 따고 싶지 않아요. 드와이트나 마야도 별로 신경 안 쓰고 어쩌다 한 번씩 필요할 때마다 태워 주곤 해요. 엄마 고집으로 연습면허(운전면허 필기시험을 통과하면 발급해 주는 연습 허가증으로, 정식 운전면허 소유자가 조수석

에 동승해야 한다: 옮긴이)를 따긴 했지만 웬만하면 운전대는 안 잡고 싶어요. 사실 그게 뭐 그리 대수인지 모르겠어요. 운전 못 한다고 어디 고립되는 것도 아닌데. 저는 이 동네 어디든 땀 한 방울 안 흘리고 걸어 다닐 수 있어요. 딱히 복잡한 대도시도 아니잖아요.

도로에서 눈을 뗐다가 실수로 부랑자를 칠까 봐 걱정할 필요 없이 차창 밖을 바라볼 수 있는 게 좋아요.

실제로 부랑자를 칠 것 같지는 않지만, 다람쥐나 누군가의 반려견을 칠 가능성은 있다고 생각해요. 솔직히 말하면 그편이 죄책감이 더 클 것 같아요. 개는 누군가가 아기처럼 키우는 존재잖아요. 그렇게 힘없는 생명을 죽이면 끔찍한 기분일 거예요. 그리고 자기 개가 도로에 뛰어들도록 방치한 주인에게 화가 치밀겠죠.

그날 밤 마야가 문자를 보냈어요.

마야: 수영장에 뛰어들어 내 목숨 구한 거 기억나?

나: 어렴풋이.

마야: 그때 무슨 생각 했어?

나: 네가 죽지 않으면 좋겠다고?

마야: 네가 나타나서 천만다행이었어.

나: 도움이 돼서 기쁘군요. (모자 까딱)

마야: 그렇게 생각한 게 다야?

어쩌면 네가 진짜가 아닐지도 모른다고 생각했다는 것은 말하지 않기로 했어요.

나: 아니. 네가 물에 빠진 고양이처럼 레인에 매달린 모습이 우스꽝스럽다고 생각했지. 수영할 줄 모르는 열여섯 살짜리가 어딨어?!

마야: 너 진짜 재수 똥이다.

나: 아니, 진짜로. 너처럼 머리 좋은 애가 어떻게 수영을 못 해?

마야: 간단해. 부모님이 배우라고 할 때 거절했거든.

나: 몇 살 때?

마야: 네 살.

나: 고작 네 살에 거절을 했다고?

마야: 응.

나: 지금이라도 배우지 그래.

마야: 난 물이 싫어.

나: 빙하가 녹으면 어쩌려고?

마야: 네가 또 구해 주면 되겠네.

나: 설마 그래서 날 좋아하는 거야? 그때 한 번 구해 줬다고?

마야의 답장이 늦어지자 아차 싶었어요. 마야가 절 좋아한다고 말한 적은 없거든요. 어색해 미치겠더라고요.

잠시 후 답장이 왔어요.

마야: 아니. 키가 커서지.

휴.

나: 뭐? 내 영웅 행위가 헛수고였던 거야?

마야: 응. 키가 다 했어.

나: 이안 스톤보다 잘생긴 건?

마야: (한숨) 역시 괜히 말했네.

나: 잘 자, 마야.

마야: 잘 자.

아무래도 저는 말보다 글에 강한 거 같아요.

동의하시죠, 박사님?

11

복용량: 1.5mg. 지난주와 동일. 지난 기록에서

자살 관련 언급이 눈에 띔. 조치가 필요한 시점은 아님.

10월 24일

어제 폴이 학교에 데려다줬어요. 폴이 먼저 엄마한테 묻는
걸 못 들었다면 엄마가 시킨 줄 알았을 거예요. 차 안에서 폴
은 잡담을 늘어놓았어요. 운전대에 대고 손가락 관절을 꺾는
이상한 습관이 들었더군요. 손가락을 하나씩 뒤로 젖힐 때마
다 눈살이 찌푸려졌어요.

"오늘 마야랑 퀴즈 팀 연습 있다고 했지?"

"네."

우리 둘 다 달라진 기류를 인정하고 싶지 않았어요. 폴
은 엄마랑 오래 연애했지만 한 번도 저를 꼽사리처럼 느끼
게 하지 않았어요. 결혼할 때도 절대 딸려 온 짐 취급하지 않
았죠. 실은 오랫동안 저를 좋아한다고 느꼈어요. 제 취미가

제빵이라는 걸 알고 스탠드믹서를 사 주기도 했죠. 엄청 간편하고 디자인도 괜찮았어요. 핸드믹서로 밀가루를 반죽하는 게 얼마나 귀찮은지 모르시면 함부로 판단하지 마세요.

한번은 같이 〈인디아나 존스: 최후의 성전〉을 보다가 동시에 숀 코너리 대사를 내뱉은 적도 있어요. "너 같은 머저리들은 책을 태우는 대신 읽어야 한다고!" 그러고서 둘 다 빵 터졌죠.

이제 우리 사이는 크게 벌어졌어요. 폴에게 저는 친하게 지내던 의붓아들에서 늘 감시해야 하는 괴물로 바뀌었죠. 폴이 저를 보고 무슨 생각을 하는지 알아요. 그래서 애꿎은 손가락 관절을 꺾어 대는 거죠. 괜한 말이 튀어나올까 봐.

이를테면 처음 제 병을 알게 되었을 때 엄마에게 이렇게 말했죠. "감당할 수 있는 시설에 보내는 편이 나을지도 몰라."

학교 앞에 도착하자 폴은 점심값이라며 얼마쯤 내밀었어요. 급식비는 이미 냈지만 저는 군말 없이 돈을 받아 주머니에 찔러 넣고 차에서 내렸어요. 그리고 수풀이 우거진 비탈길을 따라 교문으로 향했어요.

슬쩍 돌아보니 폴은 운전석에 가만히 앉아 있었어요. 제가 손을 흔들자 폴도 마주 흔들어 주었어요. 아마 지금으로서는 이 정도가 최선이겠죠.

아직도 그 말이 귓가에 생생해요.

"감당할 수 있는 시설에 보내는 편이 나을지도 몰라."

이따금 저는 평범한 문제로 고민하는 애들이 부러워요. 애들이 머리 스타일이 어떻다느니 다리가 뚱뚱해 보인다느니 투덜댈 때마다 버럭 소리를 지르고 싶어요. 걱정할 게 그렇게 없냐고요.

물론 그렇게 말하면 안 된다는 거 알아요. 다들 더 큰 고민을 끌어안고 살겠죠? 그런데 만약 안 그렇다면요? 가장 큰 고민이 숙제나 대학 입시라면요? 설사 가족을 잃거나 부모가 이혼하거나 누군가가 사무치게 그립다고 해도, 저처럼 자기 생각을 통제하지 못해 약을 먹는 현실보다 나쁘지는 않을 거예요. 사실이 그래요.

자기 자신을 믿을 수 없다는 건 아주 기이한 현실이에요. 딛거나 기댈 곳이 없죠. 이제껏 당연하게 믿어 왔던 것들, 이를테면 중력이나 논리나 사랑에 대한 보편적인 믿음마저 사라져요. 제가 그걸 제대로 읽어 내지 못할 수도 있으니까요. 모든 걸 의심한다는 게 어떤 의미인지 겪어 보지 않으면 몰라요. 사람들로 가득 찬 방에 들어가도 환각일까 봐 일단 혼자 있는 척하는 심정을요.

혼자 있어도 결코 혼자라고 느낄 수 없는 심정을요.

박사님은 스타벅스 매장에 흐르는 음악이 스피커에서 나오는지 머릿속에서 나오는지 궁금해하지 않고 음료를 주문할 수 있겠죠. 하지만 저는 스스로 대견해해야 한다고 생각해요. 현실과 환각이 헷갈려도 집 안에 처박혀 있지만은 않거든요. 제가 보고 듣는 게 진짜라면 내 방식대로 세상에 반응하는 것이고, 가짜라면, 그 또한 내 삶을 사는 거겠죠. 어쨌든 저한테는 둘 다 현실이니까요.

세인트 애거사 성당은 학교 수업 시간 동안 일반인에게 개방돼요. 아무나 들어갈 수 있다는 뜻이죠. 제단 우측의 기도실과 복도에 있는 화장실은 노숙자들이 제 방처럼 드나드는 곳이에요. 화장실 칸막이는 낙서투성이인데, 매달 말에 방과 후 남아서 벌받는 애들이 박박 닦아 없애요.

최근에 마지막으로 봤을 때 안쪽 벽에 낙서가 두 군데 있었어요.

하나는 대문자로 나름 공들여 쓴 듯한 문구였어요.

예수님은 당신을 사랑합니다

그리고 바로 그 밑에 적힌 다른 하나.

호모가 되지 마세요

'호모가 되지 마세요'가 정확히 '예수님은 당신을 사랑합니다'에 달린 댓글인지는 모르겠지만, 느낌이 꼭 그렇더라고요. 아무튼 둘 다 화장실 벽에 적기엔 이상한 문구들이죠.

아니, 어디에도요.

12

복용량: 1.5mg. 지난주와 동일. 다양한 방법으로 대화를
시도했으나 끝까지 침묵을 고수함. 상담 치료에 대한
반감이 줄어드는지 신체 언어 지표를 계속 관찰할 것.
용량 증가 건의 예정.

10월 31일

오늘은 핼러윈데이예요. 세인트 애거사에 다닌다면 별 의미
없는 날이죠. 일단 고등학생쯤 되면 아무도 이상한 차림으로
등교하지 않고요. 마야 말로는 초등부 아이들이 간혹 코스
튬을 입고 오는데 그마저도 선택지가 동물이나 식물 아니면
자신의 수호성인뿐이래요. 아마 핼러윈 코스튬으로는 최악
이겠죠.

몇 년 전에 어떤 여자애가 빨간 장미로 분장하고 왔대
요. 등교하고 보니 자기 혼자 코스튬 차림이라 너무 창피해
서 엄마가 데리러 올 때까지 양호실에 숨어 있었다더군요.

마야가 이야기하는 방식은 참 간결해서 좋아요. 군더더기 없이 요점만 전달하죠.

다만 저는 그 이야기 속 여자애가 마야라고 거의 확신해요. 거대한 플라스틱 꽃을 머리에 달고 교문에 들어섰을 때의 당혹감은 다시 떠올리기도 싫을 거예요. 다른 사람 일처럼 얘기하는 게 그나마 덜 괴로웠겠죠. 저도 그 마음 이해해요. 일부러 가끔 남들도 저처럼 엿 같은 상황을 겪는다고 생각하거든요. 늘 효과가 있는 건 아니지만.

요즘 향정신성 약물들의 부작용을 눈여겨보고 있어요. 아무래도 이 나라는 약물 의존도가 너무 높아요. 발기부전 치료제에 대한 관심만 해도 어마어마하잖아요. 대망의 순간에 못 세우고 쩔쩔매는 상황은 희극의 단골 소재죠.

네네, 절 판단하는 박사님 목소리가 여기까지 들리네요. **애덤, 네가 지금 먹는 약이 없었다면 너는 진작 머릿속 목소리를 듣고 흰 토끼를 따라 이상한 나라로 가려고 했을걸?** 정곡을 찔렀네요. 네, 맞아요. 정말 심각한 문제를 극복하기 위해 약을 먹는 사람들도 있죠. 저도 강철 같은 정력을 마음껏 과시하고 싶어 하는 사람에게 아무 유감 없어요.

폴과 함께 텔레비전을 보는 동안(정확히는 저 혼자 보고 폴이 저에게 말을 걸려고 애쓰는 동안) 약물 광고 건수를 세어 봤어요. 성 기능 강화제 4건, 항우울제 1건, 하지불안증후군 치료제 1건. 이런 약물들의 부작용은 여러 가지가 있어요. 심장 마비, 불안, 배뇨 장애, 4시간 이상 발기 지속, 근육 긴장, 사망, 그리고 이름하여 변실금.

사망은 제가 이해해요. 이 세상에는 어처구니없이 죽는 사람도 수두룩하니까요. 하지만 저는 그 어떤 치료제도 변실금이 올 가능성을 정당화할 수 없다고 생각해요. 만에 하나라도 제가 받는 치료의 여파로 괄약근이 제구실을 못 하게 된다면 그 치료는 사양할게요. 그냥 죽여 주세요.

평소에 남들이 제 신경을 거스르는 경우를 한번 나열해 볼게요. 어딘가에 언급하고 싶다는 것 말고 별다른 의도는 없어요.

1. 내 책을 빌려 가 페이지 귀퉁이를 접는 행위.

2. 요거트 컵 바닥을 숟가락으로 긁는 소리.

3. 입 벌리고 음식을 씹는 것. 껌이든 뭐든 절대 용납 불가. (이안의 버릇인데 볼 때마다 구역질 남.)

4. 멍청이와 입씨름하는 것. 정확히는 내가 옳은데 멍청이가 한 수 접듯 '그래, 네가 못 알아들으니 이쯤 하자'라는 식으로 얘기하는 것(알아들었으나 틀렸을 뿐임). 예를 들어 지구가 평평하다고 우겨서 당연히 반박했는데 멍청이가 웃으며 '그래, 그냥 그런 거로 하자'라고 지껄이는 경우. 이럴 때 애써 이해해 줄 필요 없음. 이해하고 자시고 할 게 없음.

5. '변두리'라는 단어. 한 번도 쓴 적 없고 앞으로도 안 쓸 예정임. 어감이 무척 거슬림.

6. 오늘 기분이 어떠냐고 물어보는 것.

13

복용량: 2mg. 용량 증가 승인.

11월 7일

이런 얘기를 박사님한테 하고 싶지는 않지만 그래도 할래요. 달리 할 사람이 없는데 머릿속으로만 되풀이하다가는 미쳐 버릴 것 같거든요. 하하.

마야가 종일 저기압이었어요. 하지만 천성이 로봇 같은 애라 뭐가 문제인지 말해 주지 않았죠. 여기서 로봇 같다는 말은 공감 능력이 없다거나 주변 사람을 신경 쓰지 않는다는 뜻이 아니에요. 신경 쓰거든요, 분명히. 제 말은 마야가 외부에서 받아들인 정보를 최대한 논리적으로 처리한다는 뜻이에요. 좀처럼 흥분하지 않고 그저 대응을 하는 거죠. 자기감정을 털어놓는 일이 없어요. 아마 감정이라는 단어조차 안 쓸 거예요.

그래서 저는 원인을 파악하려고 종일 애썼는데 마야는

그때마다 짜증을 내더라고요. 진심으로.

"진짜 말 안 해 줄 거야?"

쉬는 시간에 100번째로 물었어요.

"신경 끄라니까."

마야는 그렇게 입술을 앙다물고 버티다가 마지막 수업
이 끝나자마자 뒤도 안 돌아보고 도서관으로 달려갔어요.

"쟤 왜 저래?"

드와이트가 물었어요.

"몰라. 말을 안 해."

"혹시, 그건가……?"

드와이트는 질문하는 것만으로도 꺼림칙한 표정이었
어요.

"그걸 내가 어떻게 알아?"

드와이트는 어깨를 으쓱했지만, 저도 속으로는 그럴지
도 모른다고 생각했어요. 어쨌거나 여자의 생리 주기를 언급
하는 건 금기 사항이겠죠. 그 어떤 경우에도요.

아무튼 뭐라도 해야 하는데 뭘 해야 할지 모르는 상황
이었어요. 속상해하는 이유를 자기 입으로 말하지 않으니 선
택의 폭은 더 좁았죠. 저는 교실이 텅 빌 때까지 잠시 멍하니
앉아 있었어요.

그때 레베카가 빙글빙글 돌았어요. 저한테 좋은 생각이
떠오를 때마다 하는 행동이죠. 레베카는 교정 잔디밭에서 재

주넘기까지 해 보였어요.

즉흥 이벤트. 여자들이 좋아하는 것 아니겠어요?

저는 마트에 들렀다가 곧장 마야네 집으로 갔어요. 마야가 두어 시간은 지나야 집에 올 걸 알고서요. 아까 도서관 창문으로 보니 컴퓨터로 자료를 찾고 있더라고요. 집에 있는 컴퓨터는 너무 느리고 그마저도 늘 동생들이 차지한다고 들었거든요.

몇 번인가 퀴즈 팀 연습을 마치고 같이 엄마 차를 타고 가다가 집 앞에 내려 준 적은 있는데 안에 들어가 본 적은 없어요. 비교적 낙후한 동네고 다 쓰러져 가는 집들도 있었어요. 말라 죽은 잔디, 조악한 플라밍고 조형물, 앞마당을 둘러싼 낮은 철조망 들이 눈에 띄었죠.

노크를 하자 마야 아빠가 문을 열어 줬어요. 그 뒤로 남동생 한 명이 바퀴가 세 개 달린 장난감 차를 타고 벽으로 돌진하는 게 보였어요. 마야는 자기 아빠가 배관공이라고 했었죠. 직접 만나 보니 마야는 엄마를 닮은 게 분명했어요. 장난기 어린 표정과 대충 걸친 셔츠만 봐도 아저씨는 마야와 분위기가 정반대였거든요.

그제야 처음 보는 남자애가 자기 집에서 뭔가 하려고 한다는 걸 이상하게 볼 수도 있겠다는 생각이 들었어요. 아저씨는 키가 170센티미터쯤이라 머리 하나는 큰 제가 위협적으로 느껴졌을 수도 있고요. 하지만 식료품 봉투를 들고 찾아온 이유를 설명하니 아저씨가 활짝 웃었어요. 마야가 제 얘기를 했었나 봐요. 수상쩍게 여길 만도 한데 아저씨는 제가 이상한 짓을 할 리 없다는 듯이 흔쾌히 안으로 들였어요. 왠지 기분이 좋더라고요. 저는 곧 작은 부엌으로 가서 작업을 시작했고, 레베카는 바 스툴에 앉아 몽환적인 표정을 지었어요.

두 시간 뒤 마야가 현관문을 열고 기운 없는 목소리로 나 왔어, 하며 들어왔어요. 아저씨와 남동생들은 이미 제 작품으로 풍성하게 차려진 식탁에 앉아 있었죠.

단정히 묶었던 머리는 반쯤 풀려 흘러내리고 교복은 마치 철 지난 허물처럼 버거워 보였어요. 운 티도 나더라고요. 마야는 얼떨떨한 표정으로 이게 무슨 일이냐고 물었어요.

쌍둥이 중 하나가 비명을 지르듯이 대답했어요.

"애덤 형이 저녁을 만들었어!"

쌍둥이는 머리부터 발끝까지 완전히 빼다 박아서 아직 이름을 못 외웠어요. 그러니까, 데이비드와 루카스라는 건 알지만, 정확히 누구를 누구라고 부를 자신은 없다는 뜻이에요.

저는 마야에게 다가가 어깨에서 가방을 벗기고 식탁 의자를 빼 줬어요. 마야가 잠자코 자리에 앉자 아저씨는 제가 언제부터 부엌에서 깜짝 식사를 준비했는지 설명했어요. 신이 나서 떠드는 아저씨와 달리 마야는 좀비처럼 고개를 끄덕일 뿐이었죠. 그동안 쌍둥이는 사이좋게 식탁보를 더럽혔어요. 아마 입으로 들어가는 양보다 흘리는 양이 더 많았을 거예요.

이번에는 가장 자신 있는 음식들로 차렸어요. 간단하면서도 한 방이 있는 것들로요. 클래식 라자냐, 오일 앤 비니거 소스를 곁들인 갈릭넛, 토마토 모차렐라 샐러드, 애호박 튀김까지. 후식으로는 아이스크림을 올린 브라우니를 내놓았어요. 시간이 없어 티라미수를 못 만든 게 아쉬웠죠. 제 특제 티라미수를 맛보면 영적 체험을 할 수 있거든요. 진짜로요.

아저씨는 식사 내내 흡족한 미소를 띠었지만 마야는 읽을 수 없는 표정이었어요. 저는 마야 엄마를 위해 남겨 둔 음식을 은박지로 싸 두고 모두에게 좋은 밤 되라고 인사했어요. 아저씨는 제 손을 잡고 힘껏 안아 주면서 언제든지 놀러 오라고 했고, 쌍둥이는 제 양 무릎에 매달려 뜻 모를 소리를 지르다가 목욕하자는 아저씨 말에 복도로 줄행랑쳤어요. 몸에서 나는 냄새로 보아 분명 목욕을 할 때가 된 것 같더라고요.

그때까지 마야는 한마디도 안 하더군요. 저는 계획이 완전히 실패했다고 생각했죠. 학교에서 보자고 말하고서 밤거리로 나섰어요. 막 모퉁이를 돌려는데, 마야가 헐레벌떡 뒤쫓아 왔어요. 이렇게 묻더군요.

"왜 그랬어?"

"뭐가? 저녁 차린 거?"

"어. 네가 왜 우리 집 저녁을 차려?"

저는 어깨를 으쓱했어요.

"내가 할 수 있는 게 이야기를 들어 주거나 뭘 만들어 먹이는 것밖에 없는데…… 네가 말을 안 하니까 식사를 준비해 본 거야."

"그러니까…… 왜?"

마야의 목소리가 조금 갈라졌어요.

"맨날 집에 와서 해 먹는 게 스크램블드에그뿐이라며. 내가 한번 제대로 차려 주면 좋겠다 싶어서."

"내가 불쌍해 보였어?"

응어리를 눌러 담은 듯한 목소리에 저는 움찔했어요.

"뭐? 아니! 불쌍해 보이다니!"

정말 황당했어요.

"그래서 이런 궁색한 동네까지 와서 궁핍한 사람들에게 음식을 해 먹인 거 아니야?"

마야의 그런 모습은 처음이었어요. 머리는 거의 산발이고 두 눈은 속내를 캐내려는 듯이 제 얼굴을 샅샅이 뜯어보았죠. 저는 무슨 말을 해야 좋을지 몰랐어요.

"그래서 온 거 아니야."

제가 나직하게 말했어요.

"그럼 왜 우리 집까지 와서 저녁을 차린 건데?"

"네가 기뻐할 것 같아서. 그리고 난 널 기쁘게 하는 게 좋으니까!"

제 목소리가 너무 커서 우리 둘 다 살짝 놀랐어요. 저는 마지막으로 언성을 높인 게 언제인지 기억도 안 날 만큼 웬만하면 큰소리를 내지 않아요. 키 큰 사람이 고함을 지르면 상당히 위협적이라는 점을 늘 인지하고 있거든요. 마야는 몇 초간 저를 빤히 쳐다봤어요.

그러다 갑자기 입술이 부딪쳐 왔어요. 정신을 차리고 보니 키 차이 때문에 자세가 퍽 어정쩡하더군요. 마야가 제 얼굴을 잡아 내리고 키스하는데 마치 제가 주변 공기를 독식하고 있으니 숨 좀 나눠 달라고 매달리는 것 같았죠. 저는 마야의 허리에 팔을 두르고 발끝만 땅에 닿도록 받쳐 올렸어요. 그렇게 한 1분쯤 지났을까, 마야가 품에서 빠져나가며 말했어요.

"기뻤어."

뭔가 허물어진 표정이었어요. 아니, 그 순간 전혀 마야답지 않아 보였어요. 그러고는 눈물을 보이지 않으려고 홱 뒤돌아 집으로 뛰어갔어요.

저는 집까지 걸어가면서 기적 소리를 들었어요. 이 근방에는 기차가 다니지 않으니 환청이라는 걸 알면서도 입가에 미소가 떠올랐어요. 저는 기차를 좋아하거든요.

이야기에 등장하는 기차는 모험 아니면 죽음을 의미한

다고 했던 거 기억나세요? 어쩌면 그 이상일 수도 있어요. 선택을 의미하는 걸지도 몰라요. 왠지 기적이 울릴 때마다 뭔가를 하라고 신호를 보내는 것 같아요. 그게 뭔지는 저도 모르겠지만.

집에 도착하니 엄마가 화를 냈어요. 제가 어디 간다는 말도 없이 늦어서 걱정한 거죠. 아마 엄마는 이럴 때마다 내심 평범한 수준으로 자식을 걱정하길 바랐을 거예요.

'통금 시간 넘어서 귀가. 단속할 것.'

저는 잘 준비를 하면서 마야에게 문자를 보냈어요.

나: 오늘 왜 속상했는지 끝까지 말 안 해 줄 거야?

몇 분 후 답장이 왔어요.

마야: 이안.

나: 걔가 왜?

마야: 걔네 집에서 내 학비를 후원해 줘.

나: 아, 그래…….

마야: 내가 좋은 성적을 유지하는지 매년 학생 기록부를 확인하거든. 원래 걔네 집 자산 관리사가 학자금 지급 조건을 충족했는지 보는데, 오늘 아침에 이안이 갑자기 회의에 참석하더니 내 기록을 꺼내서 일일이 소리 내어 읽는 거야. 사적인 것들 말야. 엄마 월급, 아빠 월급, 경제 수준 같은 것들. 너무 화나서 울었어.

나: 내가 도울 수 있는 건 없어?

저는 놈을 망가뜨리고 싶었어요.

마야: 그냥 인과응보를 믿을 뿐이야. 게다가 이제 그렇게 속상하지도 않아.

보셨죠? 음식은 만병통치약이라니까요.

아, 물론 좋은 음식이요.

14

복용량: 2mg. 지난주와 동일.

11월 14일

엄마에게 상담 치료가 필요 없다고 했는데 제 말을 안 믿더군요. 의료진도 계속 권하고요. 약 부작용 때문에 생기는 부정적 감정의 유일한 배출구라나.

의료진은 제 기억력을 검사하길 좋아하더라고요. 하지만 전에도 말했듯이 저는 기억력이 탁월해요. 웅변조가 싫지 않았다면 역대 명연설 따위를 외우고 다녔을 거예요.

개 같은 건 따로 있죠.

다행히 이 약의 효능이 최적치에 도달한 것 같아요. 이제 거의 망상을 물러가게 할 수 있거든요.

어제, 마야하고 길을 걷는데 아스팔트 도로에 드리운 그늘에서 갱단이 걸어 나와 총을 꺼내 들었어요. 막 총격이 벌어지려는 순간 머릿속에 뭔가 찰칵 들어맞는 경쾌한 느낌이

들었어요. 처음 느껴 보는 어마어마한 통제감이었죠.

그대로 두목을 응시했더니 더는 진짜처럼 보이지 않더라고요. 놈은 당황한 듯이 눈을 깜빡이다가 나머지 갱단과 함께 아스팔트 속으로 사라졌어요.

제가 했어요. 난생처음으로 환영을 물러가게 한 거예요.

아무튼, 퀴즈 팀 대항전 얘기가 궁금하다고 하셨죠. 퀴즈 대회는 보통 강당 무대에서 열려요. 드와이트한테 듣자니 10년 전쯤 이안네 집에서 막대한 돈을 쏟아부어 학교 강당을 다시 지었다더군요. 이제 다른 가톨릭 학교들이 비교적 시설이 좋은 이곳으로 원정을 온대요. 실은 정치인들이 토론장으로 쓰고 싶어 할 만큼 호화롭죠.

그나저나 저보다 똑똑한 사람들이 펼치는 대회를 묘사하기가 좀 머쓱하네요. 사실 참가자들에게는 세 가지 선택지 뿐이에요. 기가 죽거나 승리욕에 불타거나 그냥 구경하기.

저는 줄곧 2군 벤치에서 대회를 지켜봤어요. 마야는 과학 문제를 맡고 드와이트는 나머지 분야에서 활약했죠. 학교에서는 이제 별로 눈에 띄지 않는데 무대 조명 탓인지 드와이트가 유독 희멀겋게 보이더라고요. 너무 창백해서 이마를 통해 뇌가 들여다보일 것 같았어요.

객석에서 드와이트 엄마를 봤어요. 다른 부모들보다 좀 더 연배가 있어 보였죠. 팀 연습 전에 드와이트랑 얘기하는 걸 몇 번 들었는데 틀림없이 과보호 타입이었어요. 무대 위아들에게 꽂힌 시선만 봐도 알 수 있죠. 아주머니가 손을 흔들자 드와이트는 누가 봐도 민망한 표정으로 뻣뻣하게 손을 흔들었어요. 마야는 드와이트 옆에 앉아 저를 보고 웃었어요.

이전과는 확연히 다른 미소였죠. 우쭐하고 싶지는 않지만 제가 마야를 웃게 한다는 사실에 자꾸 어깨에 힘이 들어가더라고요. 저를 보고 웃을 때마다 점점 더 예뻐 보여요. 이어서 마야가 내 사람이라는 생각이 머릿속을 채우죠. 키스도 했지, 관계 정립도 했지, 이제 완전히 정식이 되었거든요.

서로 관계에 이름을 붙이자고 한 적은 없지만 어쨌거나 드와이트 때문에 그 '대화'를 하게 되었어요. 점심을 먹고 있는데 대뜸 묻더라고요.

"그래서 너희 이제 사귀는 거야?"

제가 입안에 든 것을 삼키고 뭐라고 적절한 대답을 내놓기도 전에 마야가 응, 하고 대답했어요. 어색하게 웃거나 군더더기를 붙이지도 않았죠. 드와이트는 씩 웃더니 자신의 유기농 비건 도시락과 물병을 받침대 삼아 읽고 있던 학교 신문으로 돌아갔어요.

"그래?"

제가 물었어요.

"네가 싫지만 않다면."

마야가 대답했어요.

"아니! 좋아."

이때 너무 의욕적으로 대답한 것 같아요.

"다행이네."

"그러니까."

연민을 자아내는 대화였죠. 클레어와 로사는 말없이 킥킥거렸어요. 이렇게 우리의 새로운 관계는 선포되다시피 정립되었어요. 오직 고등학교에서만 가능한 방식이죠.

그리고 이런 얘기를 하면 남들처럼 평범하게 느껴지는 것 같아서 덧붙이는데, 마야하고 저는 아직 아무것도 하지 않았어요. 제가 원하지 않는 건 아니고 마야가 마음의 준비가 안 됐기 때문에요. 그래도 상관없어요. 저는 여자애한테 그런 걸 밀어붙이는 놈이 아니니까요. 남자들이 샤워할 때마다 생각하는 그런 것 말이에요.

그래요. 저도 섹스에 대해 생각해요. 많이요. 그런데 그게 다는 아니에요. 이제 마야에게서 떨어지기 싫어요. 마야와 함께 있으면 두려움이나 분노를 덜 느끼거든요. 누가 제 비밀을 알아내고 미친놈 주의보를 울릴 것 같은 불안함도요.

마야는 여러모로 저를 제정신으로 있게 해 주는 사람이에요. 어쩌면 약물이나 상담보다 도움이 되죠. 우리 팀이 열심히 맞히는 동안 저는 연습장에 낙서를 끄적이며 그런 생각들을 하고 있었어요.

그때 뜻밖의 상황이 벌어졌어요. 드와이트가 코피를 터

뜨려서 무대를 떠나게 된 거예요. 사실 연습 때도 한 번 그런 적 있어서 그렇게 놀라지는 않았는데, 이번에는 콧구멍에서 거의 분출하는 수준이었어요. 턱밑으로 줄줄 흘러 모르몬교 선교사 같은 흰 반소매 셔츠 목깃이 시뻘겋게 물들었죠. 드와이트 엄마는 이런 일이 일어날 줄 알았다는 듯이 냅다 무대 위로 뛰어 올라가, 가방에서 두툼한 각 티슈를 꺼내 휴지를 드와이트 콧구멍에 쑤셔 넣었어요. 불쌍한 드와이트.

드와이트가 엄마 손에 이끌려 나가자 헬렌 수녀는 제 셔츠 칼라를 와락 움켜잡고는 드와이트의 빈자리에 거의 내동댕이치다시피 했어요. 경기를 이어 나가게 했죠.

마야는 평소처럼 진지한 미소를 띠고(무대에 있었으니까요) 옆에 앉은 제 허벅지를 꽉 움켜쥐었어요. 손은 잠시 그곳에 머물다가 테이블 위로 돌아갔어요.

그다음엔 숨을 어떻게 쉬었나 모르겠어요. 분명 쉬긴 했는데 기억이 안 나요. 몇 분 동안 저는 무대에서 팀과 함께 있지 않았어요. 머릿속 어딘가에서 마야와 단둘이 있었죠.

"애덤, 집중 안 해!"

헬렌 수녀가 다그쳤어요.

아무도 마야가 절 만진 걸 못 봤어요. 마야는 문제를 풀려고 고개를 앞으로 숙이면서 머리카락으로 슬쩍 미소를 감추더군요. 그런 엉큼한 짓을 했다고는 누구도 의심하지 않을 만큼 천연덕스럽게요. 순진무구한 얼굴도 한몫했을 거예요.

악마도 속일 만하죠.

그런데 그때부터 정신이 약간 흐릿해졌어요. 진행자가 조용히 해 달라고 외친 후에도 쑥덕이는 소리가 가라앉지 않아서 뭔가 이상하다는 걸 알아챘죠. 처음에는 작게 속살거리는 것 같더니 점점 커졌어요.

목소리들이 저에게 정답을 알려 주고 있었어요.

부르키나파소의 수도는?

"와가두구."

목소리들이 속삭였어요.

셰익스피어의 작품 〈오셀로〉의 등장인물로…….

"이아고!"

목소리들이 외쳤어요.

그때부터 저는 승승장구했어요. 누구보다 빠르게 버저를 울리고 정답을 외쳤죠. 그런 저를 객석에서 드와이트가 멍한 표정으로 지켜봤어요. 옆에서 코피를 닦느라 열심인 자기 엄마는 안중에도 없었죠. 마야는 눈을 휘둥그레 떴어요. 먼발치에서 엄마와 폴도 대견함과 경악이 뒤섞인 표정을 짓고 있었어요. 그럴 만했죠. 외치는 족족 정답이기도 했지만 연습 때도 이렇게 손이 안 보일 정도로 버저를 눌러 댄 적은 없었거든요. 아마 제가 약 빤 놈처럼 보였을 거예요.

목소리들은 점점 커지는데 어느 순간 경기 종료를 알리는 버저가 울렸어요. 우리 팀이 60점 이상 차이로 이겼죠.

하지만 목소리들은 멈추기는커녕 제 목소리조차 묻힐 만큼 커졌어요. 하나같이 창백하고 괴짜 같은 팀원들의 환호성도 들릴 듯 말 듯했죠. 연습마다 최저점을 기록하던 제가 모두를 앞질렀다는 사실에 다들 충격받은 모양이었어요. 이럴 때 시치미 떼기는 제 전문이에요. 씩 웃으며 고개를 끄덕였죠. 비록 그들이 하는 말을 한마디도 들을 순 없었지만요.

헬렌 수녀도 기뻐 보였어요. 긴장이 풀린 듯 벤저민 신부와 담소를 나누며 쿠키를 먹고 있더라고요. 마야는 놀란 표정이었지만 얼굴은 활짝 웃고 있었어요.

그러고 나서 엄마를 본 순간 엄마의 표정이 허물어졌어요. 눈빛이 이렇게 말했죠.

조심해. 괜찮아?

그제야 목소리가 멈추고 제 머리로 생각할 수 있었어요.

그 후에 마야와 단둘이 커피를 마시러 갔어요. 첫 번째 공식 데이트라고 봐야겠네요.

사실 커피는 마야만 마셨고 저는 주스를 마셨어요. 커피를 디저트 재료로는 쓰지만 마시지는 않아요. 저는 맛보다 향이 진한 것들을 싫어하거든요. 주객전도 같아서요.

마야는 좋아하더라고요. 주말에 집에서 커피를 마실 때가 동생들이 방해하지 않는 유일한 시간이래요. 아무래도 "이 잔을 다 비울 때까지는 건드리지 마"라는 말에 묘한 힘이 있는 것 같아요.

아무튼, 한 차례 어색한 순간이 있었어요. 스타벅스 한 구석에 자리를 잡고서 마야에게 키스했을 때죠. 아니, 하려고 했을 때.

"방금 내 눈에 뽀뽀한 거야?"

마야가 눈을 가늘게 뜨고 물었어요. 제가 한 박자 일찍 고개를 숙이는 바람에 입술이 마야의 눈두덩이에 찍힌 거예요.

"어. 여자들 이런 거 안 좋아하나?"

제가 어색하게 웃었어요.

"아니, 완전 뿅 가지."

마야는 억지로 웃음을 참으며 눈두덩이를 문지르고는 덧붙였어요.

"하지만 난 이쪽이 더 좋아."

마야가 한 손으로 제 목덜미를 감싸고 자기 쪽으로 끌어당겨 입술에 키스했어요. 제가 다시 앉으려고 하자 아랫입술을 살짝 깨물었다가 놔주더군요.

"나도 그래."

저는 씩 웃으며 말했어요. 깨물리는 감촉도 짜릿했지만 사실 그 저돌성에 조금 놀랐어요. 뭔가 재치 있거나 로맨틱한 말을 덧붙여야겠다는 생각이 들었죠.

커피가 네 입술에서 더 달콤하게 느껴진다고 하면 너무

오글거릴까 고민하는 사이, 마야가 다시 저를 끌어당기는 바람에 결국 아무 말도 못 했어요.

엄마와 폴은 가끔 눈살이 찌푸려질 만큼 사이가 좋아요. 둘은 일주일에 한 번은 꼭 저녁 데이트를 해요. 폴이 로펌의 파트너 변호사로 승급했을 때 엄마가 내세운 규칙이죠. 폴이 일거리를 집까지 끌고 오니까 약간 뒷전이 된 느낌이 들었나 봐요. 옛날에 아빠한테 너무 크게 데여서 쉽사리 믿지 못하는 것 같아요. 저는 쓸데없는 걱정이라고 생각하지만.

엄마를 보는 눈빛을 보면 알아요. 아빠는 한 번도 그런 눈으로 엄마를 보지 않았죠. 적어도 제가 기억하기로는요. 폴의 눈빛과 미소를 보면 엄마는 걱정할 필요가 없어요. 폴은 엄마를 진심으로 사랑해요.

가끔가다 한 번씩 폴은 엄마를 특별한 장소에 데려가요. 심지어 그 이벤트를 위해 새 옷을 보내고 몇 시까지 준비하라고 일러 주죠. 보아하니 폴은 백화점에 엄마가 선호하는 브랜드와 사이즈를 미리 알려 주고 종종 이용하는 것 같더라고요. 웩. 하지만 네, 인정해요. 낭만적이죠. 영화 〈꿈의 구장〉에서 문라이트 그레이엄이 아내를 위해 파란 모자를 몇 상자나 사들였다는 게 드러나는 순간처럼요. 결국 하나도 전해 주지 못하고 죽었지만.

폴은 꽃 선물도 유별나요. 엄마는 언젠가 폴에게 꽃 선물을 싫어한다고 말했어요. 며칠 동안 시들어 죽는 걸 지켜봐야 할 뿐인데 왜 그토록 아름다운 것을 억지로 꺾어서 선물하는지 이해할 수가 없다고요. 그래서 폴은 창의력을 발휘했어요. 꽃 그림을 선물하고, 종이로 꽃을 접어 주고, 꽃 모양 귀걸이를 사 줬죠. 한번은 장난삼아 밀가루를 선물한 적도 있는데(영어로 밀가루flour와 꽃flower은 발음이 같다: 옮긴이), 엄마는 웃음을 터뜨리며 좋아했어요(밀가루는 제가 유용하게 썼어요).

엄마도 소소하게 깜짝 선물을 해요. 폴의 옷 주머니에 쪽지를 넣어 둔다든가 점심 도시락에 초콜릿을 넣어 둔다든가 하죠.

가끔은 너무 유난스러워서 주변 사람들을 거북하게 만들기도 해요. 하지만 둘 사이에 흐르는 기류에는 분명 아름다운 구석이 있어요. 매일 집에서 볼 수 있고, 함께 닭살 떨 반려자가 있다는 건 행복한 일이겠죠.

엄마는 대화 상대가 존중받는 느낌이 들게 하는 사람이에요. 상대방의 고민이 아무리 사소해도 큰 시련이 닥친 것처럼 들어 주고 전부 잘 해결되기를 바라죠. 정말 좋은 사람이지만, 한편으로는 주방 서랍에 일회용 간장 소스를 쟁여 두거나 차고 문을 열어 두고 깜빡하는 사람이기도 해요. 날이면 날마다요. 그리고 폴은 그 오래된 간장 소스들을 몰래 버리고 건넛집 나이 든 이웃에게 전화해서 우리 집 차고 문이 제대로 닫혔는지 확인하는 사람이죠. 그 인내심에 박수를 보내요.

두 사람이 함께해서 다행이지만, 가끔 제가 없으면 더 행복하지 않을까 생각해요. 그럴 때마다 슬프고 죄책감이 들어요. 저한테 무슨 일이 벌어지면 엄마는 크게 무너질 테니까요. 하지만 제가 엄마의 삶에 있는 한 엄마는 저 때문에 늘 노심초사할 거예요. 어느 쪽이 더 나쁜지 모르겠네요.

가끔은 그냥 다른 사람과 인생을 바꾸고 싶어요.

하지만 그랬다면 마야는 매일 잠들기 전에 제가 아닌 다른 사람과 문자를 나누겠죠.

어젯밤에는 이랬어요.

마야: 있잖아, 난 너랑 키스하는 게 좋아.

나: 난 네가 나랑 키스하는 걸 좋아해서 좋아.

마야: 뽕이다.

15

복용량: 2mg. 지난주와 동일.

11월 21일

어쩌다 보니 월요일 저녁마다 드와이트하고 테니스를 치게 됐어요. 저는 원래 테니스를 안 해요. 하고 싶다고 생각한 적도 없고요.

자초지종은 이래요.

지난주 퀴즈 팀 대항전 때 엄마는 처음 본 드와이트 엄마에게 아들이 괜찮은지 눈빛으로 묻고는, 기어이 폴을 끌고 가서 가방을 뒤져 물티슈로 코피 자국을 닦는 걸 도와줬어요.

엄마는 항상 가방에 물티슈를 넣어 다녀요. 보통은 쓸 기회가 생기기도 전에 말라 버리는데, 간혹가다 손에 끈적이는 게 묻으면 물티슈로 닦으면서 이렇게 말하듯이 눈썹을 치켜올리죠. 봤지? 다 쓸데가 있다고 했잖아.

그 짧은 시간에 엄마들 사이에 무슨 일이 일어났는지는 모르겠지만, 차에 타자마자 엄마가 드와이트와 더 많은 시간을 보내라고 하더군요. 그건 이론적으로 불가능한 일이죠. 이미 하나 빼고 전부 같은 수업을 듣는 데다가 부 활동까지 같이하니까요. 하지만 엄마는 제가 학교 밖에서도 친구들과 어울렸으면 좋겠다고 하더라고요. 말이 좋겠다는 거지 이미 정해진 거나 다름없었어요.

고등학생 아들에게 '놀이 약속'을 잡아 주는 게 엄마의 행동 범위에서 크게 벗어나는 일은 아니었지만 그래도 저는 엄청 화난 척했어요. 폴이 중재하려고 해도 엄마는 막무가내였어요. 그렇게 해서 드와이트와 테니스를 치게 되었죠.

월요일 저녁에 드와이트하고 저는 동네 테니스 코트에서 만났어요.

"쳐 본 적 있어?"

드와이트가 물었어요.

"아니."

"경기 본 적은?"

"없어."

드와이트는 당황하지 않고 라켓 쥐는 법부터 가르쳐 줬어요. 우리는 한 시간 동안 공을 주거니 받거니 했죠. 사실 드와이트는 예상보다 훨씬 잘했어요. 운동 신경이 턱없이 부족한 저에 비하면 펄펄 날아다니는 수준이었죠. 게임을 마치고 우리는 코트 가장자리에 주저앉아 게토레이를 마셨어요.
그런데 이상하게 드와이트가 조용하더라고요.

"왜 그래?"

제가 물었어요.

"너 여기 엄마가 시켜서 나온 거야?"

뭔가 민망한 질문이었어요. '나랑 친구 할래?'와 비슷한
느낌이었죠.

"아니. 한 번도 안 쳐 봐서 재밌겠다 싶었지."

저는 거짓말했어요.

드와이트가 개구쟁이처럼 히죽 웃더군요.

"다음 주 같은 시간?"

"콜."

드와이트는 가방을 챙기더니 진한 선크림 향을 남기고
코트를 떠났어요. 자외선 차단 지수가 500쯤 됐을 거예요.

이렇게 된 거예요. 엄마들이 놀이 약속을 주선해 줄 만
큼 우리 처지가 딱했는지, 아니면 우리가 애초에 이런 식으
로 어색하게 우정을 다져 갈 운명이었는지는 모르겠지만, 어
쨌든 썩 나쁘지 않은 것 같아요.

저는 원래 남에게 폐 끼치는 걸 싫어해요. 다들 이미 크
고 작은 일로 골머리를 앓고 있을 텐데 거기다 굳이 제 문제
를 보태고 싶지 않거든요. 그건 불공평하죠. 그래서 엄마가

괜찮냐고 물을 때마다 그렇다고 대답하고, 폴이 어색하게 웃을 때마다 덩달아 입꼬리를 끌어 올리는 거예요. 저는 누군가의 문제가 되고 싶지 않아요. 누가 저 때문에 자기 인생을 바꾸는 게 싫어요.

오늘 학교에서 박사님 생각을 했어요. 오해는 마세요. 박사님이 만난 환자들이 궁금했을 뿐이에요. 횡설수설 말하고, 침으로 비눗방울을 불고, 은박 모자(은박지를 접어 고깔 형태로 만든 것. 1970년대 후반 정부 집단의 세뇌나 외계 세력의 정신 조작으로부터 두뇌를 보호한다는 낭설이 퍼지면서 유행했다: 옮긴이)를 쓰고 다니는 다른 조현병 환자들이요. 토자프렉스를 복용하지 않는, 더는 현실과 환각의 경계를 구분하지 못하는 사람들.

1년 전쯤 엄마가 처음으로 병원에 데려갔을 때 제 상태는 좋지 않았어요. 저도 모르는 사이 뇌가 더러운 길거리에 내던져졌다가 오물과 깨진 유리 조각 범벅이 되어 다시 머릿속에 채워진 느낌이었어요. 겉은 멀쩡했지만 실제로는 만신창이었죠. 병원 대기실은 마치 연옥 같았어요. 모두가 자신이 죽었다는 걸 알면서도 구원을 기다리는, 우울하다 못해 으스스한 내세 말이에요. 흡사 차량관리국(미국 차량관리국은 방문객 대기 시간이 길기로 악명이 자자하다: 옮긴이)의 끝없는 대기 줄에 끼어 옴짝달싹 못 하는 기분이었죠.

종종 그 대기실이 꿈에 나와요. 다만 꿈속에서 저는 의자에 묶인 채 다른 환자의 주먹질을 피하고 엄마는 유리창 너머로 그 모습을 지켜보고 있어요. 흰 가운을 입은 남자가 위험하니 접근하지 말라고 경고했기 때문이죠. 저는 비명을 지르며 울지만 아무도 듣지 않아요. 아니, 신경 쓰지 않죠. 끔찍하게 외로워요.

아무튼, 대기실에 환자는 저 말고 두세 명뿐이었어요. 전부 남자였죠. 레고 테이블에 앉아 얌전히 노는 레베카를 제외한다면요. 환자 중 한 명은 저처럼 엄마랑 온 제 또래 남자애였어요. 저보다 상태가 심각해 보였는데 그게 묘하게 위안이 되더라고요. 물론 양심에 가책을 느꼈죠. 걔 상태가 더 안 좋다는 게 제가 자신감을 느낄 이유는 아니니까요. 그딴 건 상관없어요. 어차피 우리 둘 다 벗어날 수 없거든요. 엄마들도 이 사실을 알죠. 바로 그 점이 최악이에요. 차라리 혼자 괴로운 게 나아요.

그 남자애는 몸을 앞뒤로 흔들며 콧노래를 흥얼거렸어요. 낯선 멜로디였는데 가끔가다 바뀌는 듯했어요. 그 애 엄마는 더없이 차분했어요. 전자책으로 뭔가를 읽고 있었는데 자기 아들이 그저 얌전히 앉아 있다는 듯이 굴었죠. 아니, 아들의 행동이 이상하다는 걸 알지만 그걸 지적하는 사람은 기꺼이 때려눕힐 듯한 기운이 느껴졌어요. 아들을 위해 한평생 싸우겠다는 전사 같은 태도가 몸에 배어 있었죠. 그러다 남자애가 자기 옷소매를 걷어 올리자 그제야 아들 쪽을 보고

소매를 도로 끌어 내렸어요. 하지만 그 전에 저는 보고 말았어요. 그 애 팔뚝에 있는 깊고 붉은 상처들을요. 손톱으로 마구 찌르고 후빈 듯한 흔적이 팔꿈치까지 이어져 있었죠.

그 애 엄마가 제 빤한 시선을 눈치채고 저를 쏘아보자 엄마의 보호 본능이 꿈틀했어요. 엄마들은 한동안 날 선 눈빛을 주고받았고, 제 엄마가 먼저 입을 열었어요.

"핑클만 박사님 보러 오셨나요?"

상대방은 고개를 끄덕이며 아들의 머리를 다정하게 쓰다듬고는 다시 책을 읽었어요. 이제 두 사람은 적이 아니라 같은 싸움터에서 같은 의사에게 애원하는 동지였죠. **부디 내 아들을 고쳐 주세요.**

저는 그 대기실을 자주 생각해요. 저 같은 사람들이 모이는 장소니까요. 미치광이들의 집합소. 우리는 허깨비를 보고 헛소리를 따르죠. 선택의 여지는 없어요. 우리한테는 그것도 현실인걸요.

어쩌면 주어진 현실에 감사해야 할지도 몰라요. 몇십 년만 더 일찍 태어났다면 정신 병원에 보내져 짐승처럼 다뤄졌을 테니까요. 따로 지옥을 상상할 필요가 없어요. 긴 역사 안에서 정신 병원은 그에 버금갈 만큼 끔찍한 곳이었죠.

이번 기록은 좀 암울하지만 박사님도 주어진 것에 감사하세요. 적어도 이걸 읽고 돈이라도 버시잖아요.

16

복용량: 2.5mg. 용량 증가 승인.

11월 28일

그동안 드와이트가 시도 때도 없이 말하는 게 짜증 났는데 이제 존경심이 생겨요. 테니스를 치면서 끊임없이 말을 하는 건 불가능에 가까운 일인데 드와이트는 숨을 헐떡인다거나 땀 한 방울 안 흘리고도 해내더라고요.

어쩌면 그렇게 아무 알맹이 없는 말을 쉬지 않고 할 수 있는지 놀라워요. 그런데 그보다 존경스러운 점은 남의 눈에 자기가 어떻게 보일지 신경 쓰지 않는다는 거예요. 드와이트는 어수룩하고, 희멀겋고, 깡말랐죠. 하지만 그런 걸 의식하는 애가 아니에요. 그렇게 늘 해맑기도 쉽지 않다고 생각했는데, 그래서 어제 체육 시간 끝나고 들린 침울한 목소리가 곧장 귀에 꽂혔나 봐요.

트랙에서 오래달리기를 마치고 남자애들 대부분은 번

개처럼 샤워를 끝냈어요. 세인트 애거사의 샤워실은 흔한 공공 샤워실과 달리 개인 샤워 부스가 있고 문밖에 옷을 걸어 둘 수 있어요. 참 고급스러우면서도…… 고등학교 샤워실에 별 유난이다 싶죠.

제가 거의 마지막으로 달리기를 끝내고 탈의실에 들어섰을 때, 드와이트가 이안을 포함한 남자애 댓 명에게 옷을 돌려 달라고 애원하는 소리가 들렸어요.

"아, 좀, 제발."

드와이트가 샤워 부스 문틈으로 말했어요. 이안은 허리춤에 수건을 두른 채 드와이트의 옷을 투우사가 붉은 천으로 소를 유인하듯 흔들었어요.

"장난 그만 쳐. 나 수업 늦는단 말이야."

드와이트가 사정했어요.

"그건 내가 알 바 아니지."

이안은 중앙 복도로 통하는 문 옆 로커로 가서 그 위로 드와이트의 교복을 던졌어요. 드와이트가 손을 뻗어도 닿지 않을 만한 높이였죠.

"이제 별수 없이 늦겠네."

이안이 이죽거렸어요.

키가 커서 위협적인 것도 나름 유리할 때가 있어요. 제가 탈의실에 들어오는 걸 못 봤는지 녀석들에게 가까이 다가가자 다들 움찔 놀라더군요. 이안이 뭔가 말하려고 입을 뗀 순간 저는 놈이 허리에 두른 수건을 낚아채고 그대로 문밖으로 밀쳐 버렸어요. 그리고 문고리를 꽉 잡아서 못 들어오게 했죠. 이안은 복도에서 알몸으로 미친 듯이 문을 두드렸어요. 의외로 탈의실에 남은 녀석들은 두 손 놓고 있더라고요. 심지어 제가 쳐다보니까 다들 뿔뿔이 흩어졌어요.

그때 종이 울렸어요.

수백 명의 발소리가 복도에 울려 퍼지더니 이내 웃음소리가 들렸어요. 저는 로커 위에서 드와이트의 교복을 내려서 샤워 부스 안으로 던져 줬어요.

"진짜 알몸으로 복도에 내쫓은 거야?"

"그랬지."

제 대답에 드와이트가 씩 웃었어요.

"꼴이 어땠어?"

"추워 보이더라. 가자. 수업 늦겠다."

아마 제 인생에서 가장 경솔하고 무식한 짓이었을 거예요. 하지만 인생 최고의 순간들이 대개 그렇잖아요. 나중에 앙갚음을 당할지도 모르지만, 후회는 없어요.

나중에 마야한테 문자를 받았어요.

마야: 이안 스톤의 뾰루지 난 흰 엉덩짝이 체육관을 지나 뛰어가는 걸 보고 실명할 뻔. 듣자 하니 너랑 관련 있다던데?

나: 천만에. 인과응보야.

17

복용량: 2.5mg. 지난주와 동일.

12월 5일

엄마가 임신했어요.

18

복용량: 3mg. 용량 증가 승인.

2013년 1월 9일

지난 기록에 대해서는 일단 넘어가죠. 이왕 넘어가는 김에 가족 여행으로 하와이에 다녀오고 크리스마스 선물로 원하던 튀김 냄비를 받은 일도 굳이 풀어 쓰지 않을게요. 저는 마야에게 구명조끼를 사 주고 수영 강습권을 끊어 줬어요. 마야는 가죽으로 된 공책에 자기 할머니의 필리핀 요리 레시피를 전부 손으로 적어 줬고요. 네, 물론 연휴 내내 마야가 무척 그리웠어요.

하지만 그런 얘기는 중요하지 않아요. 그사이에 코네티컷주에 있는 샌디훅 초등학교에서 아이 스무 명과 어른 여섯 명이 살해당했거든요.

세계 곳곳에서 꽤 자주 일어나는 일이죠. 사람 목숨이 수천 단위로 파리 떼처럼 스러지는 일. 보통 아무도 신경 쓰지 않아요. 나와 관련 없는 사건이니까요. 눈살 찌푸리시기 전에 박사님 자신을 돌아보고 제가 옳다는 걸 인정하세요. 솔직히 알지도 못하는 사람들이 죽는다고 누가 신경 쓰겠어요? 다만 피해자가 어린아이들이라면 얘기가 달라지죠. 그건 너무도 비통한 일이니까요.

그 사건이 벌어지고 나서 엄마와 폴은 학교 이사회에 참석했어요. 엄마 핸드폰을 엿보지 않았다면 저도 몰랐을 거예요.

이 학교는 그런 일이 벌어졌을 때 누구를 경계해야 할지 이미 알고 있죠. 위험해졌을 때 비난할 수 있는 대상이요. 학교 이사장(이안의 아빠)은 그 총격 사건 이후 신속하게 비밀회의를 소집했어요. 법적 이유로 외부에 새어 나가면 안 되는 데다가 크리스마스가 얼마 남지 않은 시점이라 꽤나 어려운 일이었겠죠. 학부모들은 저 같은 학생이 있는 학교에 자식을 보내고 싶지 않을 거예요. 통제력을 잃을 가능성이 있는 학생. 대부분은 제 상태나 치료제에 관해 묻지도 않고 바로 기겁하겠죠. 그런다고 비난할 수는 없지만요.

비록 여기서 먼 곳에서 벌어진 사건이지만, 저는 바로 알았어요. 총격범이 저와 같은 부류의 사람이라는걸. 그리고 우등생이었죠. 심지어 한때 가톨릭 학교에 다녔고요.

기묘하게도 저와 이름까지 같아요. 애덤.

그 모든 게 사실과는 다르다 해도 학교에선 엄마와 폴

과 이야기를 하고 싶어 했겠죠. 저도 비상 회의가 열릴 것쯤은 알고 있었어요. 아마도 가톨릭 가치에 따라 종교 재판 방식으로요.

이사회는 비밀 엄수 규정에 반대했어요. 교직원 외에 누구도 제 상태를 알아서는 안 된다고 폴이 똑똑히 명시한 사항을 걸고넘어졌죠. 그야 만약 '그런 사건'이 벌어진다면 학부모들이 자기 아이가 시한폭탄과 함께 학교에 다니는 줄 몰랐다며 목청이 터지도록 규탄할 테니까요.

그 시한폭탄은 바로 저고요.

하지만 그건 가톨릭 교리와 부딪치니까 무턱대고 반대하기가 껄끄러웠겠죠. 성경은 포용하라고 가르치잖아요. 예수가 사람들에게 조현병 환자를 '추방'하라고 할 리 없겠죠. 괜히 너희 가운데 죄 없는 자가 먼저 돌을 던지라고 했겠어요?

아직 총기 난사범에 대해 알려진 건 별로 없어요. 어쩌면 몇 달간 계획했을 수도, 공모자가 있을 수도, 어떤 목적을 이루려고 경찰에 사전 통보했을 수도 있지만, 사실 그럴 가능성은 희박해요. 다들 범행 동기를 추측하고 있는데 제가 보기엔 별 의미 없어요.

밝혀진 대로 20세 남성이 어머니를 사살한 뒤 초등학교에 들어가 학생들과 교사들을 향해 무차별 총격을 가했을 뿐이죠. 아무 이유 없이, 무슨 방해물을 처리하듯이요.

이번 사건으로 총기 규제에 대한 논의가 다시 불붙었지만, 역시 법을 바꾸기에는 사람들의 관심이 역부족인 듯해요.

아무튼, 그 무엇도 아이들이 죽었다는 사실을 바꿀 수 없죠. 영영.

엄마는 뉴스를 보며 울었어요. 감수성이 예민한 사람이라 그 비극적인 참사에 애도의 눈물을 흘린 걸지도 모르지만, 실은 저 때문에 울었다는 걸 알아요. 그때 보던 뉴스는 범인이 정신병을 앓았고 어떤 악마의 속삭임에 따라 그런 짓을 저질렀을지도 모른다는 내용이었거든요. 엄마는 저를 걱정한 거죠. 정신병자들을 대상으로 한 마녀사냥이 벌어질지도 모르니까요. 조현병이 있는 노숙자들을 쥐도 새도 모르게 사라지게 하는 것쯤은 일도 아닐 거예요. 그다음에는 벽보고 혼잣말하는 사람들, 조울증 환자들, 심각한 행동 장애를 지닌 사람들까지 표적이 되겠죠. 그게 바로 엄마가 꾸는 악몽이에요. 언젠가 누가 와서 절 데려가는데 막을 수 없는 상황.

크리스마스 연휴가 끝나고 학교에 갔더니 다들 그 이야기를 했어요. 첫 미사는 희생자와 유족들을 위한 추모 미사로 진행됐죠. 성서대 위로 간신히 얼굴을 내민 2학년 여자애가 겁에 질린 표정으로 보편 지향 기도(개인이 아닌 구성원 공통의 지향이 이루어지기를 비는 기도: 옮긴이)를 인도했어요. 작은 목소리로 이렇게 말했죠.

"샌디훅 초등학교 총격 사건의 희생자와 유족들을 위해 기도합시다. 주여, 우리의 기도를 들어주소서."

기도가 끝났을 때 성당 안에는 끔찍한 공허함이 감돌았어요. 그 학생이 희생당한 아이들과 비슷한 나이라고 생각하니 갑자기 슬픔이 북받쳤어요. 그게 얼굴에도 드러났는지 마야가 제 손을 어루만졌어요.

물론 그 화제는 수업 시간에도 이어졌어요. 사건의 경위를 되짚고 앞으로 이런 일이 벌어지면 어떻게 대처할지 논의해야 했죠. 길고 긴 토론 끝에 희생자들을 위한 기도가 이어졌어요. 왜 아니겠어요? 이 학교는 온갖 쓸데없는 일에도 기도를 남발하는데 죽은 사람을 위해 기도하는 건 합리적인 축에 들죠. 그리고 기도가 끝나자마자 교실은 총격범에 대해 떠들기 시작했어요.

"대체 왜 그런 거래요?"

"확실히 밝혀지지는 않았지만, 정신적인 문제인 것 같더구나."

캐서린 수녀는 그렇게 말하면서 제 쪽을 미세하게 흘끗하고는 곧장 시선을 돌렸어요. 레베카가 교탁에 앉아 너무나 분한 표정을 지었죠. 만약 레베카가 진짜였다면 캐서린 수녀에게 뭔가를 집어 던졌을 거예요. 물론, 레베카가 진짜였다면 저는 정상이겠죠.

그때였어요.

"살기 싫으면 그냥 혼자 뒈질 것이지."

누가 한 말인지 모르겠지만 똑똑히 들었어요. 다 들으라는 듯이 하는 혼잣말이었죠. 캐서린 수녀가 고개를 번쩍 들고 살벌한 목소리로 다그쳤어요.

"방금 누가 말했지?"

그러고는 입술을 말아 물고 매서운 눈빛으로 교실을 둘러봤어요.

다들 움직임을 멈추고 입도 벙긋하지 않았어요. 그 한마디가 공기처럼 교실 안을 떠돌았어요.

살기 싫으면 그냥 혼자 뒈질 것이지.

그 순간 갑자기 울컥했어요. 그 말을 한 사람은 통제력을 잃는다는 게, 자기 정신에 속는다는 게 어떤 건지 절대 모를 테니까요. 환청을 멈추고 싶어서 차라리 목소리가 시키는 대로 해 버리고 싶은 미칠 듯한 욕망도요. 하지만 저는 곧바로 그 생각을 떨쳐 버렸어요. 저도 모르게 살인자를 동정하고 있다는 걸 깨달았거든요.

종이 울리자 캐서린 수녀가 제 주의를 끌더니 자기 책상으로 오라고 살짝 턱짓했어요. 그리고 다른 애들이 전부 교실을 나갈 때까지 기다렸다가 입을 열었어요.

"너한테 한 말이 아니란다, 애덤."

캐서린 수녀가 재빨리 말했어요. 저는 교사들이 제 비밀을 알고 있다는 걸 평소에 별로 의식하지 않아서 그 대화가 좀 거북했어요.

"몰라서 그렇지, 저한테 한 말이나 다름없어요."

캐서린 수녀는 고개를 저었어요.

"그 무엇도 자살을 정당화할 수 없다. 그건 오직 하느님의 권한이야."

"그럼 아이들을 죽이기 전에 그자를 데려갔어야죠."

캐서린 수녀는 적절한 말을 고르는 듯했는데 저를 위로해야 한다고 느끼지는 않길 바랐어요.

"전 괜찮아요. 내일 뵐게요."

그 말을 뱉은 사람은 상황에 적절한 말을 한 거예요. 말마따나 그냥 혼자 죽었다면 무고한 사람들이 희생당하지 않았을 테니까요.

그 느낌은 평생 잊지 못할 거예요. 만약 제 비밀이 탄로나면 남들이 무슨 말을 할지, 남들이 저 같은 사람들을 어떻게 생각하는지, 흔하고 가식적인 위로 속에 어떤 본심이 숨어 있을지 실감했을 때의 느낌.

제가 위협이 된다는 걸 안다면, 저보고 자살하라고 하겠죠. 그들 눈에 저는 괴물이니까요.

월요일에 등교 도우미와 함께 행정실에 방문하라는 친절한 독촉 통지를 받았어요. 당연히 그대로 쓰레기통에 버렸죠. 비록 확인하는 사람은 없었지만 저는 원래 이안과 매주 만나기로 되어 있었어요. 물론 제가 놈을 발가벗겨 복도로 내쫓는 순간 그럴 가능성은 아예 사라졌죠. 이제 슬슬 친해지고 있었는데, 참 아쉬워요.

그날부터 이안이 유별나게 조용해진 게 좀 이상하긴 했는데 딱히 신경 쓰지는 않았어요. 오늘 수업 끝나고 복도에서 마주쳤을 때까지는요. 놈이 평소처럼 저를 투명 인간 취급하며 지나가지 않고 우뚝 멈춰 서서 뭔가를 안다는 표정으로 쳐다보더군요.

제가 성당 옆 복도에 있는 화장실로 들어갔을 때, 이안은 굳이 제 옆 소변기를 차지하고 오줌을 누기 시작했어요. 저는 그걸 꺼낸 채로 옆 사람과 얘기하는 걸 꺼리는데 놈은 뻔뻔하더군요. 샤워실 사건 이후 처음 마주하는 거였어요.

"코네티컷에서 벌어진 일, 정말 비극이지."

이안이 말했어요.

"그래."

저는 놈이 입을 비죽거리는 걸 보며 본론을 기다렸어요.

"그런 정신병자들은 죄다 모아 놓고 쏴 갈겨야 하는데, 안 그래? 그래야 피해자가 안 생기지."

놈은 지퍼를 올리고 제 등을 두드리더니 돌아서기 전에 벽에 적힌 '예수님은 당신을 사랑합니다/호모가 되지 마세요' 낙서를 보고 덧붙였어요.

"이게 아직도 있네. 지울 생각을 안 하나."

몸이 차가워졌어요.

이 기록장에 속마음을 털어놓으면서 가끔 박사님의 존재를 까먹어요. 어떨 때는 박사님이 제 얘기를 듣고 있는 것 같지만 또 어떨 때는 아무도 읽지 않을 편지를 쓰는 느낌이에요.

그래서 하는 말인데 저는 총에 관심 없어요. 소유한 적도 없고 누구를 쏘고 싶다고 생각해 본 적도 없어요. 폭력적인 게임도 안 해요. 주로 못해서 그렇지만. 심지어 레이저 태그도 별로 안 좋아해요.

아멘.

19

복용량: 3mg. 지난주와 동일.

1월 16일

네, 제가 어쩌다 손을 다쳤는지 알고 싶으신 거 이해해요. 원래 상담이 이런 식으로 굴러가지 않는다는 것도요. 이 '기록'으로 이야기하는 방식으로는 충분한 효과를 볼 수 없다는 거죠. 상담은 보고가 아니라 대화니까요. 박사님이 제 말을 듣고, 그에 관해 대화를 나누고, 다음 주에 똑같은 짓을 반복하고, 나아지는 건 아무것도 없는 과정.

저는 제 상태를 잘 알아요. 굳이 저한테 문제가 뭔지 짚어 주실 필요는 없어요. 꿈의 의미나 환각의 변화를 일일이 분석해 주지 않아도 저는 제 머릿속 구석구석에 뭐가 숨어 있는지 명확히 의식하고 있어요. 제가 비정상인 건 저도 잘 아니까 전문가 소견은 필요 없어요. 박사님 방에 앉아 이러쿵저러쿵 얘기하는 게 시간 낭비라는 뜻이에요.

참고로 박사님 책상에 놓인 세 아이 사진이나(셋 다 치아 교정이 필요해 보여요. 죄송하지만 사실이에요), 박사님 아내나 벽에 걸린 초록 우산을 쓴 여인 그림에 대해서도 전혀 안 궁금하고요.

그러고 보니 제가 모든 걸 기록하는 게 박사님한테 불리할 수도 있겠네요. 증거가 남는다는 뜻이니까요. 행여 제가 실성해 가는 징후를 놓치거나 수상한 일화를 간과했다는 사실이 뒤늦게 드러나면 난처하시겠죠. 그야말로 종이 한 장차이로 치료의 성패가 갈릴 수 있으니 그 전에 낌새를 눈치채셔야겠네요.

엄마에 관해 물어보셨죠. 제가 엄마의 임신을 어떻게 생각하는지, 걱정되지는 않는지요. 합리적인 질문이라고 봐요. 우리는 인생의 굵직한 변화 앞에서 불안해하죠. 매일 반복되던 일상이 흔들릴 때 문제가 생기곤 하니까요. 그래서 엄마는 여느 때보다 저를 더욱더 예의 주시하고 있어요.

엄마는 꽤 어렸을 때 저를 낳았어요. 스무 살은 엄마가 되기에 어린 나이죠. 제 나이로는 4년 뒤예요. 저는 제가 고작 4년 뒤에 아빠가 된다고는 상상도 못 하겠어요.

엄마와 폴이 아이를 원했다는 건 이해가 가요. 이상한 건 저한테 진작 털어놓지 않았다는 거예요. 엄마는 사소한 일도 지나치게 자세히 설명하는 편이거든요. 그런 중대한 일을 비밀로 했다는 건 정말 엄마답지 않은 일이죠. 둘은 임신

3개월 차에 들어서야 저에게 말해 줬어요.

그 소식을 전할 때 폴은 초조해 보였어요. 마치 제가 화를 낼까 봐 두렵다는 듯이요. 표정을 본 레베카가 서럽게 흐느꼈어요. 그야, 아기가 태어나는데 제가 왜 화를 내겠어요?

다만 엄마가 아기와 저를 동시에 걱정한다는 점이 서글퍼요. 다 큰 자식을 걱정할 필요는 없어야 하는데. 게다가 제 머릿속에는 폴의 반응이 들려요. 물론 은유적으로요. 환청으로 폴의 목소리를 듣지는 않거든요. 이제 폴은 자기 혈육을 보호해야 하죠. 왠지 셰익스피어식 비극이 떠오르지 않나요? 적통 후계자에게 위협이 되는 누군가를 몰아내야 하는 상황.

적어도 엄마가 임신했다는 사실을 마야에게 터놓고 이야기할 수 있어 좋아요. 남동생들이 고작 다섯 살이라 마야도 늦둥이 동생을 보는 심정을 공감하거든요.

그러고 보니 아직 마야 엄마를 못 봤네요. 간호사이고 근무 시간이 들쑥날쑥하다는 건 알지만 한 번쯤 만날 때도 됐는데.

참. 제 손. 어떻게 된 거냐면요.

목요일 방과 후에 마야와 도서관에서 늦게까지 숙제하기로 했었어요. 엄마는 병원 예약이 있고 폴도 야근한다고 했거든요. 저는 곰 모양 젤리를, 마야는 땅콩버터 프레첼을 챙겨 왔어요. 도서관에서 공부하면서 데이트 기분을 내고 싶을 때 추천하는 간식들이죠.

저는 도서관을 좋아해요. 노숙자들에게 열린 장소라는 것만으로도요. 아무리 늙어도 드나들 수 있고, 또 언제나 동심으로 돌아간 듯한 느낌을 주거든요. 저는 아직도 엄마가 아빠 일자리를 찾으려고 신문 구인란을 뒤적이는 동안 어린이 서가를 누비고 다닌 기억이 나요. 책 냄새도 좋고요.

도착해서 자리를 잡고 얼마 안 돼 이안이 절 쳐다보고 있다는 걸 눈치챘어요. 근처 책상에 발을 올려놓고 앉아 저를 보면서 눈썹을 치켜올리더군요. 그때 저는 책상에 올려둔 책더미 위를 맴도는 파리 떼를 쫓으려고 펜을 쥔 손을 휘두르던 참이었어요.

그제야 녀석이 저를 그렇게 빤히 쳐다보는 이유를 깨달았어요. 파리 떼는 진짜가 아니었던 거죠.

저는 그대로 얼어붙었어요. 파리 떼는 여전히 완벽한 대형을 이루며 날아다녔어요. 잠시 뒤에 복사실에서 나온 마야가 왜 그렇게 딱딱히 굳어 있냐고 물었어요. 집중하느라 그렇다고 대답했지만, 실은 태연하게 굴려고 무진장 애쓰고 있었죠. 그때까지도 이안은 저를 지켜보고 있었고요.

문득 도망쳐야겠다는 생각이 들었어요. 머리 한구석에서는 멍청한 짓이란 걸 알았지만 몸이 멋대로 반응했어요. 빨리 벗어나야 한다는 일념에 사로잡혀 벌떡 일어나 서가 옆 책상들을 빠르게 지나쳤어요. 그러다가 그만 카펫이 튀어

나온 곳에 걸려 넘어지면서 책장 모서리에 손바닥이 쫙 긁힌 거예요. 살점이 너덜거릴 만큼 흉하게 찢어졌죠. 상처에서 피가 솟구쳐 바닥에 후드득 떨어졌어요. 어느새 뒤따라온 마야가 비명을 질렀어요. 얼굴이 창백하게 질려 있더라고요. 도서관에서 큰 소리를 낼 정도로 놀란 거죠. 그러더니 곧바로 울음을 터뜨렸어요.

마야가 그렇게 겁에 질려 우는 모습은 처음 봤는데, 저 때문에 자제심을 잃었다는 게 묘하게 뿌듯하더라고요. 네, 변태 같다는 거 알지만, 어차피 이 한심한 기록의 목적이 있는 그대로의 저를 충실하게 반영하는 거 아닌가요? 맞아요. 제가 다친 걸 보고 마야가 울어서 기분이 좋았어요. 그게 소름 끼치는 변태의 특성이라면 제가 그런 놈인가 보죠.

도서관 사서도 야단법석을 떨었어요. 덕분에 사람들 시선이 전부 피범벅 된 카펫에 쏠렸죠.

"내 차로 병원에 데려다줄게."

이안이 불쑥 나타나서 말하자 사서가 한시름 놓았다는 표정을 지었어요. 이제껏 얼마나 많은 교직원이 놈의 허울 좋은 말에 속아 넘어갔을지 궁금해지더라고요. 그 굶주린 눈빛만 봐도 정보를 캐내려는 집착이 뻔히 읽히는데요. 물론 저는 놈의 속 보이는 제안을 받아들일 생각이 조금도 없었어요. 다행히 마야가 끼어들어서 제가 나설 필요가 없었죠.

"괜찮아. 내가 데려갈게."

마야는 창백한 얼굴로 말했어요.

사서는 마야가 이안의 정중한 제안을 거절한 것이 조금 무례하다고 여기는 표정이었지만, 저는 우리끼리도 충분하다고 둘러대고 마야와 도서관을 빠져나왔어요. 사람들이 수군대는 소리와 이안의 눈초리가 등 뒤로 느껴졌어요. **병신.**

"갑자기 왜 달린 거야?"

마야가 차 키를 찾으려고 가방을 뒤지며 나지막이 물었어요.

"난 또라이니까."

저는 적당히 넘어가 주길 바라며 대답했어요. 마야는 탐탁지 않은 표정이었지만 더 캐묻지는 않았어요. 손이 욱신욱신하더라고요.

마야는 등교할 때 끌고 온 자기 아빠의 미니밴으로 저를 응급실에 데려갔어요. 우리는 거기서 흥분한 엄마를 만났죠. 엄마는 복잡한 표정이었어요. 저를 걱정하면서도 자기도 모르게 마야 앞에서 제 병을 언급할까 봐 조심스러워하는 눈치였어요.

저는 엄마에게 그냥 도서관에서 넘어져서 다쳤다고 둘러댔어요. 물론 의혹에 찬 눈빛이 날아왔죠. 그야 도서관에서 누가 다치겠어요, 진심.

의사가 상처를 봉합하러 나타났을 때 저는 마야에게 집에 돌아가라고 했어요. 안 그래도 메스꺼워 보이던 마야는 제 볼에 입 맞추고 곧장 문을 박차고 나갔어요. 고맙게도 엄마는 마야가 사라지고 나서야 휘파람을 불더라고요.

얼마 뒤 폴이 나타났어요. 입을 꾹 다문 채로 제 등을 두드리고는 의사가 제 손을 꿰매는 동안 엄마하고 잠시 말없이 대화를 주고받았어요. 폴도 피를 잘 못 보는지 문 근처 의자에 앉더니 고개를 푹 숙였어요.

저는 둘 다 밖에서 기다리라고 말했어요. 엄마는 마뜩잖은 기색이었지만 폴이 겨우 달래서 복도로 데려갔어요.

저는 블라인드 틈새로 두 사람을 지켜봤어요. 엄마는 결연한 얼굴로 빠르게 말하고 있었는데, 그때 폴이 처음 보는 행동을 했어요. 손을 뻗어 엄마 배에 손을 얹은 거예요. 그러고서 활짝 웃자 엄마도 말을 멈췄어요.

두 사람은 행복해 보였어요. 저는 황급히 시선을 돌려 의사가 봉합을 마무리하는 걸 지켜봤어요. 왠지 둘만의 순간을 방해하는 느낌이 들었거든요.

복용량을 다시 늘려야 할 때가 된 것 같아요.

집에 와서 엄마와 오랫동안 이야기를 나눴어요. 저한테 일어난 일과 그것이 의미하는 바에 대해서요. 폴은 조용히 앉아 한 번씩 의견을 내거나 엄마 말에 동조했어요. 그게 폴의 장점이에요. 상대방의 기분을 고려하면서 진지하게 논의하는 법을 알거든요. 사람들과 얘기하는 모습을 보면 괜히 유능한 변호사가 아니라는 게 느껴지죠. 아무튼, 복용량을 늘리는 건 일단 가족끼리 합의가 됐어요.

여전히 월요일마다 드와이트하고 테니스를 쳐요. 다친
손은 왼손이라 별문제 없어요. 어쩌다가 다쳤는지 학교에서
이미 말해 줬는데 드와이트는 제 대답이 영 만족스럽지 않
은 눈치였어요.
"그래서 그때 왜 달린 건데?"
"난 또라이니까."
"그건 아는데, 진짜로."
"그냥 갑자기 달리고 싶었어."
"도서관에서?"
"어."
드와이트는 저를 묘한 얼굴로 쳐다보더니 이내 어깨를
으쓱했어요. 가끔 드와이트가 뭔가 눈치챘나 싶을 때가 있어
요. 어쩌다 한 번씩 제가 좀 이상하게 군다는 듯한 눈초리로
바라보는데, 그때마다 아무 말 없이 넘어가더라고요. 한편으
로는 드와이트에게 털어놓고 싶기도 해요. 후회할 게 뻔하
지만.
형이나 오빠가 되는 기분이 어떤지 물어보셨죠. 아직 아
기가 실제 사람처럼 느껴지지 않아서 깊게 생각해 본 적은
없어요. 그저 제가 엉망인 걸 그 아이가 개의치 않았으면 좋
겠어요.

150

20

복용량: 3mg. 용량 증가 건의. 아직 승인되지 않음.

1월 23일

잠이 안 와요. 또.

엿 같은 상황이죠. 따지고 보면 세상에서 가장 쉬운 일이잖아요. 그냥 편하게 누워서 정신이 가물가물해지길 기다리기. 그런데 그 자연스러운 현상이 좀처럼 찾아오질 않네요. 어릴 때부터 그랬지만 진단을 받고 나서 더 심해졌어요.

하긴 저 같은 사람들한테는 흔한 증상이에요. 우린 잠을 못 자죠. 혹시 잠든 사이에 정부 비밀 요원들이 잠입해 뇌에 금속 칩을 심어 심리를 조작할까 봐.

사실 제 경우에 불면증은 약의 부작용 중 하나예요. 가끔 잠자는 게 고역처럼 느껴지는데 잠을 사랑하는 저로서는 꽤나 난감하죠.

월요일에 학교를 빠진 것도 그래서예요. 일요일 밤에 한

숨도 안 자고 온갖 쿠키와 머핀, 애플파이, 블루베리파이, 레몬바를 만들었거든요. 단지 잠이 안 와서가 아니라 제 방이 너무 북적이고 시끄러워서요. 심지어 레베카마저 불편해 보이더군요.

중절모를 쓴 음산한 남자. 침대 헤드에 자리 잡은 새들. 형체 없는 성가대의 합창. 10분쯤 듣다 보니 도저히 못 견디겠더라고요. 제이슨은 책상에 발을 걸치고 앉아 저더러 폴과 엄마를 깨우지 않도록 조심하라고 일렀어요. 제 의자에 맨궁둥이를 붙이고 있는 사람이 할 말은 아니었죠. 비록 본인도 다른 이들을 배려해 한구석에 얌전히 처박혀 있긴 했지만요.

레베카가 저를 따라 주방에 들어왔어요. 저처럼 눈이 충혈되고 얼굴이 핼쑥했죠. 제가 제빵 재료를 모두 꺼내는 동안 바 스툴에 자리를 잡고 저를 지켜보았어요. 저는 주방 앞뒤 문을 모두 닫고 거품기를 꺼냈어요. 엄마와 폴이 자는 동안 스탠드믹서를 사용할 수는 없었죠. 특히 아침에 껄끄러운 질문을 피하고 싶다면요.

그렇게 제빵에 집중했어요. 다크초콜릿에 찍어 먹을 쇼트브레드 쿠키, 땅콩버터 엄지 쿠키, 그보다 복잡한 바람개비 모양 잼 쿠키를 연달아 만들어 냈어요. 무아지경이었죠. 제가 숟가락으로 그릇을 긁는 소리 외에는 아무 소리도 안 들렸어요. 침묵이 어쩌나 황홀하던지.

오븐에서 막 두 번째 판을 꺼냈을 때, 엄마가 출근 전에 아침을 챙기러 부엌에 내려왔어요. 표정으로 미루어 보아 제 얼굴이 말이 아니었나 봐요.

설명이 필요한 상황이었지만, 솔직히 그동안 제가 했던 미친 짓에 비하면 이 정도는 약과예요. 그보다 엄마는 난장 판이 된 부엌에 기함했어요. 그럴 만도 하죠. 한 군데도 빠짐 없이 밀가루투성이였으니까요. 하지만 저에게 호통을 치는 대신 폴이 회사에 가져갈 쿠키를 일회용 접시에 차곡차곡 담았어요. 그사이 아래층에 내려온 폴이 주방에 가득 쌓인 빵들을 보고 엄마를 향해 눈썹을 치켜올렸어요. 엄마는 그저 어깨를 으쓱하고 폴에게 차에 실으라며 접시 두 개를 건네 더니 레몬바 한 접시를 들고 뒤따랐어요. 폴은 이런 일을 따 져 묻지 않는 데 능숙해요. 그냥 로펌 사람들이 제가 만든 빵 을 엄청 반긴다고 말하죠.

"블루베리파이는 남겨 두세요."

그게 제가 마지막으로 한 말이었어요. 어찌나 피곤했는 지 침대로 돌아가지도 못했어요. 그렇게 피곤한 건 난생처음 이었어요. 몸은 깨어 있는데 정신은 이미 잠든 느낌이었죠. 그리고 머리가 아팠어요. 간신히 마야에게 문자로 결석한다 고 알리면서 '이따가 쿠키랑 우유 먹으러 와'라고 했다가 곧 바로 '이상한 뜻은 아니야'라고 덧붙였어요. 흑심이 아예 없 지는 않았지만요. 그리고 드와이트하고의 테니스 약속도 취 소했어요.

두어 시간 뒤에야 침대로 비척비척 걸어가 탁자에 핸드폰을 올려 두고 다시 잠에 빠져들었어요. 합창마저 자장가처럼 느껴지더군요. 엄마도 결근계를 내고 집에 있는 모양이었지만 이번만큼은 별로 죄책감이 들지 않았어요. 엄마는 그저 신중할 뿐이니까요.

어느새 방 안에는 저와 레베카뿐이었어요. 레베카는 제 옆에 꼭 붙어 몸을 웅크린 채 잠이 들었어요.

저는 지금 다시 어두운 제 방에 있어요. 아무도, 아무것도 방해하지 않는데 도저히 잠이 안 오네요. 실은 오늘도 학교에 빠져서 내일은 꼭 나가야 해요. 퀴즈 팀 연습도 있고요. 이 고충은 누구에게도 말할 수 없겠죠. 엄마라면 이해하겠지만. 그래서 지금 비몽사몽간에 박사님께 털어놓는 거예요. 남들처럼 저절로 곯아떨어질 수 없어서 화가 나는데 수면제는 안 먹고 싶어요. 더 이상의 약물은 부담스럽거든요.

도서관 사건 뒤로 마야는 저를 더 주의 깊게 보고 있어요. 그리고 저는 학교에서 이안을 더 자주 마주치는 것 같아요. 분명 놈은 저한테 뭔가 문제가 있다는 걸 알고 있어요. 놈이 뭔가 적절한 때를 기다리는 건가 싶어요. 이안 말고 몇 명이나 눈치챘는지도 궁금하고요.

아무래도 약을 좀 더 먹어야 할까 봐요. 환청을 막아 주는 약, 수면을 도와주는 약, 그리고 약에 의존하는 불안함을 달래 주는 약.

　네, 손의 상처는 잘 아물고 있어요. 물어봐 주셔서 감사
해요.

21

복용량: 3.5mg. 용량 증가 승인.

1월 30일

맡은 일에 좀 소홀하시네요.

그 질문은 훨씬 일찍 하셨어야 하지 않나요? 제 말은, 벌써 몇 달째잖아요. 그동안 제가 극단적인 생각을 하고 있었다면 어쩌려고 이제야 물어보시냐는 거죠.

아무튼, 네, 한때 죽음을 생각하곤 했어요. 전에도 얘기했지만, 현실과 환각을 구분하지 못할 때 제 삶은 순 쓰레기 더미였으니까요. 한동안 죽음이라는 관념이 평화롭게 다가오더라고요. 아니, 고요하게 다가왔죠. 저는 고요한 것에 껌벅 죽거든요. 제가 머릿속 소음을 없애려고 얼마나 많은 시간을 허비하는지 모르실 거예요.

사생활이 없어요. 누가 늘 곁에 있고, 늘 지켜보고, 늘 뭔가를 얘기해요. 노란 슈트 차림의 남자가 지금이 몇 시냐고 거듭 물어보면 그냥 대답해 주고 싶죠. 그래야 꺼질 테니까요. 하지만 허깨비잖아요. 제가 대답하면 남들이 수상하게 보겠죠. 어지간히 답답하지 않겠어요? 원치 않는 주목은 덤이고요.

그러니 저에게 죽음은 그렇게까지 슬픈 일은 아니에요. 무섭지도 않고요. 암울하다면 살기 싫어서 죽음을 갈망할 때가 암울하죠. 죽음은 차라리 해방처럼 느껴지지만, 가족 때문에 차마 손을 뻗을 수 없는 영역이에요. 깔끔한 방법을 택한다고 해도 엄마에게 아들의 시체를 확인하는 고통을 겪게 할 수는 없으니까요.

그 당시에는 다른 사람들 눈에 제가 어떻게 보일지, 엄마가 그걸 어떻게 감당할지 날마다 걱정했어요. 두려웠죠. 그때는 레베카도 상태가 꽤 심각해 보였어요.

하지만 이제 더는 죽음을 생각하지 않아요. 적어도 그때처럼은요. 요즘은 토자프렉스의 부작용을 남들이 먼저 알아차리는 게 더 걱정돼요. 예를 들어 이번 주에 새로운 증상이 나타났을 때처럼.

횟수가 점점 늘어나기 전까지는 그런 증상에 이름이 있는 줄도 몰랐어요. 이른바 '지연성 안면 마비'. 얼굴 근육이 저 혼자 움직이는 증상인데, 약의 부작용 중 하나죠. 그러니, 네, 메모하셨다가 의료진에게 보고하세요. 제 경우는 저절로 얼굴이 찌푸려지고 입술이 씰룩거려요. 전혀 어색하지 않죠.

그냥 이 빠진 노인이 수프를 마시는 것처럼 보일 거예요. 종교 이론 시간에 마야에게 문자를 받았을 때 제가 그러고 있다는 걸 알았어요.

마야: 왜 그렇게 얼굴을 찌푸리고 있어? 섬뜩하니까 그만둬.

마야가 수업 시간에 문자를 보낼 정도면 보통 섬뜩한 게 아니었을 거예요. 캐서린 수녀는 수업 중 핸드폰 사용을 두고 보지 않거든요. 곧장 압수해서 봉투에 넣고 교실 앞에 시체처럼 매달아 놓죠. 저는 위험을 무릅쓰고 답장을 보냈어요.

나: 볼 안쪽을 깨물었거든. 아파.

마야는 고개를 절레절레하며 시선을 정면으로 돌렸어요. 두통이라면 동정이라도 샀을 텐데요. 다 안다는 듯이 어깨를 으쓱하며 '이 또한 지나가리라' 식의 표정을 지어 줬겠죠. 하지만 어리석음에 동정 따위는 없어요. 마야의 생각이 들렸어요. **볼 안쪽을 깨물었다고? 멍청한 놈.**

적어도 레베카는 안쓰러운 표정을 지어 줬어요. 언제나처럼.

가끔은 얼굴을 원래대로 되돌리려면 약간의 노력이 필요할 때도 있어요. 볼의 미세한 근육에 신경을 집중하고 기묘한 떨림이 멈출 때까지 손가락을 대고 눌러야 해요. 별로 어려운 일은 아니에요. 그냥 피곤한 척하면 되거든요.

22

복용량: 3.5mg. 지난주와 동일.

2월 6일

잠든 지 한 시간쯤 지났을 때 폴이 제 방문을 열었어요. 복도 불빛을 등진 실루엣만으로도 긴장했다는 걸 알겠더라고요.

폴은 여간해서는 제 방에 안 들어와요. 용건이 있으면 고개를 들이밀거나 복도에서 말하죠. 저는 침대에서 일어나 앉았어요.

"네 엄마가 하혈을 해서 지금 병원에 데리고 갈 거다."

제가 그 말을 이해하기도 전에 엄마가 폴을 지나쳐 방 안으로 들어왔어요.

"심각한 거 아니야. 너 가졌을 때도 한 번 그랬어. 괜찮을 거야. 무슨 일 있으면 새할머니한테 연락하고."

엄마는 제 얼굴에 손을 대고 방금 레몬을 씹은 사람처럼 입술을 앙다물었어요. 용감한 척할 때 짓는 특유의 표정이죠. 폴은 엄마 말이 미덥지 않은 듯했지만 입을 꾹 다물고 고개를 끄덕였어요. 그리고 저와 눈을 한 번 마주치고는 조심스럽게 엄마를 부축해 차고로 향했어요. 차는 거의 소리도 없이 진입로를 빠져나갔지만, 아마 큰길로 나가자마자 미친 듯이 달렸을 거예요.

두 사람이 떠나고 도로 잠들기는 글렀다는 걸 알았어요. 자고 싶어도 환청이 방해하리란 걸 알았거든요. 이럴 때 잠 잘 궁리나 하다니 꽤 이기적이죠. 엄마와 폴, 아기를 걱정해야 할 순간에요. 하지만 그건 제가 어떻게 할 수 있는 일이 아니잖아요. 어떤 식으로든 도움이 될 수 없다면 이미 일어난 일을 걱정하는 건 쓸데없는 짓이에요. 그게 바로 제 상황이었고요.

자정이 조금 넘은 시간이라 마야에게 문자를 보내 상황을 보고했어요. 생각이 짧았죠. 이미 자고 있거나 제가 깨웠을지도 모르잖아요. 아니면 밤늦게 공부하는데 방해했을 수도 있고. 도와줄 수 없는 건 마야도 마찬가지인데 말이에요. 저는 고민하다 덧붙였어요.

나: 잠이 안 와서 얘기해 본 거야.

답장은 없었어요. 괜히 정신만 말똥말똥해지고 새삼 혼자구나 싶었죠. 제가 좋아하는 영화 대사들을 한 구절씩 읊어 봤어요. 〈헨리 5세〉에 나오는 성 크리스핀 축일 연설, 〈해리 포터와 죽음의 성물〉에 나오는 그린고트 은행 입구의 경고 문구.

그다음에는 눈을 감고 차 소리를 기다렸어요. 엄마와 폴이 그렇게 금방 올 리는 없지만 괜히 딴짓을 해서 잠들 기회를 놓치고 싶지 않았거든요. 텔레비전을 켠다면 잠이 싹 달아날 테고 책을 펼치거나 블라인드를 열면 정신이 산만해질게 뻔했죠. 제빵은 한번 시작하면 멈출 수 없는데 또 주방에서 밤을 새웠다가는 엄마가 두 번 다시 저를 집에 혼자 두지 않을 거예요. 폴의 모친과 함께 살게 된다면 제 인생은 그날로 끝이에요.

태어날 동생을 생각하고 있을 때였어요. 갑자기 제 방 창문이 저절로 열리면서 싸늘한 공기가 들이닥치더니 이윽고 누군가의 다리가 방바닥을 디뎠어요. 저는 이불을 턱 끝까지 끌어 올린 채 숨죽이고 있었어요. 밤의 방문객이 그토록 생생하게 찾아온 경우는 처음이었죠. 제 방은 2층이고 누군가 외벽의 격자 구조물을 기어오를 리는 없다고 생각했기에, 밤의 방문객이 입을 여는 순간 제 머리를 의심했어요.

"애덤?"

그 음성이 어둠을 갈랐어요.

"마야, 여기서 뭐 하는 거야?"

제가 애써 소리를 낮춰 물었어요.

"대담한 짓."

어둠 속에서도 마야가 웃고 있다는 게 느껴졌어요.

마야는 예고도 없이 신발을 벗고 침대 안으로 파고들었어요. 마야가 제 가슴에 팔을 척 얹자 온몸이 굳었어요.

"잠이 안 온다며."

마야가 말했어요.

"그래서 재워 주러 온 거야?"

"아니."

마야가 입을 맞추자 모든 게 흐리멍덩해졌어요.

마야는 한쪽 다리로 제 두 다리를 얽고 손을 뻗어 제 머리카락을 움켜쥐었어요. 마야는 원래 이런 애가 아니에요. 오밤중에 남자 친구 방 창문에 기어올라 다짜고짜 몸을 부딪치는 애가 아니란 말이죠. 전혀 마야답지 않았어요. 그리고 저는 제 뇌가 부리는 농간에 무턱대고 속을 만큼 어리숙하지 않죠. 그 시간에 마야가 자기 방 자기 침대에서 자고 있을 확률이 훨씬 높잖아요. 그래서 저는 키스하는 동안 마야의 어깨너머로 제 핸드폰을 찾아 마야에게 문자로 '야'라고 찍어 보냈어요.

그 순간 마야의 주머니에서 울린 작은 진동음은 제 인생에서 가장 반가운 소리였어요. 그 상황이 진짜 현실인지 제가 달리 어떻게 확인하겠어요?

마야는 핸드폰을 꺼내 보고는 한쪽 눈썹을 찌푸렸어요.

"정말 키스하다 말고 문자를 보낸 거야?"

어떻게 대답해야 황당하게 들리지 않을지 모르겠더라

고요.

"아마도."

"또라이."

마야가 속삭이며 다시 입술을 부딪쳐 왔어요.

우리는 그렇게 한동안, 아니면 몇 시간 동안 키스했어요. 제 두 손은 마야의 몸을 이리저리 배회했어요. 너무 자유로워 아찔한 느낌마저 들었죠. 배를 거슬러 올라 가슴 위를 맴돌 때 마야는 크게 숨을 들이켰지만 제 손을 막지는 않았어요.

토요일 새벽이라 마야는 동생들이 깰 때까지 두어 시간쯤 여유가 있었어요. 그래서 저는 제 상황에서 남자라면 누구나 할 만한 일을 했어요. 보이지 않는 선을 탐색했죠. 어디까지 허락할지 여자들이 자기 몸에 세우는 경계선 말이에요. 속옷 고무 밴드 안으로 손가락을 살짝 걸었을 때, 저는 한순간 마야가 침대에서 벌떡 일어나 창문으로 뛰쳐나갈지도 모른다고 생각했어요. 하지만 마야는 그냥 제 손을 잡아 다른 곳으로 보냈어요. '아직 아니야'라는 완곡한 거절이었죠. 저는 바로 알아들었어요.

결국 우리는 멈춰야 했어요. 누가 먼저 원해서가 아니라 (특히 저는 제 인생 최고의 밤을 서둘러 마무리하고 싶지 않았어요), 더 늑장을 부렸다가는 마야의 부모님이 마야가 집에 없다는 걸, 제 부모님은 제가 간밤에 손님과 같이 있었다는 걸 눈치챌 테니까요.

"아무 일 아닐 거야."

마야가 저를 꼭 안으며 단호하게 말했어요. 저는 고개를 끄덕였어요. 알고 보니 마야는 제가 딴 데 정신을 팔 수 있게 도와주러 온 거였어요. 마침내 마야가 다시 창문을 넘어 사라지자(엄마와 폴이 없으니 그럴 필요가 없었다는 걸 둘 다 뒤늦게 깨달았죠) 저는 그대로 침대에 누워 눈만 감고 있었어요. 아프고 괴로운 생각들 대신 마야를 떠올렸어요. 남들의 수상한 눈초리 한번 받지 않고 온갖 대담한 짓을 저지를 수 있는 완벽하고 눈치 빠른 제 여자 친구.

엄마와 폴은 오전 열 시 반쯤 돌아왔어요. 마야 말대로 아무 탈 없었고요. 폴은 나름 애정 어린 손길로 제 어깨를 쓰다듬었어요. 엄마는 제 정수리에 입 맞추고 모자란 잠을 채우러 침대로 갔고요.

그리고 저는(새삼 제가 왜 박사님한테 별 얘기를 다 하게 되는지 모르겠지만), 방에 돌아와 숨죽여 울었어요. 엄마에게 큰일이 생겼을지도 모르는데 애써 주의를 돌리려 했던 이기적인 자신에게 환멸을 느껴서요.

나중에 마야가 문자를 보냈어요.

마야: 창문 잠가 두지 마.

어디선가 기적 소리가 들렸어요.

아빠가 떠난 직후에 엄마가 해 준 말이 있어요. 누군가에게 곁을 내 주려면 자신의 비밀을 포기해야 한다. 그게 엄마가 연애를 시작할 때 가장 두려워하는 거였죠.

이제야 그 말이 와닿아요. 누군가에게 자신의 음습하고 뒤틀린 면을 보여 주는 건 많이 어려운 일이지만, 결국 상대방이 알아주길 원하죠. 그게 진정한 관계의 시작이니까요.

왜 마야에게 털어놓지 않냐고는 묻지 마세요. 박사님은 절 아시잖아요. 지금은 거의 누구보다 잘 안다고 할 수 있죠. 비록 제 목소리를 들어 보진 못하셨지만, 매주 한 시간씩 제가 쓴 기록을 꼼꼼히 읽고 이런저런 얘기를 하시죠. 가끔 본인이 살아온 얘기를 들려주시기도 하고요. 그게 진실인지는 모르겠지만. 그러고 보니 박사님이 들려준 개인적인 이야기들이 다 거짓일 수도 있겠다는 생각이 드네요. 저를 고칠 수는 없지만 의무적으로 유대감을 쌓으려고요.

어쩌면 박사님 안에 있는 하버드 학생이 자신을 증명하거나 실패자가 되지 않으려고 애쓰는 걸지도 모르죠. 이해해요. 학업 성취에 대한 압박이 굉장했을 테죠. 수많은 자격증에 적힌 이름을 보니 박사님도 '주니어'시더군요. 아버지 이름을 물려받았다는 뜻일 텐데, 개인적으로 좋아하는 관습은 아니에요.

자기 이름을 아이에게 물려주는 데는 큰 책임이 따르죠. 만약 그 아이가 십 대부터 약물 중독에 빠지면 어쩌려고요?

아, 물론 박사님은 훌륭하게 자라셨죠. 정말 이름의 영향을 받았을지도 모르고요. 하지만 이건 알아 두세요. '윈스턴 하비에르 에드먼턴 3세' 같은 이름은 그냥 대놓고 까 달라는 뜻이에요. 그러니 박사님도 혹시 아들 중 하나에게 이런 짓을 했고 그 애가 언젠가 얼굴에 멍을 달고 집에 오면 박사님 탓인 줄 아세요.

하긴, 그게 부모가 자식에게 하는 일이겠죠. 이름을 지어 주고 그 이름에 걸맞게 자랄 거라고 기대하는 일. 기대에 어긋날 거라는 생각은 전혀 안 하고. 그야 어떤 자식이 부모의 기대를 일부러 저버리겠어요? 부모의 실망한 눈빛을 마주하는 것만큼 속 쓰린 일도 없는데.

마야에게 털어놓는 게 무섭지는 않아요. 적어도 통제력을 잃는 것에 비하면요. 그냥 깊이 생각하고 싶지 않을 뿐이에요. 제 본모습에서 멀찌감치 떨어뜨려 놓고 싶죠. 저는 제 비밀을 포기하고 싶지 않아요. 그 비밀이 저를 지켜 주니까. 다행히 약 뒤에 숨어 보여 주고 싶은 것만 보여 줄 수 있어요. 이 기적 같은 약 덕분에 통제력을 되찾고 자기 파괴 욕구에서 벗어나게 되었죠. 자기를 자신으로부터 보호하려고 약을 먹는다는 게 참 웃기지 않나요?

어쩌면 저는 그냥 마야가 진실을 모르길 바라나 봐요. 알면 어떻게 반응할지 두려워요.

아마 두 번 다시 제 방 창문에 기어오르지 않겠죠. 심지어 저와 단둘이 있는 걸 피할 수도 있고요. 더는 저를 보며 한쪽 입꼬리만 당겨 웃지도 않을 거예요. 그 미소를 보면 마치 여름 방학 첫날 늦잠에서 깨는 기분이 들어요. 오글거리든 말든 상관없어요. 그리고 이 상담이 얼마나 쓸모없는 짓인지 박사님이 깨닫기 전에 제가 얼마나 많은 시간을 허비해야 하는지부터 따져 보죠.

저는 일단 제 비밀을 지키고 싶어요.

박사님이 엄마를 대신해 질문할 때는 티가 확 나요. 더 단도직입적이죠.

네. 최근 초음파 검사에 따라갔을 때 엄청 불편했어요. 폴은 제가 없어도 개의치 않았겠지만 엄마를 위해 저를 설득했죠. 언제나처럼.

하나 짚고 넘어갈게요. 일단 제 불편함은 병과 아무 상관이 없어요. 발톱의 때만큼도요.

열여섯 살이라면 누구나 자기 엄마의 거대한 배에 의사가 젤을 펴 바르는 광경을 보고 싶지 않을 거예요. 제 반응(역겨움)은 딱히 비정상적인 게 아니라 이거죠. 엄마는 반쯤 탈의한 채 침상 위에 누워 있고 폴은 엄마 어깨를 끈적하게 문지르면서 귓속말을 속삭였어요. 뭐라고 했는지 몰라도 엄마가 얼굴을 붉히더군요. 저는 진심으로 제 눈과 귀를 가리고 그 자리에서 멀리멀리 벗어나고 싶었어요. 굳이 제가 볼

167

필요가 없는 장면이었죠. 엄마의 성생활이 활발하다는 사실은 부푼 배만 봐도 충분히 알 수 있잖아요. 십 대 아들로서 그걸 괜찮아하는 것만으로도 이미 대단한 일을 해냈다고 생각하지 않으세요?

물론 둘이 행복해해서 저도 기뻐요. 엄마가 아기를 낳고 나서 원한다면 일을 그만두고 육아에 전념할 수 있어 다행이에요. 네, 진심이에요. 엄마에게 일어난 일은 엄청난 축복이고 엄마는 그 모든 행복을 빠짐없이 누릴 자격이 있어요. 심지어 둘의 전매특허인 메스껍고 닭살 돋는 애정 행각까지도요.

하지만 그래도 말이죠. 제가 꼭 엄마의 자궁벽에 대해 들어야 하나요? 때가 되면 성관계가 분만을 유도하는 건강한 방법이라는 정보를 반드시 알아야겠냐고요. 그것도 폴의 손이 엄마 배를 위아래로 어루만지는 걸 똑똑히 보면서요. 저는 평생 그 장면을 못 본 거로 할 수는 없을 거예요. 실제로 망막에 새겨진 것 같아요. 그곳에서의 모든 순간이 저한테는 불필요한 경험이었어요.

그리고 그 모든 경험에서 뭐가 가장 소름 끼쳤는지 아세요? 의사가 모유 수유 얘기를 꺼내자 젖꼭지가 아프기 시작했어요. 제 젖꼭지가요.

제 젖꼭지가 어떤 기능을 담당할 일은 이제까지 없었고 앞으로도 없을 거예요. 하지만 그 부위는 의사가 모유 수유를 언급하는 순간 저절로 따끔하고 홧홧할 정도로 나중에 태어날 제 동생을 염려했죠. 솔직히 저는 정식으로 진단받은 정신병도 모자라 공감 능력이 뛰어난 젖꼭지까지 신경 쓰고 싶지는 않아요. 어떤 조치가 필요한지 감도 안 오지만 진심으로 제 유두가 그저 장식으로 돌아갔으면 해요.

그리고 박사님이 "기분이 어땠니?" 하고 물었을 때 말투와 표정으로 알았어요. 사실상 엄마 입에서 나온 질문이란 걸. 엄마는 제가 동생에 대해 어떻게 느끼는지 알고 싶어 하니까요. 다 함께 초음파 검사를 지켜본 건 엄마 의도였어요. 아마 엄마 머릿속에선 좀 더 아름다운 광경이었겠죠. 다들 자신의 배 주위에 모여 환히 웃는 모습.

좋았던 순간도 있긴 있었어요. 태아의 심장 박동을 들었을 때요. 우리가 화면으로 지켜보는 줄은 꿈에도 모를 그 작은 생명이 심장에서 규칙적으로 혈액을 뿜어내는 '와웅 와웅' 소리. 그 순간 우리는 모두 움직임을 멈췄어요. 엄마는 울고 폴도 눈시울을 붉혔어요. 그리고 초음파실 한구석 커튼 뒤에서 레베카도 드레스에 얼굴을 파묻고 흐느꼈죠.

나중에 마야에게 그 심장 소리에 대해 말했더니 마야는 제 손을 꽉 쥐었어요. 이유는 모르겠어요.

23

복용량: 4mg. 용량 증가.

2월 13일

그러고 보니 의료진에 대해 잘 안 물어보시네요. 임상 연구
진이요. 제 생각엔 박사님이 그 질문을 일부러 피하시는 것
같아요. 아마 이 약이 아직 실험 단계라는 사실을 굳이 상기
시키고 싶지 않아서겠죠. 제가 폴 덕분에 약을 체험하게 되
었다는 사실도요. 정확히 말하면 폴의 의사 친구가 이 연구
에 저를 꽂아 준 덕분에요. 아니면 혹시 제가 다른 의사를 만
나는 게 못마땅하신가요? 박사님은 우리가 특별하다고 생각
했는데 제가 다른 의사의 처방에 만족하는 게 서운하세요?
제가 우리의 끈끈한 유대를 저버리고 더 젊고 예쁜 사람에
게 가 버릴까 봐 두려우신 거예요?

그렇다면 한시름 놓으세요. 의료진은 모두 연세 지긋한
분들이니까요. 젊은 인턴들을 데리고 다니긴 하지만요. 네,

170

가끔 임상 연구 병동에서 다른 참가자들을 마주치곤 해요. 하지만 꼭 거기서 친구를 사귀고 싶지는 않아요. 박사님은 그들과 교류하는 게 유익할 수도 있다고 하셨지만, 제 생각은 달라요. 저는 저하고 비슷한 사람들과 어울리고 싶지 않아요. 제가 도울 수도 없잖아요. 저도 미쳤는걸요.

의료진은 온갖 질문을 해요. 단골 질문인 "기분이 어때?"부터 다소 껄끄러운 "약 때문에 성 기능에 차질이 생기는 것 같니?"까지.

"저 성관계 안 하는데요."

"혼자서는?"

"문제없어요."

"아주 좋아."

네, 약 복용 중에도 자기 위로에는 차질이 없어서 참 다행이에요. 의사들도 그 정보에 크게 만족한 것 같았고요.

사실 의사들은 제 결과에 만족해했어요. 임상 시험에 참여하기 전에 제가 워낙 만신창이였으니까요. 신약을 먹고 환골탈태해서 비교적 평범한 삶을 살고 있으니 그들로서는 만족스러울 수밖에요. 약의 성공, 연구의 성공, 자신들의 명석함을 끊임없이 자화자찬했죠. 저야 수혜자니 할 말 없지만 허구한 날 그러니까 넌더리가 나더라고요. 정말 명석한 사람들은 그 사실을 남들에게 5초에 한 번씩 상기시킬 필요가 없어요. 살의를 자극할 뿐이죠.

저도 실험 치료가 별다른 방법이 없는 이들을 대상으로 한다는 거 알아요. 박사님도 제가 연구에 참여하게 된 결정적인 사건을 알고 계시죠. 파일 안에 있으니까요.

먼저 제가 아팠다는 점을 이해하셔야 해요. 정신병뿐 아니라 신열이 있었어요. 몸이 불덩이처럼 끓었죠. 눈구멍까지 땀방울이 고이고 물기가 눈꺼풀을 척척히 짓누르는 것 같았어요. 갑자기 균형을 잃은 것처럼 정신이 몽롱했던 기억이 나요. 그때 '그것'이 부엌 수납장 밑을 기어 가는 걸 봤어요. 두툼한 녹색 뱀. 저는 놈이 뒷마당을 통해 집 안으로 들어온 줄 알고 식탁 위로 뛰어올랐어요.

그리고 주방 가위를 집어 들고 뱀을 향해 마구 휘둘렀어요. 놈은 꼬리로 타일을 탁탁 치며 위협하더니 이내 덤벼들었어요. 저는 놈의 몸통을 노리고 가위를 내리찍었어요.

나중에 엄마가 피범벅이 된 저를 발견했어요. 허벅지 한가운데 가윗날이 깊이 박혀 있었죠. 저는 제가 그런 줄도 몰랐어요. 가끔 엄청난 고통과 함께 머리가 바닥에 부딪힐 때의 충격이 생생히 떠오르는데, 그 뱀도 예외는 아니에요. 그래서 저는 제 기억을 믿지 않아요.

그때가 퇴학당하고 반년쯤 지났을 때예요. 집에서 아무것도 못 하고 무기력하게 지냈죠. 그 시기에 레베카는 춤을 추기는커녕 웃지도 않았어요. 우리는 나란히 담요를 덮고 만화 영화 〈아바타: 아앙의 전설〉 재방송을 보곤 했어요.

처음 시도했던 몇몇 약들은 부작용이 정말 끔찍했어요. 한번은 급성 가슴 통증으로 입원하기도 했고요. 더는 사람답게 살 수 없을 줄 알았어요. 툭하면 화가 치밀었고, 환청이 시키는 대로 하곤 했어요. 닥치게 하려면 그 방법이 가장 빠르니까요. 그렇게 제 뺨을 때리고, 살갗을 쥐어뜯고, 쉬지 않고 달렸죠.

제 일부가 달리기를 영영 멈추지 않을 것 같다고 하면 이상한가요?

아아, 맞다, 아기요. 5개월이면 25센티미터쯤 되고, 이제 우리 목소리를 들을 수 있대요. 그래서 엄마는 틈만 나면 자기 배에 대고 말하라고 성화예요. 폴과 저는 교대로 그렇게 하고 있어요. 엄마를 사랑하는 마음으로요.

그리고 엄마가 발이 부어 슬리퍼가 안 들어간다고 울음을 터뜨릴 때, 엄마 목소리가 염소처럼 높게 갈라질 때도 폴과 저는 입도 벙긋 안 해요. 다 우리가 엄마를 사랑한다는 증거죠. 다른 때 같았으면 대놓고 웃었을 거예요.

어젯밤 저녁 식사 전에 제 목소리가 저에게 노래를 불러 줬어요. 사실 저는 그걸 은근히 좋아해요. 평소에 주로 듣는 환청은 내가 자살하면 우리 가족이 더 잘 살 거라는 내용이거든요. 노랫말은 전혀 알아들을 수 없었지만 잠시 따라서 흥얼거렸어요. 엄마가 문간을 넘어 다가오는 줄도 모르고요.

고개를 들었더니 엄마가 웃으며 두 손으로 배를 어루만지고 있더라고요. 아기가 제 목소리를 좋아한다는 말에 저는 굳이 꼬투리를 잡지 않았어요.

　네, 밸런타인데이(원래는 성 발렌티누스 사제가 순교한 축일을 기념하는 날이다: 옮긴이) 계획이 있고말고요. 내일이죠. 박사님은 무슨 계획이 있나요? 사실 '계획'이란 아이가 셋이나 있는 유부남에게 더 필요한 거잖아요. 짐작하시다시피 마야하고 저는 젊고 멍청해서 시시한 영화를 보고, 허접한 저녁을 먹고, 부적절한 신체 접촉으로 이 특별한 날을 마무리할 거예요.

　제가 여자 친구와 육체적 관계를 갖는 게 왜 궁금하신지 모르겠어요. 머릿속으로 상상하며 즐기시나 보죠. 놀랍지도 않아요. 왠지 박사님에게는 그런 은밀한 취향이 있을 것 같거든요. 질문에 대답하자면, 아니요, 우린 섹스하지 않았어요. 하지만 그것 말고는 전부 다 했기 때문에 빈말로도 순수하다고 할 수는 없네요. 그리고 그런 일은 대개 퀴즈 시합에서 눈이 맞아 벌어지죠.

　마야는 제가 수요일마다 상담하는 걸 모르기 때문에 제가 박사님에게 무슨 얘기를 하는지 알 필요가 없어요. 아니, 모르는 게 약이죠. 우리끼리만 알고 있자고요. 제가 지금 이런 얘기를 하면서 죄책감을 느낄 이유는 없는데 레베카가 못마땅해하는 게 느껴지네요. 레베카는 비밀을 싫어하면서도 제가 박사님에게 마야 얘길 하는 걸 별로 안 좋아해요. 신뢰를 저버리는 듯한 불편한 감정을 느끼더군요. 하지만 솔직히 말하면 저는 가끔 박사님에게 터놓고 얘기하지 않을 때 더 죄책감을 느껴요.

제가 그나마 할 수 있는 일이 이 기록장에 최대한 솔직히 털어놓는 거잖아요. 적어도 이곳에서만큼은 자유로울 수 있어요. 무심코 떠오르는 것, 판단이 필요한 것, 무엇이든 쓸 수 있죠. 이런 공간에나마 엉킨 생각을 풀어낼 수 있어서 다행이에요.

하지만 박사님은 그딴 건 신경도 안 쓰시죠. 그저 제가 여자 친구와 뭘 하는지, 제 기분이 어떤지 궁금해하시잖아요, 항상. **오늘은 기분이 어떠니, 애덤?** 그렇게 매번 같은 질문을 하고 말로 대답하길 기대하시는 끈기에 박수를 보내요. 정말 보통내기가 아니세요. 그런데 그거 아세요? 저는 상대방의 기분이 아니라 **생각**을 묻는 편이 이 세상 모두에게 더 이롭다고 생각해요. 남의 기분 따위를 진지하게 신경 쓰는 사람은 아무도 없거든요. 점성술과 유니콘을 믿는 사람들에게나 어울리는 한심한 시간 낭비죠.

마야를 만지는 건 지금까지의 어떤 경험과도 달라요. 우리는 상급생 퀴즈 시합 때마다 팀원들 몰래 강당을 빠져나와요. 실은 다들 알면서 모른 척하는 거예요. 암묵적인 용인이죠.

　강당으로 돌아갔을 때 아무도 우리가 어디에 있었냐고 묻지 않았어요. 알고 보니 드와이트가 우리를 위해 헬렌 수녀한테까지 적당히 핑계를 대 주었더군요.

　좋은 녀석이에요.

24

복용량: 4.5mg. 용량 증가.

2월 20일

세인트 애거사 성가대는 워싱턴 디시 단합 여행 비용을 마련하려고 밸런타인데이에 5달러짜리 노래 배달 서비스를 했어요. 툭하면 수업 중인 교실에 쳐들어와서 사랑의 세레나데를 불렀다는 뜻이에요. 레베카는 좋아했어요. 더없이 즐겁다는 듯이 노래에 맞춰 춤을 추었죠. 제이슨은 제 옆에 서서 계속 중얼거렸어요. **침착해. 웃어. 참기 힘든 거 알지만 그렇게 성난 거인처럼 인상 쓸 건 없잖아.**

영어 시간에는 메리 둘이 동시에, 생물학 시간에는 퀴즈 팀 로사가 크로스컨트리 팀 남자 친구에게 노래 배달을 받았어요. 로사의 단짝 클레어도 자기를 흠모하는 익명의 남자애한테 그 이벤트를 받았는데, 바로 드와이트였죠. 드와이트는 미리 저에게 귀띔해 주면서 그게 얼마나 한심한지 1부터

10까지 척도로 말해 달라고 했어요.

저는 7이라고 대답했어요.

쉬는 시간에 마야에게 밸런타인데이에 노래 선물을 안 보내면 나쁜 남자 친구냐고 물었어요.

"보내기만 해. 혀 깨물 테니까."

마야가 진지하게 대답했어요.

저는 웃음을 터뜨리며 알겠다고 했어요. 복도에 빨강, 분홍 풍선 행렬이 이어지는 걸 함께 지켜보다가 마야에게 제가 구운 하트 모양 쿠키를 내밀었어요. 세레나데 대행 서비스보다 훨씬 나은 선물이었죠. 이건 마야가 한 말이에요.

하필 그때 복도를 지나가던 이안이 쿠키를 보고 깐죽거렸어요.

"선물 사 줄 돈이 없어서 성의라도 보인 거야?"

제가 뭐라고 대꾸하려는 순간, 마야가 대뜸 저에게 키스했어요. 복도 한복판에서, 진하게요. 주변에서 휘파람을 불며 야유했어요. 마야는 이안을 향해 눈썹을 들썩이며 저를 교실 안으로 끌고 들어갔어요.

"제법인데."

제가 말했어요.

"나도 알아."

밸런타인데이를 맞아 캐서린 수녀는 혼전 순결의 미덕에 대해 일장 연설을 늘어놓았어요. 그때 맨 앞줄에 앉은 메리 중 하나가 무심결에 등에 붙인 피임 패치를 긁적이더라고요. 제가 그걸 어떻게 아는지는 묻지 마세요.

물론 개중에는 독실한 가톨릭 가정에서 자라서 섹스가 도덕적으로 타락한 인간들이 즐기는 추잡스러운 행위라고, 점액질로 뒤덮인 신생아만이 그 불미스러운 행위의 유일한 목적이라고 철석같이 믿는 애들도 더러 있어요. 별종인 걸 본인들만 모르죠.

그렇게 밸런타인데이가 무사히 지나갔다고 말하고 싶은데, 그날부터 약발이 떨어지는 게 느껴졌어요. 복용량이 너무 낮았거나 몸에 내성이 생겼나 봐요. 그럴 수 있죠? 어느 쪽이든, 뭔가 찜찜했어요. 이른 저녁부터 통제력이 떨어지는 기분이 들더라고요.

마야와 제대로 된 데이트를 안 해 본 건 아니에요. 같이 밥을 먹고 여기저기 돌아다니며 데이트라고 부를 만한 것들을 실컷 했죠. 하지만 밸런타인데이는 뭔가 공식적인 게 있어요. 아무리 밤늦게까지 붙어서 공부하고 애정 행각을 벌여도 밸런타인데이 저녁에 데이트하는 모습을 남들에게 보이지 않으면 정식으로 사귀는 게 아니죠. 그건 통과의례예요.

운전은 마야가 했어요. 차에 오를 때 머리가 지끈거렸지만 아무 말 안 했어요. 그날 저녁 마야는 유난히 예뻐 보였어요. 기분 탓이 아니라 정말로요. 웃는 게 평소와 달랐어요. 티 없이 해맑았죠. 그리고 파란 옷을 입었어요. 저는 마야가 파란 옷을 입는 게 좋아요.

　마야는 다른 남자들이 저를 부러운 눈길로 바라볼 만큼 예뻤어요. 남이 탐내는 것을 가진 기분은 끝내주죠. 쓰레기처럼 들리는 거 저도 알아요. 하지만 마야가 예쁘다는 이유만으로 그렇게 기분이 좋았던 것은 아니에요. 마야가 얼마나 빛나는 사람인지 세상이 똑똑히 알 수 있어서 좋았어요.

　"우리의 첫 밸런타인데이네. 이쯤에서 서로의 눈을 바라보며 서로를 얼마나 좋아하는지 얘기해야 하는 거 아니야?"

　이탈리안 레스토랑에 자리를 잡고 앉았을 때 마야가 말했어요.

　"너무 시시한데. 서로의 눈을 바라보며 서로를 얼마나 많이 아는지 얘기해 보는 건 어때? 복습할 겸."

　제 말에 마야가 웃으며 의자를 당겨 앉고서 제 눈을 뚫어지게 노려봤어요.

　"좋아, 먼저 시작해."

　"너 아직 수영 못 하지."

　"아니거든! 네가 끊어 준 수영 강습 받았잖아! 이제 적어도 가라앉지는 않는다고!"

　"빙하가 녹으면 팔에 끼는 튜브부터 구해야겠네."

　"그러는 너는 달리기에 꽝이지."

　마야가 씩 웃으며 반격했어요.

우리는 한동안 그런 식으로 티격태격했어요. 밸런타인 데이에 어울리는 대화는 전혀 아니었죠. 하지만 웃음이 끊이질 않았어요.

마야는 손톱을 깨무는 버릇이 있어요. 저는 걸음걸이가 독특해요. 마야는 바나나를 싫어해요. 저는 스페인어를 이상하게 발음해요. 마야는 하마를 무서워해요. 저는 '스타 워즈'를 사랑해요.

"넌 보기보다 훨씬 다정해."

마야가 말했어요.

"그게 무슨 뜻이지?"

저는 라비올리를 우물거리다가 눈을 치켜뜨고 장난스럽게 물었어요.

"별 뜻은 없어. 그냥, 키도 큰 데다가 가끔 인상을 쓰니까 무섭게 느껴질 수도 있는데 알고 보면 아주 다정하고 사려 깊다고."

"고마워."

저는 쑥스러운 척하며 덧붙였어요.

"근데 내가 인상을 써?"

"아무래도 두통이 너무 잦은 것 같아. 가끔 보면 얼굴이 좀 일그러지는 것 같거든."

결국 마야가 본론을 말했어요. 저는 그 말을 잠시 곱씹다가 고개를 끄덕였어요.

"그리고 넌 눈썰미가 뛰어나지."

제가 말했어요. 아닌 게 아니라 마야의 눈치는 정말로 불편한 수준이거든요. 마야에게 뭔가를 숨기는 게 갈수록 어려워지고 있어요. 저는 마야가 제 두통이나 '일그러짐'을 더 깊이 파고들지 않았으면 해요. 앞으로 표정 관리에 더 신경 써야겠어요.

저녁을 다 먹고 해변의 일몰까지 감상했어요. 진부하다고 생각했지만 마야는 좋아하는 것 같더라고요. 제 상태가 급격히 나빠진 건 흑백 영화를 상영하는 극장에 도착했을 때부터예요. 좌석 쿠션이 자주색 벨벳으로 된 오래된 극장이었죠. 관객이 별로 없어서 다행이었어요. 계단식 관람석이 아니라서 뒷자리에 누가 앉는다면 제가 본의 아니게 시야를 가릴 테니까요.

그날 내내 안 보이던 레베카가 세 열 앞에 앉아 있었는데, 저를 돌아보는 얼굴에 걱정이 가득했어요. 저는 맥박이 빨라지는 느낌에 마야의 손을 잡았어요. 마야를 위해 밸런타인데이를 망치고 싶지 않았어요. 괜찮은 남자 친구처럼 손을 잡고 예쁘다고 말해 주고 싶었죠. 그때까지만 해도 그럴 수 있었어요.

우리가 본 영화는 〈카사블랑카〉였어요. 제가 데이트 계획을 짤 때 일부러 우리 둘 다 이미 본 영화를 골랐죠. 딴짓하기 좋은 영화.

음향이 영상보다 0.5초쯤 느린 게 자꾸 거슬렸지만 한동안은 그럭저럭 남들처럼 영화를 볼 수 있겠다고 생각했어요. 그러다 어느 순간 왠지 뒷골이 당기는 듯한 익숙한 느낌이 들었어요. 제가 보는 모든 걸 믿게 만드는 작은 부위가 주도권을 잡은 거죠.

나이트클럽에 들어간 일자가 릭의 주의를 끌기 위해 피아니스트에게 〈세월이 가면〉을 연주해 달라고 청하는 대목이었어요. 한 공간에 사람들이 꽉 찬 장면을 지켜보기가 버겁더라고요. 동시에 마시고 떠들며 제각기 다른 행동을 하잖아요. 정신을 집중하며 흐름을 따라가기가 어려웠어요.

그때 영화 속 인물들이 스크린 밖으로 걸어 나오기 시작했어요. 한 명도 빠짐없이 극장 안으로 줄줄이 들어와 관람석에 앉았어요. 뒤이어 스크린 속 나이트클럽에 독일군이 난입하는 장면에서 저는 몸을 움찔 떨었어요.

"괜찮아?"

마야가 물었어요.

"괜찮아."

저는 거짓말했어요.

그리고 약 10분간 여러 강도의 공포를 겪었어요. 정신을 잃어 가고 있었죠. 레베카는 울음을 터뜨렸고 우리 둘 다 어떻게 해야 할지를 몰랐어요. 어느 대목에선가 총성이 울리기 시작했고 극장 천장에서 유리 부스러기가 떨어졌어요. 그쯤 되니 제 상태를 감추려고 썼던 어떤 방패마저 사라졌어요. 저는 몸을 숙이며 마야를 바닥으로 확 끌어 내렸어요. 극장을 벌집으로 만드는 총탄에서 보호하려고요.

마야가 바닥에 세게 부딪치지 않도록 몸을 감쌌어요. 제 팔꿈치가 먼저 떨어지며 타격을 받았죠. 그때 저는 정말 극장 안에 총알이 날아다닌다고 믿었고 마야를 잃을까 봐 무서워서 조금 울기까지 했어요. 한쪽 팔로 마야의 상반신을 단단히 받친 채로 같이 더러운 극장 바닥에 쓰러지고 나서, 마야는 놀란 얼굴로 저를 올려다봤어요.

그러더니 갑자기 저에게 키스를 하기 시작했어요. 저는 뭐가 뭔지 몰랐어요. 우리와 같은 열에 앉아 있던 커플들이 다른 곳으로 옮겨 갔다는 걸 겨우 인식했지만 마야는 제가 완전히 정신 나간 짓을 하지 않았다는 듯이 키스했어요. 어쩌면 제가 완전히 정신 나간 짓을 했기 때문에 키스한 걸 수도 있고요. 만약 후자라면 제가 마야를 걱정해야 할까요? 아니, 이건 진짜 박사님에게 묻는 거예요. 그러려고 상담비를 내잖아요.

그 순간 저에게 유일한 실물은 마야의 입술이었어요. 마야는 키스하며 제 머리카락에 손가락을 얽었어요. 혹시 제 미친 짓에 흥분한 걸까요?

다른 관객들이 그대로 쭉 〈카사블랑카〉를 관람했는지는 모르겠어요. 영화가 계속되고 있다는 건 소리로 알았지만 제가 아는 건 딱 거기까지였어요. 지저분한 극장 바닥에서 여자 친구랑 뒹구느라 바빴거든요.

우리는 영화가 끝날 때까지 일어나지 않았어요. 청소하는 사람이 우리를 발견하고 다음 관객을 위해 나가 달라고 할 때까지요. 심지어 민망하지도 않았어요.

지금은 괜찮아졌어요. 더는 혼란스럽지 않아요. 그냥 지나가는 일이었나 봐요.

그날 저녁의 사건을 차분한 머리로 재생해 보니, 실제로는 제가 마야를 그다지 세게 끌어 내리지 않았나 봐요. 속과 달리 겉으로는 그렇게 두려워하는 기색도 아니었을 테고요. 운 게 아니라 눈물을 찔끔한 정도였겠죠. 우리 둘은 밸런타인데이에 영화 보다 키스에 몰두하는 십 대처럼 보였을 거예요.

어처구니없단 거 저도 아는데 몇 번이나 기억을 되짚어 봐도 여전히 수정할 부분을 못 찾겠어요. 세부 사항은 확실한 것 같고, 박사님 질문을 예상해 봐도 답은 뻔해요. 순간적인 판단 착오였을 수도 있고, 제 정신이 실제와 전혀 다른 이미지를 기억이랍시고 짜깁기했을 가능성도 얼마든지 있어요.

하지만 실제로 일어난 일들이 기억하는 것만큼 중요하지 않을 때도 있잖아요. 마야는 예뻤고, 우리는 비교적 평범한 밸런타인데이 식사를 했고, 정상적인 밸런타인데이를 보낸 게 다일 수도 있어요.

　다만 미니밴에서 입술이 얼얼할 때까지 오래도록 키스했어요. 마야가 집 앞에 내려 줬고, 현관문을 열고 들어가니 폴이 주방에서 노트북으로 일을 하고 있었어요.

　폴이 데이트는 어땠냐고 물어봤어요. 좋았다고 대답했죠. 그 시간까지 절 기다린 모양이었어요. 애써 대화를 시도할 때처럼 손가락 관절을 꺾어 댔거든요.

　"뭔데요?"

　폴은 저를 보며 곧 알을 낳을 듯한 표정을 지었어요. 할 말이 있는데 하고 싶지는 않은 기색이 뚜렷했죠. 아주 **진심**으로요. 말할 때는 고통스러워 보이기까지 했어요.

　"위층 화장실 휴지 수납장에 콘돔 한 박스 있다."

　우리는 잠시 눈빛을 주고받았어요. 폴이 고개를 끄덕이자 저도 고개를 끄덕였어요. 둘 다 앞으로 두 번 다시 이 화제가 입에 오를 리 없으리란 걸 알았죠.

　저는 방으로 돌아와 웃음을 터뜨렸어요. 폴의 제스처는 고마웠지만 제가 지갑 속에 콘돔을 넣고 다닌 지는 한 달이 넘었거든요. 마야가 준비되면 저도 준비 완료예요.

25

복용량: 4.5mg. 지난주와 동일.

2월 27일

끝내주네요. 너무 끝내줘서 말이 안 나와요.

부활절맞이 〈십자가의 길〉 공연에 11학년 대표로 예수 역에 뽑혔어요. 제가 이제껏 이 학교에서 겪은 일 중 단연 최악이에요.

학년마다 예수, 막달라 마리아, 베로니카, 성모 마리아 등을 투표로 뽑아요. 다분히 정치적이죠. 다들 기피하는 일이기 때문에 다수가 작당해서 만만한 애들한테 대사가 많은 주요 배역을 몰아주고 자기들은 모두가 탐내는 군중 역을 차지하거든요.

저는 이번 투표의 배후에는 이안이 있다고 확신해요. 그놈 말고 학교에서 딱히 미움을 산 적은 없거든요.

드와이트는 해설자를 맡았는데 군중 다음으로 쉬운 역

할이에요. 군중이 하는 거라곤 적절한 대목에서 '못 박아라!'
하고 외치는 것뿐이죠.

"어떻게 따낸 거야?"

제가 물었어요.

"자원했어."

"자원할 수도 있다는 걸 왜 말 안 해 줬어?"

"나부터 살아야지."

쥐새끼 같은 놈. 미리 귀띔 좀 해 주지. 해설자 말고 아
무 역에나 자원하라고 한마디 해 줄 수 있었잖아요. 그래 놓
고 이러더라고요.

"아무리 그래도 예수라니……. 안됐다, 야."

최악은 공연에 쓰는 합판 십자가보다 제 키가 더 크다
는 거예요.

저는 이제 남몰래 조현병이 있는 예수일 뿐 아니라 거
대한 예수이기도 해요. 두 팔을 활짝 펼친, 브라질 리우데자
네이루의 거대 예수상.

소품 팀은 저를 위해 더 큰 십자가를 마련해야 해요. 첫
예행 연습 때 바닥에 닿지도 않는 십자가를 어깨에 진 제 꼴
이 얼마나 우스웠는데요. 그 십자가에 못 박히려면 팔다리를
잔뜩 오므려야 할 거예요. 오죽했으면 마야가 성당에서 웃음
을 터뜨리더라고요. 그나마 비웃은 게 아니라 다 함께 즐겁
게 웃어서 다행이었어요. 적어도 제 생각엔 그랬어요.

하지만 마야도 저 때문에 발목을 잡혔어요. 막달라 마리아로 뽑혔거든요. 남 일이었다면 엄청나게 흥미진진했을 거예요. 애들이 보기보다 유머 감각이 있더라고요.

세인트 애거사는 이 행사에 대단히 집착해요. 학년마다 자체적으로 공연을 꾸려야 하는데 마야 말로는 매년 찍어 내는 것처럼 똑같대요. 여자들은 기본적으로 교복 위에 파란 천을 두르고 남자들은 복사 예복을 빌려 입는데 간혹 배역에 푹 빠지면 가짜 수염도 붙인다더라고요.

제가 예수 역에 뽑혔을 때 캐서린 수녀는 걱정스러워 보였어요. 과연 제가 성당 한복판에 전시되어 주목받아도 괜찮을지 확신이 안 간다는 얼굴이었죠. 하지만 아무 말도 않더라고요. 심지어 엄마에게 보고하지도 않았어요. 상황이 상황이니만큼 이상하다고 생각했지만 저도 딱히 따져 묻지 않았어요. 잠깐이나마 저를 미친놈 취급하지 않는 것 같아서요. 하긴 저는 세상의 죄를 씻으러 온 하느님의 어린양을 대변해야 하니까요.

"애덤, 지금 이 순간 예수님의 기분이 어떨 것 같니?"

예행 연습 때 캐서린 수녀가 진지하게 물었어요.

예의 있게 굴어. 제이슨이 불쑥 나타나 조언했어요. 성당 통로를 걸어가는 제이슨의 눈부시게 흰 궁둥이에서 시선을 떼려고 했지만, 쉽지 않았어요.

저는 걸친 가운을 내려다보며 가짜 가시 면류관을 고쳐

썼어요. 가짜라 해도 끔찍이 가려웠죠. 캐서린 수녀에게 비꼬듯이 대꾸하고 싶은 마음이 굴뚝 같았지만 다행히 그러기 전에 누군가 방귀를 뀌어서 주변이 한바탕 소란스러워졌어요. 제이슨은 이미 사라졌고요.

사실 어떻게 보면 좀 매혹적이에요. 주인공 살해에 초점을 맞춘 학교 공연은 드물잖아요. 예수의 느리고 괴로운 죽음이 극의 전부죠. 일련의 잔혹한 고통이 가톨릭의 마르지 않는 포교용 레퍼토리예요.

'11학년이 제작한 〈십자가의 길〉 공연을 보러 오세요. 예수님이 죽는 걸 지켜봅시다, 또.'

인기 욕심은 전혀 없지만, 조금만 더 애들의 호감을 샀더라면 아마 로마 병사 정도의 편한 역을 맡을 수 있었을 거예요.

저녁에 쿠키를 굽는데 마야가 구경하러 왔어요. 질문하시기 전에 대답할게요. 네, 우리는 바깥보다 집에서 더 많이 놀아요.

마야는 제빵에 관해 단 한 번도 물은 적이 없어요. 전방위적 호기심을 지닌 애라 좀 의외였죠.

"배워 볼래?"

"아니."

마야는 고민하는 척도 안 하더라고요.

"왜?"

유익한 무언가를 배울 기회를 피하는 건 마야답지 않았어요.

"먹을 때는 아무 생각 없이 즐기면 되는데 누군가를 위해 만들려면 어느 정도 정성을 담아야 하잖아."

반박할 수도 있지만 굳이 그 즐거움을 빼앗고 싶지 않았어요. 누군가에게 갓 구운 쿠키 한 접시를 건네받을 때의 기쁨이 있잖아요.

26

복용량: 4.5mg. 지난주와 동일.

3월 6일

드와이트와 월요일 저녁마다 만나는 걸 적당한 시점에 그만 둘 수도 있었어요. 엄마들도 계속 강요하지는 않았겠죠. 하지만 우리는 습관의 동물이라 꾸준히 만남을 이어 갔어요.

드와이트는 생각보다 느긋한 성격이더라고요. 비록 입은 쉬지 않지만 특별히 친해지려고 애쓰는 타입은 아니에요. 그러고 보니 저에 대해 전부 알게 되면 어떻게 반응할지 궁금하네요. 그렇다고 제 입으로 털어놓을 만큼 어리석지는 않고요.

한번은 엄마하고 폴에 대해 얘기하다가 아빠 이야기가 화제에 올랐어요.

"우리 아빠는 내가 여덟 살 때 집을 나갔어."

드와이트는 제 말을 잠시 곱씹었어요.

"우리 엄마는 정자를 기증받아 나를 낳았어."

그 말에는 정말이지 뭐라고 반응할 재간이 없더라고요. 제가 멍하니 바라보자 드와이트는 자기 엄마가 커리어에 전념하느라 데이트할 시간이 없었다고 덧붙였어요. 그게 드와이트가 자기 엄마한테 들은 진실의 전부인지는 모르겠지만…….

만약 제가 개인적인 무언가를 털어놓고 싶었다면 그때가 가장 좋은 타이밍이었을 거예요.

제 삶 전부를 아는 사람들과 모르는 사람들 사이에는 분명한 차이가 있어요. 많은 시간을 함께하는 사람들 사이에 그런 차이를 두는 건 아마 정신 건강에 해로울 테죠. 그건 제가 제 상태를 구분하는 거나 다름없을 거예요.

며칠 전 폴이 자기 모친과 통화하는 걸 우연히 들었어요. 대부분은 그분을 마음씨 좋은 노부인으로 여길 거예요. 가방에 늘 사탕을 갖고 다니고 빈손으로 파티에 올 생각은 꿈에도 하지 않는 분이죠. 하지만 동시에 사람에게 '오리엔탈(미국 사회에서 주로 동양인을 비하하는 단어로 쓰인다: 옮긴이)'이나 '유색인'이란 단어는 아무렇지 않게 쓰면서도 외식할 땐 '멕시칸'이란 단어를 속삭이는 분이기도 해요. 아무도 그분에게 '멕시칸'은 인종차별적 단어가 아니라는 사실을 굳이 일깨워 주지 않아요.

다시 말해 그분은 얼핏 친절해 보이지만 그렇지 않아요.

저를 믿지 않죠. 언젠가 저한테 통제력을 잃는 것 같으면 미리 알려 달라고 했어요. 그러면서 자기 가방에서 호신용 스프레이를 꺼내 제 앞에서 흔들어 보이더군요. 진심으로 욕할 뻔했어요. 하다못해 구급차를 부른다거나 제가 정신병이 있어 폭주할지도 모른다고 주변 사람들에게 미리 경고할 의도라면 이해하겠어요. 그 망할 할망구는 **제 얼굴에 호신용 스프레이를 뿌릴** 생각이었다니까요. 엄마에게 말하지는 않았어요. 엄마도 자잘하게 그분을 참아 내느라 힘들어하고 있었거든요. 만약 그분이 저에게 그런 말을 했다는 걸 알면 상황이 더 나빠졌을 거예요.

엄마가 임신하자 그분은 더 자주 전화를 걸어왔어요. 주로 폴의 핸드폰으로 걸지만 어쩌다 한 번씩 집 전화로 걸더라고요. 우리 집은 아직도 발신자 번호 표시 기능을 신청 안해서 그때마다 엄마가 대가를 톡톡히 치러요. 시어머니에게 아기에 관한 달갑지 않은 조언을 들어야 하거든요. 아들이라면 반드시 포경 수술을 해야 한다는 것 따위요. 엄마가 격렬하게 반대하는 걸 알면서도 매번 말하죠. 네, 제가 태어났을 때도 반대했어요. 이제 박사님은 저에 대해 필요 이상 많은 걸 알게 되셨네요.

아무튼, 폴이 통화하는 걸 우연히 들었는데 제 얘기를 하고 있었어요. 그나마 사실이 아닌 말은 한마디도 않더라고요.

"네, 저희가 알아서 잘하고 있어요. 아뇨, 어머니, 제가 과소평가하는 게 아니에요. 자꾸 제가 제 아이의 안전을 중시하지 않는다고 비난하시면 저도 화낼 거예요. 사랑해요. 끊을게요."

폴은 가족과 통화할 때마다 꼭 사랑한다는 말로 마무리해요. 아무리 격렬히 싸우더라도요. 아마 이런 식도 가능할 거예요. **어머니가 싫어요. 어머니가 제 가정에 얼마나 큰 망신과 모욕을 주는지 제발 좀 아셨으면 좋겠어요……. 사랑해요.**

마야에게는 이런 얘기, 그러니까 제 병과 관련된 얘기를 할 수 없어서 대신 아기 일처럼 공감할 만한 얘기를 해요. 문제는 마야가 공부할 때 저를 자주 무시한다는 거예요. 완벽하게 분류된 머릿속 한 귀퉁이로 제가 하는 말을 모두 듣기는 하지만, 자기 생각을 마칠 때까지 방해하게 내버려 두지는 않죠. 마야는 주의력을 뺏기지 않고 노트북 앞에 몇 시간 동안 앉아 있을 수 있어요. 그렇게 할 수 있도록 스스로 훈련한 거죠. 마야는 의학 박사가 꿈이거든요. 환자를 보는 의사가 아니라 의학 연구자요. 마야는 환자의 문제를 인간적인 차원에서 다루려는 게 아니에요. 네, 미리 답하자면 이미 알고 있던 사실이에요. '사람'은 좋아해요. 어디까지나 단수로요. 거기에 '들'이 붙으면 정나미가 떨어지나 봐요.

어쨌거나 저는 토자프렉스의 도움으로 마야에게 제 문제를 숨길 수 있어요. 그러니까, 큰 문제는요. 마야는 제가 만성 두통과 불면증에 시달리는 걸 이상하게 여길지언정 별 말은 안 해요. 그것들이 제 진짜 문제를 가리키지는 않으니까요.

마야는 공감도 마야스럽게 해요. 즉 문제를 지적하고 나서 동조하죠. 네, 정말 짜증 나요. 이번에 퀴즈 팀 연습 끝나고 육아 얘기를 할 때도 그랬어요.

"첫아이가 자란 방식과 둘째 아이가 자라는 방식은 하늘과 땅 차이야. 게다가 너랑 네 동생은 아빠도 다르고 나이 차도 나니까 어마어마하게 다르겠지. 내 말은, 네가 동생한테 또 다른 아버지가 될 수도 있다는 거야. 그리고 넌 그 애가 웬만한 일에는 전부 용서받으리란 걸 미리 받아들여야 돼. 네가 어릴 때 허락받지 못했던 일도 동생한테는 식은 죽 먹기일 거야."

마야는 안경을 벗고 저를 아주 진지하게 바라보며 말을 이었어요.

"나는 어릴 때 집안일을 나눠 맡았어. 맡은 일을 안 하면 엄마가 텔레비전을 못 보게 하거나 디저트를 못 먹게 했지. 동생들이 태어나고부터는 가사 분담 자체가 없어졌어. 쌍둥이를 씻기고 먹이는 게 우선순위가 되니까 기존에 세운 규칙들이 모두 사라진 거야. 배변 훈련도 엄청 오래 걸렸어. 이제 여섯 살이 다 됐는데 아직도 이불에 지도를 그려. 화장실에는 늘 불쾌한 냄새가 떠돌고 쓰레기통은 언제나 더러운 속옷으로 가득 차 있지. 우리 엄마는 변기에 응가를 한 것만으로도 상을 준다니까. 아주 집안 경사가 따로 없어. 그게 앞으로 너한테 닥칠 미래야, 애덤. 애들은 바지에 똥을 지리지 않는다고 보상을 받아. 미리미리 마음의 준비를 하는 게 좋을 거야."

네. 정말이지 유익한 조언이었어요.

화요일 방과 후에 퀴즈 팀 최종 대항전을 치렀어요. 드와이트는 컨디션이 최고조였고 마야는 꽤 복잡한 방정식을 풀어냈어요. 저는 느긋하게 벤치를 지켰고, 환각은 없었어요.

대회가 끝난 뒤 상급생들이 장비를 정리하고 의자를 접는 동안 우리는 한자리에 둘러앉았어요. 클레어와 로사는 5월에 있을 무도회 얘기를 했고, 마야와 드와이트는 숙제 문제를 두고 입씨름하고 있었어요. 저는 진작에 관심을 잃은 문제였죠. 애들은 가끔 지루한 얘기에 몰두해요.

드와이트와 옥신각신하면서 마야가 무심코 제 허벅지에 툭 손을 얹었어요. 아무도 눈치채지 못했어요. 그만큼 자연스럽고 담백한 접촉이었는데 그게 왠지…… 좋더라고요. 소유된 느낌이랄까. 박사님은 그런 느낌을 썩 긍정으로 보지 않을 수도 있지만, 전 상관없어요. 저는 마야의 사람이에요.

네, 요즘 기분 괜찮아요.

27

복용량: 5mg. 용량 증가.

3월 13일

몇 주 전부터 유독 피곤해 보이시네요. 댁에 무슨 일이 있는지, 저하고 만나는 게 점점 지치시는지 모르겠지만 아무래도 숙면을 좀 취하셔야겠어요. 눈이 충혈돼서 되게 딱해 보여요. 박사님도 이미 의료진 소견을 들으셨을 거예요. 임상 결과가 확실하지 않아서 재검사를 진행할 건데, 결론적으로 토자프렉스가 저에게 오히려 해가 될지도 모른다는 얘기였죠.

"애덤, 우리는 네 신체를 관찰하고 급격한 변화가 있는지 주시해 왔어. 초반에는 긍정적인 조짐을 보였지만 안타깝게도 너는 이 치료에 장기적으로 적합한 대상이 될 것 같지 않아. 예전 상태로 돌아간 건 아니지만 이미 약물에 대한 저항을 보였기 때문에 네 데이터를 계속 사용하다가는 연구에 지장을 줄 수 있어. 앞으로는 투여량을 점점 줄여 갈 거다."

그 말은 좀 가혹하더군요. 연구에 지장을 준다니, 제가 실험실 쥐도 아니고요. 아마 암 환자한테 항암 치료가 소용 없다는 말은 이런 식으로 안 하겠죠. 그야 암 환자는 가련하잖아요. 물론 암이 조현병보다 낫다거나 다른 병에 걸린 사람들이 더 매력적이라는 건 아니에요. 암세포 자체가 그렇다는 건 더더욱 아니고요. 제 말은, 암 환자가 남을 위협하지는 않는다는 거예요. 누구나 암에 걸린 사람을 동정하죠. 안타까운 마음에 자선 모금 행사를 벌여 치료비를 대신 마련해 주기도 하고요.

하지만 그 병이 무서울 때는 얘기가 달라지죠. 동정할지언정 어떤 지원을 해 주지는 않아요. 그저 최대한 자신들에게서 멀리 떨어지기를 바랄 뿐이죠.

암에 걸린 아이들에게는 메이크어위시재단(소아암, 백혈병 등 난치병에 걸린 어린이들의 소원을 들어주는 기관: 옮긴이)이라도 있죠. 죽음을 앞두고 있으니 얼마나 가여워요. 물론 조현병 환자도 언젠가 죽어요. 다만 그 전에 약에 절어 피폐해지고 소중한 사람들과 멀어지죠. 길거리에서 객사할 확률이 높고, 같이 살던 고양이의 밥이 될지도 몰라요. 그것도 나름대로 가엾지만, 소원을 들어주겠다는 사람은 아무도 없어요. 죽음으로 직행하지는 않으니까요. 세상이 죽을 날을 받아 놓은 비련의 환자들에게만 신경 쓴다는 점은 분명해요.

토자프렉스 투여를 중단할지도 모른다고 하니까 초조

해졌어요. 엄마는 의료진이 성급하게 판단하지 않을 거고 조만간 저한테 더 잘 맞는 약을 찾아낼 거라고 말했지만, 그냥 달래려고 한 말 같기도 해요. 그게 엄마들이 하는 일이잖아요. 엄마가 기분이 풀릴 만한 말을 해도 여전히 불안했어요. 그리고 불안할 때면 가끔 안 좋은 습관이 고개를 들죠.

일단 손톱 주위의 거스러미를 건드려 일어나게 한 다음 스트링 치즈 조각을 떼어 내듯이 잡아당겨요. 살갗이 벗겨져서 피가 나도 멈추지 않죠. 그 고통이 묘하게 만족스럽거든요. 어릴 때는 흔들리지도 않는 젖니 세 개를 일부러 뽑은 적도 있어요. 묘한 쾌감이 느껴져서요. 제 말은, 아프긴 했지만 기분 좋은 통증이었어요. 입안의 상처를 자꾸 혀로 건드릴 때처럼요.

그렇게 손톱 거스러미를 잡아 뜯다 보니 손가락 첫째 마디까지 뜯은 거예요. 그쯤 되니 피가 많이 나서 더 하다가는 들통나겠더라고요. 손가락에 반창고가 하나 이상 붙어 있으면 엄마가 바로 알아챌 테니까요. 엄마는 툭하면 핸드폰을 어디에다 뒀는지 까먹으면서 그런 건 절대 안 놓쳐요. 반창고 하나 정도는 괜찮을 거예요. 지난번처럼 부엌칼을 몽땅 압수당하지는 않겠죠.

제가 불안한 게 단지 약을 끊을 가능성 때문인지는 잘 모르겠어요. 어쩌면 며칠 전 슈퍼마켓에서 누구를 마주친 일과 관련 있을 수도 있어요. 1년 넘게 만나지 않은 사람이죠.

토드 기억하세요? 제가 말했던 예전 절친? 우리 집에서 그리 멀지 않은 곳에 살아요. 유치원에서 같은 배트맨 도시락 통을 쓰면서 친해졌고 함께 자전거를 타고 동네를 쏘다녔던 애예요.

1년 반 전에 처음 진단받았을 때 토드에게 전부 털어놓았어요. 이후 며칠간은 평소와 다름없이 지냈어요. 우리는 여전히 절친이었죠. 그런데 얼마 지나지 않아 엄마가 걔네 엄마한테 전화를 받았어요. 그분이 뭐라고 했는지는 모르겠지만, 엄마는 잠시 그 말을 듣더니 제가 상상도 못 한 말을 뱉었어요. 낮게 깐 목소리로 짓씹듯이 말했죠. "애덤은 두려워할 대상이 아니에요"라고. 엄마는 전화를 끊고 나서 부들부들 떨었어요. 그때 저는 현관 복도에서 문틈으로 엄마를 지켜보고 있었어요. 엄마는 그 전화에 대해 한마디도 안 했지만, 저는 그날부로 더는 제 절친과 만나지 못하리란 걸 직감했어요.

아무튼, 마트에서 토드를 봤어요. 처음 발견한 건 제가 아니라 레베카예요. 레베카의 시선을 따라가 보니 녀석이 시리얼 판매대 앞에 서 있더라고요. 시리얼을 고르면서 검지로 자기 엄마의 차 키를 빙글빙글 돌리는 걸 보니 그사이 운전면허를 땄고, 심부름 중이라는 걸 알 수 있었어요. 제가 알던 모습 거의 그대로였어요. 수염을 기르기 시작한 것만 빼면요. 만약 우리가 아직 친구였다면 턱 주변에 곰팡이가 핀 것 같다고 놀렸을 거예요. 그리고 웬 일본 애니메이션이 프린팅된 티셔츠를 입고 있었어요. 카트 유아용 좌석에는 까 놓은 젤리 봉지가 굴러다녔고요. 저는 마트에서 계산하기도 전에 뭘 먹는 사람들이 거슬려요.

마지막으로 만났을 때 토드는 아무렇지도 않게 굴었어요. 평소처럼 시시껄렁한 얘기를 하고 비디오 게임을 했죠. 하지만 그 전화가 걸려 온 날부터 저는 녀석을 보지 못했어요.

차라리 걔네 엄마가 절 못 만나게 한 것이길 바랐어요. 하지만 토드는 자기 엄마가 싫어하는 짓만 골라서 하는 애였어요. 가공 설탕을 못 먹게 하면 침대 밑에 사탕을 숨겨 두었고, 통금 시간 이후에 몰래 집에서 빠져나오는 데 선수였죠. 야한 잡지를 사 보고, 마리화나를 피우는 걸 본 적도 있어요. 엄마 때문에 절 피하는 게 아니었다는 뜻이죠.

저는 그 자리에 서서 녀석에게 하고 싶었던 말들을 줄줄이 떠올렸어요. 온갖 비난의 말들이 머릿속을 가로질렀죠. 그때 레베카가 절 보고 고개를 설레설레 젓더니 토드를 향해 가운뎃손가락을 들어 올렸어요. 피식 웃음이 나왔어요.

저는 계산대로 가서 필요한 네 가지 물건을 계산하고 떠났어요. 그 전에 토드가 절 본 걸 알아요. 제 뒤로 몇 사람밖에 없었거든요. 제 키는 꽤 눈에 띄잖아요. 저인 걸 한눈에 알아봤을 거예요.

출구 앞에서 힐긋 뒤돌아봤을 때 토드가 홱 고개를 돌렸어요. 제 눈을 피하는 게 분명했어요. 저는 그대로 떠났고 아무한테도 그 얘기를 안 했어요. 마야에게도요. 왜 지금은 친구가 아닌지 설명해야 할 테니까요.

토드가 언젠가 누군가에게 얘기할지 궁금해요. 절친한 친구가 조현병에 걸렸고 상태가 너무 심각해서 우정을 유지하기 어려웠다고. 슬픈 눈으로 고개를 떨구면 누군가는 마음고생이 심했겠다며 위로해 줄지도 모르죠.

주차장에 있는 걔네 엄마 차를 열쇠로 긁을까 잠시 고민하다가 그냥 집으로 향했어요. 걷는 제 옆에서 레베카가 재주넘기를 했어요.

28

복용량: 4.5mg. 용량 저감 시작.

3월 20일

나쁘지 않아요.

아시다시피 의료진은 당분간 제 복용량을 점차 줄여 가기로 했어요. 그나마 약을 끊거나 바꾸지 않아서 다행이죠. 아직 심각한 부작용은 나타나지 않았고 혈액 검사도 결정적이지 않아서 엄마는 다른 조치가 마련될 때까지 약을 먹어야 한다고 주장했어요. 익숙해진 약을 서서히 끊는 데 어떤 구질구질한 부작용이 따를지 모르겠지만 그 또한 감내해야겠죠.

당분간 매주 의무적으로 혈액 검사와 소변 검사를 해야 하는데 그건 어려운 일이 아니에요. 제 심리 상태는 박사님이 잘 보고하실 테죠.

박사님의 좋은 점은 일회용 컵에 소변을 받게 하지 않는다는 거예요. 그래서 저는 의사 중에 박사님이 제일 좋아요.

아, 네, 예수가 되는 건 신나는 경험이에요. 〈십자가의 길〉 총연습은 다음 주고, 저는 이미 제 배역에 통달했어요.

본디오 빌라도가 사형 선고를 내리면 저는 고개를 푹 떨궈요. 베로니카가 제 얼굴을 천으로 닦고 미리 묻힌 핏자국을 관객에게 보여 줘요. 로마 병사 두 명이 저를 십자가에 못 박아요. 이때 저는 비명을 지르지 않아요. 혹시나 관객들에게 트라우마를 안길까 봐 지난 몇 년간 굳어진 관행이래요. 그러고서 존엄하게 세상을 떠나기 전 다른 병사가 창으로 제 옆구리를 찌르고는 제가 진정한 하느님의 아들이라고 외쳐요. 마치 정육점에서 포장된 고기를 찔러 보며 **신선하냐**고 따지듯이요.

해설자인 드와이트가 기도를 이끌면 저는 죽은 자들 사이에서 일어나요. 이만하면 예수가 될 준비는 완료예요. 무엇보다 아기 문제에서 잠시 벗어날 수 있어서 좋더라고요.

폴은 출산 준비에 허덕이고 있어요. 요즘의 폴을 물건으로 비유한다면 구겨진 우산이라고 할게요. 아침에 출근할 때부터 이미 지쳐 보이는데 한편으로는 집에서 벗어날 수 있어서 한숨 돌리는 것 같기도 해요. 엄마는 폴을 이런저런 강좌에 다니게 해요. 라마즈 분만법, 아기 응급 처치, 모유 수유 등. 아무래도 첫아이 이후로 꽤 오랜만이니까요.

사실 엄마도 이런 상황에 다시 놓일 줄은 몰랐을 거예

요. 제가 처음이자 마지막이라고 생각했겠죠. 하지만 어느덧 둘째를 가져서 직장 동료들과 독서 모임 친구들이 베이비 샤워(출산을 앞둔 임산부나 갓 태어난 신생아를 축하하는 행사로 주로 선물을 주고받는다: 옮긴이)를 계획 중이에요. 그들이 초대장, 장식, 게임, 온갖 귀여운 것들을 담당했죠.

저는 디저트 담당이에요. 분홍색과 하늘색 크림으로 채운 크림 퍼프, 젖병 모양 쿠키, 엄마가 제일 좋아하는 당근 케이크, 갖가지 토핑을 얹은 컵케이크까지 만들 계획이에요.

지금 우리 집은 조잡한 잡동사니로 넘쳐 나고 있어요. 파티는 아직 몇 주 남았는데 벌써 선물이 쏟아지기 시작했거든요.

엄마가 아기 성별을 미리 알기를 거부해서 선물 대부분이 노란색이었어요. 자녀가 성 고정관념에 얽매이길 바라지 않는 부모들을 위한 색이죠. 덕분에 사람들은 유모차 앞에서 다소 혼란스러운 표정을 지어야 하고요.

저는 우리가 중세 시대에 사는 것도 아닌데 과학의 혜택을 최대한 누리는 편이 좋다고 생각해요. 하지만 의사가 성별을 알고 싶냐고 물었을 때 엄마는 마지막까지 몰랐으면 좋겠다고 하더라고요.

폴은 틀림없이 알고 싶어 했어요. 알고 싶어서 하루하루 말라 가고 있었죠. 폴은 출근할 때 입을 옷을 전날 밤에 가지런히 개어 놓는 사람이에요. 하나부터 열까지 계획을 세워야

직성이 풀리는 사람인데, 이 사안에 대해 끽소리 안 하고 엄마 의견에 따르더라고요. 엄마는 임신하고 주도권이 더 강해졌어요. 사소한 일에도 울음을 터뜨리는데 그때마다 폴은 안절부절못하거든요. 엄마를 속상하게 하느니 원하는 대로 다 해 줄 기세예요. 앞으로 훈육 문제가 어떻게 될지는 불 보듯 뻔하죠.

엄마가 베이비 샤워 때 마야를 초대해서 같이 있으라고 했어요. 폴의 모친도 오거든요. 미리 입단속을 해서 제 얘기는 떠벌리지 않겠지만 여전히 못 견디게 짜증 나는 분이죠. 그래서 마야를 지원군으로 부르기로 한 거예요.

얼마 전 주방에서 재고 조사를 하는데 마야가 도와주러 왔어요. 제가 제빵 도구를 정리하는 동안 마야는 식탁에 앉아 필요한 재료 목록을 적으며 한 번씩 저를 올려다보고 웃었어요. 그 순간 저는 우리가 집에 단둘이 있다는 걸 인식했어요. 더는 퀴즈 연습을 할 필요도, 당장 해야 할 숙제도 없고, 아무도 우리를 감시하지 않았죠.

저는 마야의 손을 잡고 방으로 이끌었어요. 조용히 방문을 닫고 침대로 향하자 마야는 고개를 저으며 저를 책상 의자에 끌어다 앉혔어요.

마야는 제 무릎 위에 마주 보고 앉았어요. 마야의 윗도리가 벗겨지고 제 바지 지퍼가 열렸을 때였어요. 하필 그때 차고에 차가 들어서는 소리가 들렸고, 우리 둘은 엄마가 현관문을 열기 전에 서둘러 옷을 꿰입고 주방으로 달려 내려갔죠.

과장이 아니라, 제 인생을 통틀어 그때만큼 실망했던 적은 없는 것 같아요. 그때 엄마가 오지 않았다면 우리가 어디까지 갔을지 아직도 생각하고 있어요. 같이 있을 때 마야는 항상 준비가 된 것처럼 느껴져요. 하지만 그건 단순히 제가 남자이고 비교적 오래전에 준비를 마쳤기 때문일지도 몰라요.

마야가 떠나고 나서 레베카는 몇 시간 동안 은근한 눈빛으로 저를 흘깃흘깃 쳐다봤어요. 뭔가 만족스러운 눈치였어요. 손가락으로 머리카락을 빙빙 돌리며 헤벌쭉 웃기까지 하더라고요. 엄마가 저보고 왜 그렇게 정신없어 보이냐고 물었어요. 아마 대답하지 않은 걸로 기억해요.

29

복용량: 4.5mg. 지난주와 동일. 다음 주에 저감 예정.

3월 27일

네, 나쁘지 않아요. 흔한 두통, 흔한 환각. 별다른 건 없어요. 아, 전혀 없지는 않네요. 한 가지 사건이 있긴 했거든요.

가톨릭 학교는 잡다한 축일과 낭송회로 귀중한 수업 시간을 빼앗곤 해요. 성당에서 연습하느라 엄청난 시간을 보내죠. 따라서 홈룸 선생님은 우리가 전교생 앞에서 공연할 때 망신당할 일은 없지만, 책임자로서 우리 성적이 떨어지면 책임이 있기도 해요.

그날 오후도 11학년 전체가 성당에 모여 있었어요. 저는 우스꽝스러운 면류관에 의상을 갖춰 입고 무대 위에 서 있었죠. 마지막 총연습이었거든요. 이미 모든 게 고역인데 캐서린 수녀 때문에 더 힘들었어요. 앉아서 쉴 틈도 안 주고 계속 구세주의 고통을 이해해 보라고 했거든요. 마치 저린 다리와 간지러운 이마를 통해 평생 알고 지내 온 사람들 앞에서 죽게 되는 고통을 간접 체험할 수 있다는 듯이.

마지막 대목이 끝났을 때는 이미 늦은 오후였어요. 엑스트라들은 스포츠 연습한다고 흩어지고 마야도 다른 여자애들과 교복으로 갈아입으러 자리를 떴어요. 저는 그 자리에 남아 수염을 만지작거리며 이제 가라는 말을 기다리고 있었어요. 다음 주면 모든 게 끝나리라는 생각을 위안 삼으면서요.

캐서린 수녀는 이만하면 만족스럽다는 표정으로 저한테 성당 뒤편의 작은 창고 열쇠를 건네주더군요. 연습이 끝나면 제 키에 맞춰 늘린 십자가를 창고에 가져다 놓고 문을 잠근 뒤, 열쇠를 행정실 우편물 투입구에 넣는 일이 제 임무였어요. 창고에 들어가 의상부터 홀홀 벗었어요. 갖가지 소도구와 예복들이 상자별로 분류되어 있고 체육 장비와 팀 조끼들이 한쪽에 무더기로 쌓여 있었어요.

벽에 박힌 못 두 개에 십자가를 걸어 놓고 몸을 돌렸을 때 문간에 마야가 서 있었어요. 이미 교복으로 갈아입고 자신의 의상인 파란 천을 손에 들고 있었죠. 그 순간 마야의 모습은 생생히 기억나지만, 문을 닫고 걸어오기 전에 무슨 말을 했는지는 모르겠어요. 다만 그때 마야가 저와 같은 마음으로 저를 원하고, 이번에는 저를 밀어내지 않으리란 걸 알았어요. 그래도 마야가 먼저 다가올 때까지 기다렸어요. 마야의 의지이길 바랐거든요. 제가 원치 않는 일을 강요하는 걸까 봐 걱정해서가 아니라 선택받는 느낌이 좋아서요. 누구도 아닌 마야에게.

우리는 한마디도 하지 않았어요. 제 키가 커서 좋은 점 중 하나는 마야를 아주 쉽게 들어 올릴 수 있다는 거예요. 일도 아니죠. 그래서 저는 마야를 번쩍 안아 키스했고, 제 가슴에 딱 붙인 채 부드럽게 눕혔어요.

정말 이상한 건 우리 둘 다 처음인데 그다지 긴장하지 않았다는 거예요. 계획된 일이었으면 오히려 긴장했을지도 몰라요. 미리 이것저것 따져 봤다면요. 하지만 그 순간 저는 아무것도 두렵지 않았어요. 세우지 못할까 봐, 오래가지 못할까 봐, 마야가 식을까 봐, 제 크기에 실망할까 봐 걱정하지 않았어요. 제가 마야를 사랑한다는 사실 앞에서는 아무것도 중요하지 않았어요. 비록 아직 입 밖에 낸 적은 없지만요.

영화처럼 격렬하지는 않았어요. 누구도 소리를 지르거나 뭔가를 깨부수지 않았지만, 마야의 짧고 흥분 섞인 숨소리를 듣고 크게 벌어진 눈을 바라보는 일은 꿈만 같았어요. 특히 마야가 제 이름을 부르는 순간은요.

그 후에도 우리는 말없이 키득거리기만 했어요. 그렇게 한참 있다가 마야가 핸드폰을 확인하고 나서 아쉬운 눈으로 저를 쳐다봤어요.

"그래, 가야지."

제가 말했어요. 우리는 느릿느릿 옷을 주워 입고 조심스럽게 밖을 살피며 창고를 나온 뒤 행정실에 가서 열쇠를 반납했어요.

마야가 차로 집에 데려다줄 때까지 우리는 방금 일에 관해 이야기하지 않았어요. 다만 마야는 운전하는 내내 제 손을 잡고 있었어요. 작별의 키스를 하고서 제 뺨에 손을 대더니 내일 보자고 했어요. 저는 고개를 끄덕였어요. 우리는 평범한 일상의 일부처럼 섹스한 거예요.

제가 박사님에게 이런 얘기를 하는 건 아마 이상한 일이겠죠. 제가 알기로 첫 경험을 이렇게 구체적으로 얘기하는 사람은 없거든요. 그런데 솔직히 별로 이상하게 느껴지지 않아요. 아니 이상하긴 한데, 말이 아니라 글로 해서 그런지 별로 껄끄럽지 않아요. 말로는 누구한테도 이런 얘기를 못 할 것 같거든요. 글로 쓸 때는 좀 더 거리감이 있어요. 누가 읽기 전에 찢어서 구겨 버릴 수 있잖아요. 입 밖에 나온 말은 편집의 여지가 없죠. 주워 담을 수도 없고요.

어쩌면 저는 평범하게 살 수 있다는 걸 증명하고 싶어서 박사님에게 이런 얘기를 하는 걸지도 몰라요.

30

복용량: 4mg. 용량 저감.

4월 3일

할머니는 살아 계실 때 제 부활절 바구니를 담당했어요. 바구니 안에는 항상 제가 좋아하지 않는 병아리 모양 마시멜로와 모두가 좋아하지 않는 콩 모양 젤리가 담겨 있었죠. 하지만 간간이 달걀 모양 초콜릿과 땅콩버터 컵도 있어서, 부활절 아침 엄마가 일어나기 전에 쏙쏙 골라 먹곤 했어요.

할머니가 돌아가신 뒤로는 부활절을 챙기지 않았어요. 이탈리아계 가정에 자녀가 하나밖에 없는 것도 충분히 예외인데 이제 우리는 부활절을 기념하지 않는 유일한 이탈리아계 가정이 되었죠.

하지만 올해는 엄마가 다 함께 성당에 가자고 했어요. 곧 태어날 아이가 이교도가 되는 게 내심 마음에 걸렸나 봐요. 세례를 못 받고 죽은 유아들의 두개골이 모여 있는 림보

(원죄 상태로 죽었으나 죄를 지은 적 없는 사람들이 머무는 곳: 옮긴이) 이미지가 발목을 잡은 거겠죠.

가톨릭의 부활절 주일은 건성 신자들이 열혈 신자인 척하는 날 중 하나예요. 허울 좋게 겉치장하고서 성당에서 진행되는 모든 일에 동조하는 척하는 때죠. 차라리 모든 게 라틴어였던 시절이 나았을지도 몰라요.

미사는 평소보다 길었고, 불편했어요. 성당에 도착했을 때 이미 축일에만 나타나는 사람들로 넘쳐 나서 앉을 곳이 없었거든요. 그나마 임신한 엄마한테는 누군가 자리를 양보해 주었지만 폴과 저는 한 시간 동안 예배당 뒷벽에 기대어서 있어야 했어요. 설교가 시작되기 전부터 좀이 쑤셨고, 스테인드글라스를 쳐다보지 않으려고 애쓰면서 시간을 흘려보냈어요. 레베카는 원래 부제가 앉는 사제 옆자리에 앉았어요. 무슨 이유에선지 이번 미사에는 부제가 공석이어서 가로로 긴 의자를 독차지했죠. 저와 눈을 마주치자 레베카가 싱긋 웃었어요.

마야도 가족과 함께 왔어요. 엄마까지요. 그분에게서 미래의 마야가 보이더라고요. 마야는 성당 뒤쪽에 서 있는 저를 보고 얼굴을 확 붉히더니 제단을 향해 고개를 돌렸어요. 저는 자꾸 웃음이 나왔어요. 주체가 안 됐죠. 마야가 당황했다는 것 때문이 아니라 저로 인해 성당에서 얼굴을 붉혔다는 사실 때문에요. 마야는 그날 일을 떠올린 거예요. 성당 안

214

에서, 부활절 주일에, 하느님과 모두 앞에서.

으쓱하지 않기란 어려웠어요.

31

복용량: 4mg. 지난주와 동일.

4월 10일

이상하게도 어젯밤 침대에서 일어난 기억이 없어요. 기억의
시작은 방 안에 서서 레베카가 자는 모습을 지켜보다가 다
리를 스트레칭하러 복도로 걸어 나간 거예요.

핸드폰을 안 들고 나간 점도 이상했어요. 손이 허전하다
는 걸 깨달았을 때 거실에서 갱 두목이 제 전용 소파에 앉아
카놀리(원통형 빵을 튀겨 크림이나 초콜릿으로 속을 채운 페이스
트리. 영화 〈대부〉에 '총은 놔두고 카놀리나 챙겨'라는 대사가 나올
만큼 이탈리아의 대표 간식이다: 옮긴이)와 카푸치노를 먹고 있
는 모습을 마주쳤어요. 학교에서 총격전을 벌일 때처럼 광기
어린 표정은 아니더군요. 퍽 차분한 얼굴로 절 쳐다봤죠. 그
뒤에 덩치가 우락부락한 단원 둘이 벽면 책장을 훑어보고
있었어요.

216

"이 시간엔 자고 있어야지."

두목이 말했어요.

"그쪽을 봐서도 안 되고."

저는 홧김에 대꾸했어요.

"카놀리 먹을래?"

놈은 카놀리를 하나 집어 제 얼굴 앞으로 내밀었어요. 달콤한 냄새가 났어요. 얼마나 미쳤으면요. 카푸치노 향도 그렇지만 카놀리는 막 빵집에서 사 오거나 제가 갓 구운 것처럼 향긋했어요. 놈이 한 입 베어 물자 설탕 가루가 공기 중에 퍼지며 빵 부스러기가 카펫 위로 떨어졌어요.

"사양할게."

"네 손해다."

놈은 남은 카놀리를 입안에 털어 넣고 설탕 묻은 손을 증조할머니의 코바늘 뜨개 담요에 문질렀어요. 순간 욱했는데 그게 얼굴에 드러났는지 놈이 씩 웃더군요.

"지랄하고 싶어 죽겠지?"

"안 했잖아."

"굳이 할 필요 없어. 네 죽상만 봐도 알거든. 어떻게 그렇게 꾹꾹 눌러 참고 사냐?"

제가 대답하지 않자 놈은 보란 듯이 쿠키를 한 줌 쥐고는 으깨 버렸어요. 부스러기가 바닥에 후드득 떨어졌어요. 여기까지 읽고 박사님은 이렇게 말하겠죠. **하지만, 애덤, 넌**

이쯤에서 그가 환각인 걸 몰랐니? 왜 모르겠어요, 박사님, 알죠. 침대 밑에 괴물이 숨어 있지 않다는 걸 알듯이요. 하지만 그렇다고 마음 놓고 침대 밖으로 발을 내밀지는 않잖아요. 모든 일에 명료하게 대처하기는 어려워요. 특히 생생한 환각이 압박하는 상황에서는요.

"언제까지 버틸 수 있을 것 같아? 너의 작고 노란 여자 친구가 네가 조현병 환자인 걸 알고도 가랑이에 손을 뻗을까?"

'노란'이 정확히 인종차별적 단어인지는 모르겠지만 저는 눈살을 찌푸렸어요.

"너나 신경 써."

제 말에 놈 뒤에 있던 덩치들이 위협적으로 근육을 씰룩댔지만, 두목은 껄껄 웃었어요.

"훨씬 낫네!"

놈은 입가에 묻은 설탕을 손으로 훔치며 외쳤어요.

"우린 네 일부야. 우리 하나하나는 또 다른 너라고. 근데 이렇게 자꾸 쓰레기 취급하면 섭섭하지."

"진짜가 아니니까."

"개소리. 다른 사람에겐 아닐지 몰라도 너한테는 언제나 진짜였어."

저는 대꾸하지 않았어요.

"그럼 그 계집은?"

놈은 제 방을 향해 고개를 까딱했어요. 레베카가 잠들어 있는 곳.

"그 계집도 몰아내려고?"

"레베카는 날 미치게 만들지 않아."

"우리 중 누구도 널 미치게 만들지 않아."

"그쪽이 안 보이기만 해도 내 인생은 훨씬 순탄할 거야."

"과연 안 보인다고 존재하지도 않을까? 그건 아닌 거 같은데."

"자러 간다."

"그래. 그런데 내가 한 말 명심해. 넌 이 상태를 유지할 수 없어. 약발도 한계가 있다고."

저는 방으로 돌아가 침대 안으로 들어갔어요. 자고 있던 레베카가 제 손을 더듬어 찾았어요. 제가 레베카의 손을 꽉 쥐자, 레베카도 제 손을 꽉 쥐었어요.

32

복용량: 3.5mg. 용량 저감.

4월 17일

나쁘지 않아요. 환각은 레베카와 형체 없는 합창뿐이었어요. 나머지는 며칠 내내 안 보였고요.

엄마 상태요? 전 불효자예요. 저도 엄마가 빛난다고, 어느 때보다 아름답다고 말해야 하는 거 알아요. 하지만 솔직히 앉은 자리에서 대용량 나초 한 봉지를 다 먹고 이유 없이 울음을 터뜨리는 걸 볼 때마다 좀 무서워요. 그리고 일주일 사이에 두 번이나 리모컨을 냉장고 안에 넣어 놨어요. 폴은 그걸 임신 건망증이라고 부르는데 엄마 앞에서 대놓고 말한 적은 없어요. 그리고 제가 기억하기로 엄마는 분명 발목이 있었거든요? 지금은 종아리가 발까지 일직선으로 떨어져요. 폴에게 말했더니 경고하듯 엄한 눈빛을 보내면서도 부정하지는 않았어요.

마야 엄마는 임신했을 때 감정 기복이나 폭식 증세를 보이지 않았대요. 출산일이 될 때까지 배만 부풀어 올랐대요. 그 정보는 마야의 로봇 같은 기질이 전적으로 엄마에게서 왔다는 제 짐작에 확신을 실어 주었죠. 어쩌면 마야는 로봇이 아니라 복제 인간일지도 몰라요.

엄마는 출산의 순간에 제가 함께 있길 바라지만, 때가 되면 폴이 적당히 핑계를 대 주기로 약속했어요. 어찌나 감사하던지요. 폴에게 점점 정이 들고 있어요. 저는 제가 그 순간 정서적 혼란을 감당하면서 탄생의 신비에 감격할 수 있을지 확신이 안 서요. 구역질하지 않고요. 지금으로서는 누가 동생을 안아 보라며 건네줄 때 혐오감을 느끼지 않기는 어려울 것 같아요.

신생아는 안 귀여워요. 쭈글쭈글하고 흉한 분홍색 애벌레 같죠. 엄마 닮았네, 아빠 닮았네, 하는 말은 다 빈말이에요. 다른 동물에 비해 인간의 새끼는 정말 못생겼어요. 저는 차라리 오리너구리 새끼에 더 감정적으로 애착을 느낄 것 같아요.

마야도 제 의견에 동의했어요. 갓 태어난 동생들을 안고 찍은 사진이 있는데 사진 속 자기는 좋게 봐도 웃는 얼굴이 아니래요.

"난 걔네가 무서웠어."

"갓 태어난 아기들이?"

"두고 봐. 너무 약하고 징그러워. 사람의 정기를 쪽쪽 빨아먹는 작은 괴물들 같다니까. 시도 때도 없이 칭얼거리는데, 그때마다 꼭 필요한 게 있어. 밥, 기저귀, 잠."

마야는 얼굴을 찡그렸어요.

"넌 나중에 아이 낳을 생각 없어?"

"아마도."

부연 설명이 없어서 이유를 물었어요.

"어떻게 키우든 잘못될 수 있으니까. 내가 아무리 좋은 엄마가 되려고 노력한다 해도 애가 자라서 마약에 빠지거나 병에 걸리거나 나를 미워하지 않으리란 보장이 없잖아."

"네가 그런 걸 걱정한다고?"

저는 놀라서 물었어요. 마야가 '세상은 요지경' 식으로 말하는 것도 새로웠어요.

"낳지 않으면 애쓸 필요도 없지. 그나저나 머리 아픈 건 좀 어때?"

"괜찮아."

저는 거짓말했어요.

물론 마야는 솔직하게 말했어요. 정이 넘치는 타입이 아닌 건 분명하고 아이를 좋아하지 않을 수도 있죠. 하지만 마야는 늘 곁에 있는 사람의 사소한 낌새를 알아차리고 친근한 로봇처럼 적절히 반응해요. 표정으로 제 기분을 읽을 줄 알고, 질문 폭탄을 퍼붓지 않고 제가 스스로 말할 때까지 기다리는 게 최선임을 알아요. 다정다감하다고는 못 해도 정말 좋은 애예요. 저랑 깊은 사이여서 하는 말은 아니에요.

솔직히 마야가 언제나 아름다운 건 아니에요. 내 여자 친구가 늘 예쁘고 뭘 입어도 잘 어울린다고 말하는 건 남자들이 하는 아주 적절한 거짓말이죠. 가끔 마야가 아침 첫 수업이 있는 교실 앞에서 종이 울리기를 기다릴 때 보면 사팔뜨기 눈에 뺨이 불룩해서 갓 부화한 이구아나처럼 보여요.

하지만 그날 오후, 제 이불에 감긴 마야는 어떤 옷을 입은 모습보다 아름다워 보였어요.

우리는 서로를 계속 어루만졌어요. 저는 평소에 주의 깊게 보지 않던 마야의 몸 구석구석을 제대로 바라봤어요. 손목이라든지 무릎 뒤쪽의 보드라운 살이라든지. 저만이 마야를 만질 수 있다는 사실을 느끼는 게 좋았어요. 마야의 손가락이 제 배를 쓰다듬고 제 손가락이 마야의 머리카락을 돌돌 감는 동안 편안한 침묵이 길게 이어졌어요. 마야의 냄새가 좋았어요. 향수나 로션이 아니라 마야 고유의 살냄새.

그 순간 마야에게 모든 걸 말할 수 있을 것 같았어요. 첫 미사 때 제가 성당에서 뭘 보고 눈을 감고 있었는지, 제가 왜 한 번씩 극심한 두통을 겪고 잠 못 이루는지, 이제껏 어떤 공포에 시달려 왔는지. 그 순간에는 마야가 전부 이해할 거고 우리 사이는 아무것도 변하지 않으리란 직감이 들었어요. 하지만 그런 식으로 말하고 싶지는 않았어요. 행복할 때 그런 얘기를 꺼내고 싶지 않았어요. 그러면 우리가 나누던 교감이 무너질 테고, 그날 오후는 제가 마야에게 마음을 연 날이 아니라 제가 망가졌다는 걸 마야가 안 날이 될 테니까요.

마야가 집에 가야 한다고 하길래 옷을 못 입게 방해했어요. 티격태격하다가 결국 레슬링까지 한판 벌였는데 체급차 때문에 마야는 쪽도 못 썼죠. 가여운 마야.

마야가 떠나고 30분쯤 뒤에 엄마와 폴이 집에 왔어요. 피자를 사 왔는데 엄마가 세 명이서 엑스트라 라지 두 판을 어떻게 다 먹냐며 툴툴댔어요. 폴과 저는 말을 아꼈어요. 엄마는 혼자서 거의 한 판을 먹어 치웠죠. 굶는 사람이 없도록 넉넉히 사 온 폴에게 감사할 따름이에요.

그날 밤, 마야가 또다시 제 방 창문을 넘어왔어요. 그런데 침대 안으로 파고드는 대신 창문 방향으로 고개를 까딱하더니 다시 밖으로 내려갔어요. 저는 마야를 따라 대문을 벗어나 길모퉁이에 있는 작은 공원으로 향했어요. 밖은 쌀쌀했고 스웨터를 입지 않은 마야가 추워 보였어요. 마야는 저를 힐끗 돌아보며 싱긋 웃더니 공원 끝자락에 줄지어 선 가로수들을 향해 달리기 시작했어요. 어릴 땐 허락 없이는 혼자 그 너머로 갈 수 없었는데, 왠지 모르게 그때의 경계가 발목을 잡는 느낌이었어요.

결국 마야를 따라 가로수 경계를 넘었어요. 거기서 길은 동네를 벗어나 큰길로 이어졌어요. 마야는 달리기를 멈추지 않았어요. 저보다 훨씬 앞서 있었고 제가 소리쳐도 멈추지 않았어요. 저는 계속 마야를 뒤쫓았어요.

돌연 마야가 몸을 홱 틀어 찻길 한복판으로 뛰어들었어요.

제가 이름을 크게 부르짖고 커다란 트럭이 마야를 덮치는 순간, 마야는 수증기로 변해 홀연히 사라졌어요.

무슨 일이 있었던 건지 파악하기까지 시간이 좀 걸렸어요. 마야가 진짜가 아닐지도 모른다고는 의심도 안 했어요. 마야가 저한테서 자꾸 도망치는 게 딱히 이상하다고 생각하지 않았어요. 심지어 교복을 입고 있었는데 그마저도 위화감이 없었고요. 저는 마야를 따라잡는 데만 정신이 팔려 있었던 거예요.

애초부터 마야가 진짜가 아니었다면? 다시 창문을 넘어 방으로 돌아와 밤새 생각했어요. 혹시라도 제가 머릿속에서 마야를 만들어 냈을지도 모른다는 생각, 마야가 이 세상에 존재하지 않을지도 모른다는 생각에 온몸이 욱신거렸어요. 그렇다고 제가 상상의 여자 친구를 만들었는지 엄마에게 물어볼 수는 없었어요. 분명 마야는 엄마의 초대로 우리 집에서 같이 저녁을 먹고 공부를 했어요. 틀림없이 엄마는 마야의 존재를 알고 있었어요. 하지만 제 머릿속 한구석에서 작은 목소리가 계속 물었어요. **확실해?**

일찌감치 등교해서 마야를 기다렸어요. 머리가 지끈거

렸죠. 이윽고 마야가 학교에 도착했을 때 누군가 먼저 마야에게 말을 걸 때까지 기다렸어요. 어떤 식으로든 다른 사람이 마야에게 반응하는 걸 보고 싶었거든요. 다행히 헬렌 수녀가 지나가면서 "좋은 아침, 마야" 하고 인사를 했어요.

"학교에서 이렇게 키스하면 우리 둘 다 곤란해질 거야."

마야가 제 품에서 벗어나면서 말했어요.

"아무리 내가 좋아도 때와 장소는 가려야지."

마야는 웃는 얼굴로 덧붙이며 제 손을 틀어쥐었어요. 박사님이 이번 기록에서 무엇을 유추해 낼지 모르겠어요. 어쩌면 절 이대로 내버려 둬서는 안 된다거나 더 강한 약을 처방해야 한다고 판단하실지도 몰라요. 하지만 저는 솔직히 박사님이 그냥 저를 성호르몬이 미쳐 날뛰는 십 대라고 생각하셨으면 좋겠어요. 그게 전부인 척해 주시면 정말 감사하겠어요.

33

복용량: 3.5mg. 지난주와 동일. 특이 사항 없음.

4월 24일

저기, 이렇게까지 애쓰실 필요 없어요. 사실 박사님이 상담 시간에 낮잠을 잔다 해도 아무도 모를 거예요. 비밀 지켜 드릴게요.

저와 공감대를 형성하려고 무리하신 점에는 감동했어요. 하지만 설령 제가 정상이더라도 미술관 관람은 까딱수였어요. 순 시간 낭비였을지도 모른다는 말이에요.

박사님이 절 미술관에 데려가서 엄마는 정말 기뻐했어요. 엄마가 박사님의 혁신적인 치료 방식과 저와 거리를 좁히려는 노력을 얼마나 극찬했는지 들으셨어야 해요. 물론 저는 그런 것보다 작품 자체에 집중해야 했죠. 하지만 저 같은 사람들이 그렸다고 해서 작품이 더 아름답지도 않고 화가가 덜 미친 사람이 되는 것도 아니에요. 박사님에게 끌려간 첫 번째 전시에서 제가 평소처럼 버릇없이 시큰둥했던 이유죠. 솔직히, 고개 숙인 음경 꽃으로 가득했잖아요. 거대한 화폭마다 머리에 왕관 같은 꽃잎을 달고 축 늘어진 성기들. 그렇게 슬픈 꽃은 난생처음 봤어요.

저도 진심으로 적절한 감상을 하고 싶거든요. 그러니까 제가 뭘 느껴야 하는지 박사님이 알려 주시면 정말 좋을 것 같아요. 그 사람들이 자기가 보는 환각을 남들 앞에 공개할 수 있다는 데에서 제가 위안을 얻어야 하는 건가요? 그들이 조현병 환자로서 질병의 한계를 넘어 예술을 창조하는 능력에 감동해야 하는 건가요?

아마 저는 정원의 안경 쓴 고양이 그림을 보고 제 정신병을 끌어안자는 교훈을 얻어야겠죠. 하지만 솔직히 그 고양이를 보고 무언가를 깨닫는 사람이 있을까요? 아니요. **아무도 그 고양이를 신경 안 써요.** 고양이를 그린 작가조차도 딱히 신경 쓰지 않을 거예요.

이게 다 뭐 때문인지 짐작이 가요. 지난번 기록이 걱정스러우셨던 거죠. 그 기록을 읽을 때 박사님은 평소와 좀 달라 보였어요. 제가 통제력을 잃을까 봐 우려하는 기색이었죠. 하지만 저와 같은 환자들의 예술 세계를 보여 주는 게 과연 적절한 해결책이었는지 모르겠네요.

그냥 섬뜩해요.

왜 그 사람은 꽃 모자를 쓴 기형 성기를 그렇게 많이 그렸을까요? 그리고 고양이만 그려 댄 사람, 그 사람은 완전 맛이 갔어요. 저는 부디 작가들이 자기 작품 앞에 서서 대체 무슨 생각으로 그것들을 그렸는지 알려 줬으면 좋겠어요. 만약 그 고양이가 실은 잠수함이고 음경이 사람을 상징하는 거라면 그냥 그렇게 알고 싶어요. 아무런 설명 없이 그것들을 바라보는 건 어리석은 짓이니까요.

그리고 저는 예술가가 말하고자 하는 바를 다른 사람이 말하는 게 정말 싫어요. 미술관 큐레이터가 고개 숙인 음경 꽃 앞에서 그것이 작가가 조현병 진단을 받은 후 학계에서 퇴출당한 것을 상징한다고 말했을 때처럼요.

줄기가 성기로 된 고개 숙인 꽃이라고요. 뭐든 갖다 붙일 수 있잖아요. 어쩌면 그냥 처량한 음경을 그리고 싶은데 그러자니 너무 적나라해서 꽃을 이용했을지도 몰라요. 왜 그냥 작가 본인이 나서서 '네, 이 그림은 제가 나체로 캠퍼스를 활보했다는 이유로 노트르담 대학 교직에서 쫓겨난 뒤 슬픔을 표출하는 방법이었습니다'라고 말하면 안 되냐고요. 만약 작가가 죽었거나 너무 미쳐서 대답할 상태가 아니라면 그냥 바라봐야죠. 우리 몫은 거기까지예요. 괜히 이해하는 척하면 안 된다고요.

저는 단지 그들의 목소리로 듣고 싶을 뿐이에요. 작품을 온전히 이해하지 못하는 사람이 대변자로 나서는 게 싫어요. 아마 화가는 반평생을 남에게 자기 말을 이해시키려고 애쓰며 보냈을 거예요. 하지만 아무도 미친 사람의 말은 듣지 않았겠죠. 그래서 그림을 그린 거고요. 그런데 전시회 주최 측은 작품 설명을 작가 본인이 아닌 미술사 석사 학위가 있는 촌스러운 녹색 재킷 차림의 여자에게 맡겼죠.

저는 박사님이 절 미술관에 데려간 게 그 괴짜 예술가 쇼 때문이 아닐 수도 있다고 생각해요. 어쩌면 박사님의 진짜 목적은 그다음으로 관람한 전시였을지도 몰라요. 요리 전시.

제 평생 그런 음식들은 처음 봤어요. 케이크 탑들은 정말 인상적이었죠. 줄지어 늘어선 완벽한 과일 타르트들은 영롱한 보석 같았고요. 왜 전시하는지 알겠더라고요. 처음으로 음식이 예술 작품처럼 보였어요.

그 수많은 색깔들. 마치 요리사와 제빵사가 단체로 약을 빨고 식재료들에 환각성 물감을 마구 투하한 것 같았죠. 저는 좋았어요. 음식들이 가로세로 줄을 맞춰 정렬된 모습에 눈이 즐겁더라고요.

가장 좋았던 건 저도 그렇게 할 수 있다는 점이었어요. 다른 예술처럼 제가 범접할 수 없는 장르가 아니니까요. 요리 예술은 저에게 '진짜'라서 아름다웠어요.

어쨌든, 데려가 주셔서 감사해요.

34

복용량: 3.5mg. 지난주와 동일.

5월 1일

네, 나쁘지 않아요. 저번에도 말했듯이, 제빵에 열중할 때는 정신이 흐트러지지 않아요.

크림 퍼프는 얼핏 간단해 보이지만 실은 꽤 까다로워요. 페이스트리를 잘 만들었다 해도 크림을 알맞게 채웠는지 가늠하기가 어렵거든요. 몇 개는 잘라서 확인해야 했어요.

관객도 있었어요. 바 스툴에 앉은 레베카가 저를 지켜보면서 이따금 재료를 보고 웃었어요. 하지만 그 웃음은 얼마 안 가 찌푸림으로 바뀌었죠. 갱단이 주방으로 걸어 들어오더니 천장에 대고 몇 차례 총을 쏴 갈겼거든요. 벽재 부스러기가 싱크대 안으로 떨어졌어요.

"날 평생 무시할 순 없을 거다."

두목이 지껄였지만 저는 크림 퍼프의 속을 채우는 데

집중했어요. 놈은 결국 한구석으로 물러나 집안 행사를 지켜 봤어요.

박사님도 짐작하시다시피 저는 베이비 샤워를 딱히 기대하지 않았어요. 애초에 음식을 나르거나 손님을 접대하거나 실없는 게임에 참여할 생각도 없었지만 무엇보다 제가 즐길 만한 행사가 아니잖아요. 다행히 주인공인 엄마는 무척 들떴어요. 제가 만든 디저트들도 성공적이었고요.

폴의 모친은 도착하자마자 손님들이 모인 거실로 즉시 안내되었어요. 인종차별적이고 동성애 혐오적인 발언을 하는 입을 열기 전에요. 그 입이 개의 항문을 닮은 건 우연이 아니에요.

그분은 절 보고 고개를 까딱여 보이고는 행사를 도맡은 엄마 친구 모브에게 이끌려 파티 한복판에 합류했어요. 네, 모브라니 우스꽝스러운 이름이죠. 제 기준 여자 아기에게 추천할 만한 이름은 아니에요. 폴의 모친은 소파에 꼿꼿하게 앉더니 곧바로 제니스에게 말을 걸었어요. 제니스는 엄마의 예전 상사인데 정말 상냥한 사람이에요. 조심하라고 경고해 주고 싶었지만 그렇다고 그쪽으로 다가갈 생각은 없었어요. 그저 제니스의 상냥함이 폴의 모친에게 부딪혀 무너지지 않기를 먼발치에서 바랐죠.

몇 분 뒤 마야가 문을 박차고 들어왔어요. 제가 본 옷 중에 가장 촌스러운 여름 원피스 차림이었는데, 물론 그런 생각은 속으로 삼켰어요. 마야에게 손을 흔들기 전에 엄마가 마야에게 인사하는지 먼저 확인했어요. 그러고 나서 마야에게 크림 퍼프를 한 접시 건네고 함께 파티를 지켜봤어요. 마치 이색적인 동물원을 구경하듯이요.

드와이트 엄마는 창백한 두루미처럼 걸어 들어와 우리에게 손을 흔들고서 엄마를 둘러싼 꽥꽥거리는 여자 무리에 합류했어요. 저는 드와이트에게 파티에 오고 싶다면 얼마든지 와도 좋다고 했어요. 차라리 눈을 바늘로 찌르겠다든지, 설사병에 걸렸다든지, 사실상 어떤 이유로든 못 와도 괜찮다고 덧붙이면서요. 드와이트는 아무 평계를 골라 자리를 피했고요.

그리고 저는 그 자리에서 또 한 번 모유 수유 얘기를 들어야 했어요. 엄마가 유축기를 선물로 받았거든요. 그때 누군가 모유 대신 분유를 먹여도 된다고 하자 또 다른 누군가가 날카롭게 질타했어요. 파티는 잠시 위기를 맞았죠. 다들 불편한 눈치였어요. 평소 싸늘한 분위기를 신경 쓰지 않는 마야도 저에게 몸을 기울이며 "아주 물어뜯네"라고 속삭일 정도였으니까요.

하지만 모브는 프로 진행자였어요. 엄마가 선물을 개봉하는 동안 다음 게임으로 넘어갔죠. 기저귀 안에 녹인 초콜릿의 상표 이름을 냄새로 맞추는 게임이었어요. 어째서 초콜릿을 그런 식으로 활용하는지 저는 앞으로도 절대 이해 못

할 거예요.

드문드문 머리에 찌릿한 통증이 찾아왔지만 견딜 만했어요. 마야는 손님들에 관해 묻기도 하고 로봇 같은 조언을 던지기도 했어요.

"너 있잖아, 동생 태어나면 잠도 제대로 못 잘 거야. 한밤중에 우는 소리에 툭하면 깰 테니까. 내 동생들은 그랬어."

"고마워, 마야."

"희한한 게, 아기가 잘 때도 긴장을 못 놔."

"뭐?"

"너도 아기가 숨을 쉬는지 확인하려고 아기방을 지날 때마다 확인하게 될 거야."

"아기가 숨을 잘 못 쉬어?"

제 딴에는 합리적인 질문이었어요. 갓난아기의 능력치가 어디까지인지 정확히 몰랐거든요.

"아주 작게 쉬어. 그래서 그냥 봐서는 잘 몰라."

"맙소사."

가끔은 마야와 이런 얘기를 주고받는 게 썩 좋은 생각이 아닌 것 같아요. 살짝 가혹하게 현실적이니까요. 저도 좋은 말만 듣기를 바라는 건 아니지만, 굳이 제 자식도 아닌 아이를 사사건건 걱정하게 될 거라는 말까지는 안 들어도 될 것 같거든요. 조금 에둘러 말할 수도 있잖아요. 그렇게 말했더니 마야는 어깨를 으쓱했어요.

"네 자식이나 마찬가지야. 너네 부모님은 다른 누구보다 널 의지할 거야. 제 앞가림을 할 만큼 컸으니 동생을 책임지고 돌볼 수 있으니까."

그 말에 죄책감이 들었어요. 저는 맡은 역할을 제대로 해낼 수 없으니까요. 엄마가 필요로 하는 듬직한 형이 될 수 없죠.

비록 제가 예전에 비하면 사람답게 살고 약도 여전히 효과가 있지만, 엄마와 폴은 아기를 저와 단둘이 있게 하지 않을 거예요. 아기는 자라면서 제가 남들과 다르다는 걸 알게 될 테고, 나중에는 저를 돌봐야 한다는 의무감까지 느낄 테죠.

파티가 끝날 무렵까지 그런 생각에 잠겨 있었어요. 제가 무슨 생각을 하는지 말해 주기를 마야가 기다리는 걸 알았지만, 끝내 말하지 않았어요. 그러자 마야는 화제를 돌렸어요.

"애덤, 무도회. 나 데려갈 거지?"

마야가 한쪽 눈썹을 치켜올리며 물었어요.

"그건 내가 너한테 물어야 하는 거 아니야?"

"아마도."

"그런데 왜 기회를 뺏어 가?"

실은 까맣게 잊고 있었어요.

"미안, 물어봐."

마야가 의자에 편안히 등을 기댔어요.

"감흥이 사라졌잖아."

제 말에 마야는 눈알을 굴렸어요.

"그냥 내가 물을게. 무도회 나랑 같이 가 줄래?"

"이미 짜게 식었다고, 마야."

"재수 없게 굴래?"

쏘아붙이면서도 마야의 입꼬리가 슬쩍 올라갔어요.

"그래, 같이 가 줄게."

마야는 저에게 입 맞추고 절 또라이라고 불렀어요. 그러고서 엄마에게 인사를 하고 제가 챙겨 준 디저트를 들고 떠났어요. 폴의 모친은 눈을 치켜뜨고 마야의 뒷모습을 지켜보면서 "필리피노"라고 중얼거렸어요. 그 쪼글쪼글한 혀로 한 음절 한 음절 곱씹듯이 내뱉었죠. 저는 애써 무시했어요.

다들 제 디저트를 좋아했어요. 마지막에 폴이 장미꽃을 들고 '깜짝' 등장을 했을 때는 모두 환호성을 질렀죠. 엄마는 꽃다발을 우아하게 받아 들고 이미 대기 중이던 꽃병에 넣었어요. 모브의 아이디어였고, 엄마는 굳이 꽃 선물을 싫어하는 티를 내지 않았어요.

모두가 떠나자 폴의 모친이 입을 열었어요.

"그래, 참 복도 많구나. 폴리가 어릴 때만 해도 유아용품이랄 게 별로 없었는데."

엄마는 대충 맞장구를 쳤어요. '폴리'라는 단어에는 살짝 움찔했지만요. 엄마는 다 큰 남자가 어린 시절 애칭을 쓰는 걸 못 견뎌 해요.

폴의 모친은 잔소리할 때 특유의 징징거리는 말투로 말을 이었어요.

"있잖니, 출산일이 가까워지는데 슬슬 너희 생활 환경을 좀 고려해 봐야 하지 않겠니?"

엄마와 폴은 선물로 받은 아기 그네를 어떻게 설치할지 얘기하느라 그 말을 흘려들은 듯했어요.

"내 말 듣고들 있니?"

"네, 어머니. 듣고 있어요. 하시고 싶은 말씀이 뭔데요?"

폴이 대꾸했어요.

"아기 나오면 저 아이는 어디서 살 거니?"

그분은 말하면서 저를 똑바로 봤고, 저는 엄마가 콧김을 내뿜는 소리를 똑똑히 들었어요.

거기까지였어요.

나름대로 유쾌하고 웃음 가득했던 오후는 그 순간부로 막을 내렸죠.

"방금 제 아들 말씀하신 거 아니죠?"

엄마는 좋은 사람이지만, 순식간에 정말 무서워질 수도 있어요.

"설마. 말실수하신 거겠지."

폴은 그렇게 말하며 자기 엄마를 노려봤지만 그분은 끄

떡도 안 했어요.

"말실수? 너희가 내 손주를 위험에 빠트리는 걸 내가 그냥 두고—"

거기서부터 상황이 극에 치달았어요. 정말 밑바닥까지요. 저는 화를 낼 틈도 없었어요. 엄마가 그 즉시 이성을 잃고 배 속 아기조차 움찔할 만큼 심한 욕을 내뱉었거든요. 저는 내심 뿌듯하기까지 했어요. 폴은 엄마가 돌이킬 수 없는 짓을 저지르기 전에 자기 엄마를 집 밖으로 끌고 나갔어요.

저는 한동안 아무 말도 않고 엄마와 식탁에 앉아 있었어요. 엄마가 제 손을 꽉 쥐어서 저도 똑같이 했어요. 우리는 침묵을 지켰어요. 모르긴 몰라도 엄마는 입을 떼는 순간 울었을 거예요.

잠시 후 폴이 돌아오자 엄마는 말없이 방에 들어가 문을 쾅 닫았어요.

폴은 한숨을 내쉬며 냉장고에서 맥주를 꺼냈어요. 저는 폴에게 물었어요.

"혹시 태어날 아기가 저처럼 될까 봐 걱정되세요?"

"너처럼? 아니."

"솔직히요."

"아기가 널 닮을지보다 내 어머니의 평소 광기가 널 뛰어넘을까 봐 걱정된다."

그야말로 말실수였고 폴도 내뱉자마자 아차 싶은 눈치

였지만 어쨌든 우리 둘 다 빵 터졌어요. 엄마가 그 자리에 있었다면 그렇게 시원하게 웃을 수 없었을 거예요. 하지만 제 머릿속 어딘가에 자꾸 한마디 말이 맴돌았어요. **도전 접수.**

35

복용량: 3mg. 복용 중단을 위한 저감.

5월 8일

나쁘지 않아요.

학생들의 수업 진도를 방해하는 또 다른 요소는 바로 콜럼버스 기사단의 연례 방문이에요. 그들은 매년 전국의 가톨릭 학교를 방문하는데 마야도 어릴 때부터 봤대요. 이 지역 지부를 대표해서 온 세 사람은 피부가 종이처럼 얇고 무릎이 툭 튀어나온 노인들이었어요. 남색 슈트와 라펠 핀 차림으로 교단에 섰죠. 드와이트도 콜럼버스의 종자로서 남색 블레이저에 라펠 핀을 꽂은 채 몇몇 남자애들과 함께 옆에 서 있어야 했어요. 울상인 드와이트와 달리 이안은 딱히 민망해하는 것 같진 않았어요. 그냥 지루해 보였죠.

그 노인들을 애써 싫어하기는 어려워요. 그들은 자선 사업으로 벌어들인 돈을 지역 발전에 투자해요. 대개 무해한 노인들로, 아버지의 뜻을 이어 기사단에 가입했을 뿐이고 문제를 일으키기에는 너무 고루한 분들이죠. 하지만 그렇다 해도 확실히 꺼림칙한 구석이 있어요.

언젠가 엄마와 함께 마트 밖에서 그들이 무슨 구호를 내걸고 캠페인을 벌이는 걸 본 적이 있어요. 엄마는 고개를 절레절레하며 저보고 어서 차에 타라고 등을 떠밀었어요. 누군가 다가와 웬 서명을 요구하기 전에요. 엄마는 그들의 어떤 면을 싫어하는 눈치였는데, 제 생각에는 아마 가족적 가치를 지키려는 태도인 것 같아요. 오직 자신들과 비슷한 가족에 한해서요. 툭하면 성서의 율법을 들먹이는 것도 포함해서요.

세 노인 중 가장 늙고 약해 보이는 사람이 입을 열었어요. 순간적으로 저는 그 입에서 먼지밖에 안 나올 거라고 확신했는데, 의외로 노인치고 아주 괄괄한 목소리가 흘러나왔어요.

"저희가 오늘 이 자리에 온 것은, 콜럼버스의 종자가 되는 일에 관해 말씀드리기 위해서입니다. 경우에 따라 종녀겠지만요."

노인은 앞줄에 앉은 여자애들에게 씩 웃어 보이고는, 기사단의 역사와 그들이 매년 후원하는 글짓기 대회에 관해 설명했어요.

여기서 제 문제는요, 아무리 마음에 안 들어도 노인들을 나쁘게 생각하는 게 왠지 찜찜하다는 거예요. 마치 나이 듦을 미덕으로 여기도록 프로그램된 것 같아요. 물론 폴의 사악한 모친을 제외하고요. **웃어른을 공경하라**는 가르침이 뇌에 새겨졌나 봐요. 이왕이면 처음부터 **모두를 공경하라**고 가르치는 게 낫지 않나요?

백내장이 있는 그들의 슬픈 눈을 볼 때마다 깜빡하지만, 나이가 많다고 좋은 사람이 되는 건 아니에요. 나이 듦 자체가 존경할 만한 자질은 아니죠. 누군가에게는 그저 눈치 없이 질기게 살아 있다는 뜻이기도 하잖아요.

그런 생각을 하는 사이 정신이 흐릿해진 것 같아요. 레베카는 허리를 꼿꼿이 세우고 앉아 제 손을 찾아 쥐었어요. 저에게 무슨 일이 일어나기 전에 항상 먼저 알아차리죠. 얼마 뒤 두 남자가 문을 열어젖히며 들어왔을 때 저는 레베카가 뭘 걱정했는지 이해했어요.

그 남자들을 본 적은 손에 꼽아요. 실은 어떻게 생겼는지도 까먹은 상태였어요. 그 둘은 제가 혼자 있을 때는 나타나지 않고 한번 나타나면 절대 조용히 지나가는 법이 없어요. 이번에도 문을 뻥 걷어차서 벽에 부딪히게 하고 선반에서 상상의 물건들을 와르르 떨어뜨렸죠. 너무 통달한 것처럼 들릴지 모르겠지만, 저는 이 환각들이 왜 나타나는지 알아요. 그들은 제가 시비를 걸고 싶지만 그럴 수 없을 때 등장해요.

둘 다 키가 크고 스리피스 슈트를 입은 중년 신사예요. 한 명은 마르고 다른 한 명은 뚱뚱한데 둘 다 영국인이죠. 왜냐하면 제 잠재의식 속에서 영국식 억양이 말싸움에 유리하다고 생각하기 때문이에요.

마른 남자는 루퍼트, 뚱뚱한 남자는 바질이에요. 이름은 그들이 등장했을 때처럼 난데없이 머릿속에 떠올랐어요.

루퍼트는 캐서린 수녀의 책상 위로 뛰어오르더니 종이들을 걷어차 바닥으로 떨어뜨리며 빈정거렸어요.

"나 원, 대체 뭐 하는 짓들이람. 학교에선 뭔가를 가르쳐야 할 거 아니야, 안 그래? 뭐라도 쓸모 있는 것들 말이야."

"그것도 그런데 이 노신사들을 봐. 안타깝게도 이미 반송장이잖아."

바질이 맞장구치며 머핀 하나를 입안에 욱여넣었어요.

"맙소사. 저렇게 늙으면 정말 끔찍할 거야. 앉을 때마다 쭈글쭈글하게 퍼진 불알을 깔고 앉는다고 상상해 봐."

그 말에 바질이 먹던 머핀을 내뱉었어요.

"오, 루퍼트, 먹는 데 좀. 역겹잖아."

루퍼트는 입꼬리를 말아 올렸어요.

"들어 봐 봐. 콜럼버스 기사단이래. 웃기지도 않아. 콜럼버스가 누구인지는 알고 갖다 붙인 걸까? 설마 자기네들 롤모델은 아니겠지. 게다가 글짓기 주제가 '가톨릭교회의 진정한 메시지'래. 대체 뭘 쓰라는 거야?"

루퍼트는 폭소하다가 책상에서 굴러 바닥에 떨어졌어요.

"어린 소년들을 성폭행하다 들키지 않는 법(미국 가톨릭교회 성직자들이 수십 년 동안 상습적으로 아동 성 학대를 저질러 온 사실이 2000년대 들어 수면 위로 드러나면서 전 세계를 충격에 빠뜨렸다: 옮긴이)?"

바질이 제안했어요.

"아니면 교황청을 아동 성범죄 은폐 집단으로 만든 교황을 조용히 파면하는 법?"

루퍼트가 천장 조명에 매달려 소리치는 동안 바질은 주머니에서 사탕 봉지를 꺼냈어요.

"유후! 애덤! 어떻게 생각해? 사실 우리 생각이 네 생각이지. 그래서 우리가 여기 있잖아."

루퍼트가 여자처럼 목소리 톤을 높여 말했어요.

이럴 때가 최악이에요. 환각이 끈질기게 반응을 요구할 때요. 물론 제가 만들어 낸 환각이니 반응을 원하는 건 저라고 할 수 있겠죠. 하지만 제가 간절히 원한다고 물러가지도 않아요. 루퍼트와 바질은 저글링을 하고, 휴대용 술병에서 뭔가를 홀짝이고, 영국 민요인 〈대니 보이〉를 열창했어요. 저는 그 노래를 질색해요.

교단에 선 노인은 끊임없이 말했어요. 젊은 가톨릭 신자로서 의무를 다하라느니, 부도덕에 맞서 자신의 신념을 지키

라느니 하는 말들이 교실 안에 메아리쳤어요. 갈라지고 주름
진 입술이 쉴 새 없이 펄럭이는 동안 저는 고개도 돌리지 않
고 두 영국 신사가 교실을 쑥대밭으로 만드는 광경을 지켜
봤어요. 노인들에게 집중하는 척하되 루퍼트와 바질을 무시
하지 않는 게 관건이었죠.

"우리가 진짜인 줄 알았을 때가 더 재밌었는데."

바질이 저를 보고 아쉽다는 듯이 고개를 내저었어요.

"쟤가 개야?"

루퍼트가 휘파람을 불며 마야의 자리로 걸어갔어요.

"있잖아, 개."

둘은 웃음을 터뜨렸어요.

"동정을 떼다니. 아주 제법이야."

"정말 깜찍한 녀석이라니까."

바질이 벨트를 덮은 뱃살을 출렁이며 맞장구쳤어요.

그 순간 저는 벌떡 일어나서 화장실 출입증을 챙겨 들
고 문을 향해 걸어갔어요. 모두 제 쪽으로 고개를 돌렸죠. 마
야의 시선에 뒤통수가 타들어 갈 듯했고 이안의 흥미롭다는
눈빛이 느껴졌어요. 연설하던 노인은 말을 조금 더듬었지만
금방 페이스를 되찾았어요. 캐서린 수녀는 저를 막지는 않았
지만 이마를 찌푸리자 금발 눈썹이 사라졌어요.

저는 곧장 화장실로 들어가 얼굴에 찬물을 끼얹었어요.
물론 루퍼트와 바질도 따라왔어요. 둘에게 잠시 머리 좀 비

우게 자리를 비켜 달라고 하는 건 무리한 요구였죠.

레베카는 화장실 벽에 기대어 두 남자를 쏘아봤어요.

"그렇게 노려봐도 소용없어."

루퍼트가 레베카를 향해 혀를 쏙 내밀어 보였어요.

"우리가 변비에 걸린 애덤의 입을 뚫어 줘야지. 안 그래,
바질—"

루퍼트는 두리번거리더니 문 쪽 소변기를 사용 중인 바
질을 보고 어이없다는 듯이 덧붙였어요.

"정말? 지금?"

"아까부터 마려웠다고."

바질이 투덜거렸어요.

루퍼트는 다시 제 쪽으로 고개를 돌렸어요.

"그렇게 입 다물고 있으면 피곤하지 않니?"

"아니."

제가 속삭이듯 대꾸했어요.

"오오오오, 말했다! 드디어."

바질이 호들갑을 떨었어요.

"이제 그만 사라져."

"왜? 그렇게 너 자신을 속이고 싶어?"

"제발 좀."

저는 양손으로 세면대를 붙들고 몸을 가누려고 애썼어
요. 두통이 파도처럼 밀려와 관자놀이를 때렸어요. 잠시 팬

찾아졌다 싶던 순간, 목구멍에 왈칵 신 것이 올라왔어요. 그 대로 돌아서서 소변기 위로 토를 쏟았어요. 레베카가 뛰어와 등을 두드려 주었어요. 루퍼트는 한심하다는 듯이 눈알을 굴렸고요.

"이봐. 덩칫값 좀 하라고, 친구."

루퍼트가 손가락으로 머리를 쓸어 넘기며 핀잔했어요.

"겁먹은 생쥐처럼 굴지 말고 네 생각과 의견을 당당하 게 표현하란 말이야. 너 이 학교에 오고 나서부터 수업 시간 에 한마디도 안 하더라."

바질은 그렇게 말하며 또 사탕을 꺼냈어요. 손부터 좀 씻지.

"제발. 여기서 이러지 마. 내 눈앞에서 좀 사라져."

저는 애원했어요. 화장실이 빙글빙글 도는 걸 보니 분명 통제력을 잃고 있었어요. 관자놀이가 욱신거리고 또다시 목 구멍에서 욕지기가 치솟았어요. 루퍼트는 불쾌한 얼굴을 했 어요.

"맛이 가고 있네. 넌 그냥 입 꾹 닫고 약에 의지해 사는 편이 낫겠다. 약이 네 안의 아름답고 반짝이고 흥미로운 것 들을 모조리 맹탕으로 만들 때까지. 불쌍한 녀석."

"**꺼져!**"

저는 참다못해 소리쳤어요.

그런데 타이밍이 안 좋았어요. 마침 초등부 아이 하나가 화장실 안으로 막 들어서고 있었거든요. 누가 화장실에서 버럭 소리를 지른 것만으로도 깜짝 놀랐을 텐데, 그 사람이 덩치도 큰 데다가 주먹으로 세면대를 부서지도록 내리치는 바람에 더 식겁했을 거예요. 눈이 마주치자 그 애는 울상을 지으며 뛰쳐나갔어요.

화장실 문이 도로 닫히기 전에 이안이 나타났어요. 놈은 문간에서 절 멍하니 보더니 토사물이 뒤덮인 소변기 쪽으로 가면서 허둥지둥 주머니를 더듬거렸어요. 빈정대지도, 우쭐한 표정을 짓지도 않았어요. 저는 떨고 있었고, 녀석의 두 눈은 역겨움으로 가득했어요. 어쩌면 공포도 스쳤던 것 같아요.

레베카가 제 손을 잡았어요. 우리는 이안의 어깨를 밀치며 화장실을 빠져나왔어요. 그리고 집에 도착할 때까지 걸음을 멈추지 않았어요. 환각이 실제로 저를 만지거나 제가 몰랐던 사실을 알려 주지도 않는데 상처받을 수 있다는 게 참 우스워요. 복도로 나갈 때 시야 한구석에서 루퍼트와 바질의 슈트가 어른거렸어요.

겁쟁이, 라고 그들이 속삭였어요.

36

복용량: 2.5mg. 용량 저감. 그에 따른 부정적 반응을
보이는지 관찰.

5월 15일

가끔 박사님이 말할 때 그냥 흘려듣고 집에 와서 생각할 때
가 있어요. 지난주 무도회에 관해 물어보셨을 때도 그랬죠.
고등학교 첫 무도회가 긴장되지 않는지 물어보셨죠. 저는 그
런 걸 신경 쓸 여유가 없어서 그냥 무시했어요.

너무 기분 나빠 하실 것 없어요. 드와이트가 클레어에게
파트너가 되어 달라고 청한다고 했을 때도 그런 식으로 무
시했거든요. 그러니까, 대충 고개는 끄덕였지만 적절한 조언
이나 의견을 덧붙이지는 않았어요. 그냥 거기서 보자고 둘러
댄 것 같기도 하고요.

마야가 드레스 얘기를 할 때도 듣는 둥 마는 둥 했어요.
아마 어깨끈이 없는 파란색 드레스를 골랐다고 한 것 같아

요. 이제껏 마야와 나눈 대화 가운데 가장 수수께끼 같은 대화였을 거예요. 저는 장단을 맞추지 않고 그냥 무시했어요. 고개를 끄덕이다가 갑자기 머리가 아픈 척했죠. 몇 달 만에 처음으로 두통이 없었는데도요. 그때 제 머리는 말짱했어요.

마야는 상대방이 평소와 다르단 걸 직감했을 때 여자들이 주로 하는 반응을 보인 적이 없어요. 질문 공세를 퍼붓거나 '나한테 뭐 화난 거 있어?'라는 식으로 떠보는 말 따위는 절대 안 하죠. 왜냐면 본인부터 질문 공세를 질색하고, 자기가 잘못한 게 없다는 걸 확실히 알고 있으니까요.

저는 오늘 병원에서 돌아와 몇 달 만에 블라인드를 걷고 창문을 열었어요. 엄마 말로는 제가 아기 때부터 블라인드를 쳤대요. 끈 손잡이가 손에 닿을 때부터 버릇처럼 끌어당겨 닫았다고 하더라고요.

창가에 책상 의자를 끌어다 앉고 거리에 오가는 사람들을 한참 바라봤어요. 늦은 오후에 우리 동네는 사람들로 북적여요. 주로 아이들이 다니지만 조깅하는 사람들, 개를 산책시키는 노인들도 많죠. 꽤 떠들썩해요. 바깥이 얼마나 시끄러운지 한동안 잊고 지냈어요. 아스팔트에 울려 퍼지는 발소리도 거슬리지만 자전거 바퀴가 자갈 위를 지나가는 소리는 신경을 바짝 곤두서게 해요. 하지만 저는 소음을 들으려고 창문을 연 게 아니었어요. 바깥세상을 한번 제대로 마주하고 싶었어요.

곧바로 알아차리진 못했지만 저는 '그것'이 어딘가에 도사리고 있다는 걸 알았어요. 보도에 늘어선 나무들을 눈으로 따라가다 보니 서서히 드러나더군요. 우리 집 마당에 높이 자란 풀이 스륵스륵 움직이기 시작했어요. 마치 그 틈에서 작은 동물들이 기어 다니는 것처럼요. 무엇이든 지그시 바라보다 보면 늘 광증의 파편들을 찾을 수 있어요.

해가 저무는 시각, 제가 항상 숨으려 했던 거리는 변하고 있었어요. 주변 땅을 보라색 꽃잎으로 물들인 거대한 자카란다나무 아래로 가로등 주황 불빛이 넘실거렸어요. 그때 갑자기 움직이던 사람들이 전부 눈앞에서 사라지고, 낯선 차 한 대가 아주 천천히 우리 집 앞을 지나갔어요. 꼭 운전자가 창가에 있는 저를 수상쩍게 올려다보는 듯했죠.

저는 귀를 기울여 봤어요.

쟤는 왜 창밖을 저렇게 바라보고 있는 거야? 대체 뭘 보길래?

저도 그저 피해망상이면 좋겠어요.

마야가 드레스 관련해 문자를 몇 번 더 보냈지만 답장하지 않았어요. 저답지 않았죠. 일찌감치 마야에게 마음에 드는 턱시도를 골라 주면 이번 주 금요일까지 구해 놓겠다고 했어요.

하지만 오늘 저녁은 평소의 제가 아니었어요. 별일이 일어나기를 기다리며 계속 거리를 내다봤어요. 마침내 일어났죠.

미묘했어요. 거리에 낯익은 환영이 나타나지도, 환청이 들리지도 않았어요. 그저 발가락 아래로 진동이 느껴졌어요. 땅이 숨 쉬고 있었죠. 점점 짙어지는 어둠을 비롯해 모든 것들이 살아 있었어요.

창밖에서 털마삭줄꽃 향기가 났어요. 마야가 세상에서 가장 좋아하는 향기라고 말한 적 있죠. 마야를 떠올리며 잠시나마 좋아졌던 기분은 앞으로 저에게 벌어질 일을 예감하며 곤두박질쳤어요.

오늘 의사들과의 면담은 좋지 않았어요. 그들은 뻔한 질문을 수없이 했지만 제 날뛰는 성호르몬에 주의를 기울이는 사람은 아무도 없더군요. 임상 시험에 참여한 다른 조현병 환자 65퍼센트와 달리 저는 호전되지 않았어요. 검사 결과 약물 반응이 약해진 것으로 나왔죠. 몸에 내성이 생긴 거예요.

의사들은 저에게 토자프렉스 투여 종료일을 알렸어요. 원래 있던 심장 관련 합병증 때문에 지속적인 치료를 권할 수 없다면서요.

저는 계속 창밖을 보면서 마야의 문자를 알리는 핸드폰 진동음을 듣고만 있었어요. 답장할 마음이 들지 않았어요. 레베카가 제 손등을 어루만졌어요.

"자길 둘러싼 세상이 무너지는 걸 그저 바라볼 수밖에

없는 느낌이 어때? 난 아주 기묘할 것 같은데."

루퍼트가 제 침대에 기대앉아 지루한 표정으로 담배에 불을 붙였어요. 바질은 바닥 한쪽에 누워 코를 골면서 자기 가랑이를 긁었어요.

"좀 내버려 둬."

벌거숭이 제이슨이 말했어요.

"왜? 쟤 좀 봐. 이미 단단히 화가 났잖아. 저 안에 그득 쌓인 분노가 기어 나오려고 발톱 세운 것 좀 봐."

루퍼트가 다가와 두 손으로 제 어깨를 짚고 제 눈을 들여다보며 덧붙였어요.

"깽판을 치고 싶어 한다고."

"자네는 도움이 안 돼."

제이슨이 중얼거렸어요.

"도움은 우리 몫이 아니야."

난데없이 갱 두목이 창가에 나타나서 끼어들었어요.

"우린 아무것도 해서는 안 돼. 그저 존재할 뿐이지. 언제나 처럼."

"알아! 나도 지긋지긋하니까 입 좀 다물어! 너희들 다! 제발 좀 닥치라고!"

어느새 주위가 조용해지고, 레베카만 남아 합창에 귀 기울이고 있었어요. 저는 마야의 문자에 답장했어요.

37

복용량 : 알 수 없음.

5월 22일

결국 이 꼴이 됐네요.

병원 냄새는 이상해요. 살균 처리된 오줌 냄새 같달까.

이제 전 박사님이 매주 보던 사람이 아니라고 말씀드려
야 할 것 같아요. 이미 알고 계시겠지만, 제가 자각하고 있다
는 점을 확실히 알려 드려야 할 듯해서요. 먹던 약을 안 먹고
여기서 준 다른 약을 먹으니까 엄청 피곤하고 몸 감각이 이
상해졌어요. 막 입원했을 때는 시트에 오줌을 쌌죠. 멋진 부
작용 중 하나예요. 요의를 느낄 수 없다니.

박사님이 엄마에게 우리의 침묵 상담 얘기를 털어놓으
실 줄은 몰랐어요. 생각해 보니 이해가 가더라고요. 엄마는
상대방이 무언가를 숨기게 내버려 두지 않죠. 장담하는데 아
무리 박사님이 우리 관계의 작은 규칙을 비밀로 하고 싶었

어도 무리였을 거예요. 이제 엄마가 알게 됐으니 이번 기록을 박사님 책상 너머로 건네는 대신 이메일로 보내 드리는 거예요.

엄마를 존중해야죠. 비록 모든 게 엉망이 되었지만 엄마는 여전히 제가 심리 치료사와 소통하길 원해요. 아들을 고치기 위한 엄마의 여정은 계속되고 있어요. 아마 제가 망가진 데 책임감을 느껴서겠죠.

"우리 아들 잘 있었어?"

엄마는 평소처럼 물었어요. 그리고 집에서 가져온 제 노트북을 건네며 평소에 해 오던 대로 하라고 했어요. 저는 평소대로라면 지난 상담 시간에 박사님이 건넨 질문에 답한다고 말했죠. 그랬더니 엄마는 질문을 머릿속에서 만들어 내라고 했어요.

"내 삶이랑 다를 바 없네."

자조 섞인 제 말에 엄마도 울고 저도 울고 레베카도 울었어요. 특히 레베카는 한참 전부터 울고 있어서 얼굴이 말이 아니었어요.

"뭘 써야 할지 모르겠어."

"무슨 일이 있었는지 말씀드려."

"이미 엄마가 얘기한 거 아니야?"

"네 입으로 듣는 거랑은 다르지."

"사실 그분이 실제로 듣는 건 아닌——"

"그냥 써, 애덤!"

엄마는 한 번도 그렇게 큰소리로 꾸짖은 적이 없었어요. 언성을 높인 순간 후회하는 기색이 역력했지만요. 폴이 병실에 들어와 허브차 한잔 마시자며 엄마를 데리고 나갔어요. 엄마는 출산 전까지 얼그레이를 끊었어요. 카페인 때문에요. 엄마들은 자식을 위해 포기하는 게 참 많아요.

결과적으로 저는 질문을 만들어 낼 필요가 없었죠. 병문안 와 주셔서 감사해요. 제가 무슨 약을 투여받았는지 몰라도 박사님이 차트를 보고 고개를 절레절레한 걸 보니 어지간히 독한 약인가 봐요. 그래서 제가 그렇게 정신을 못 차렸겠죠. 끝까지 입을 안 여는 저에게 꿋꿋이 말을 거시는 능력은 여전히 존경스러웠어요. 진작 포기하셨을 만도 한데. 질문하고 잠시 멈춰 제 대답을 기다리는 태도가 너무 낙관적이고 정중해서 마음이 아플 지경이더라고요. 하지만 인정해 드릴게요. 화이트보드를 챙겨 오시다니, 역시 보통내기가 아니세요.

하나를 저에게 건네고 다른 하나에 질문을 쓰실 때 솔직히 조금 감동했어요. 사실 진작 그렇게 하셨다면 상담 과정에 큰 돌파구를 발견하셨을지도 모르지만, 그래도 안 하는 것보단 늦는 게 낫죠, 안 그래요? 박사님과 얼굴을 맞대고 글로 주고받는 건 약간 어색했어요. 그나저나 박사님 정말 악필이시더라고요. 아, 그리고 혹시 박사님의 병문안 자체도 제가 만들어 낸 게 아닌지 확인해 주실래요?

저: 박사님은 진짜죠?

박: 그래

저: 제가 어떻게 확신할 수 있죠?

박: 못 하겠지

저: 여기 왜 오셨어요?

박: 네가 괜찮나 궁금해서

저: 그건 이제 박사님이 책임질 필요 없어요

박: 나도 안다

저: 혹시 죄책감을 느끼세요?

박: 그렇지는 않아

저: 두려움?

박: 아니

저: 실망?

박: 아니!

저: 그럼 뭔데요?

박: 분노

저: 저한테요?

박: 물론 아니다

저: 그럼 누구한테요?

박: 우주

저: 저도 그래요

박: 그거에 대해 얘기해 볼래?

저: 아뇨

우리 둘 다 웃었죠. 그때가 입원 후 처음으로 웃은 거였어요. 고마워요, 박사님.

하지만 이제 제가 더 나아지지 않으리란 사실을 받아들여야겠죠. 제 인생을 바꿨던 묘약은 우리 모두의 기대만큼 신통하지 않았어요.

무도회에서 무슨 일이 있었는지 대충 들으셨죠? 박사님도 짐작하시다시피 저는 상대방이 이미 아는 얘기를 구구절절 늘어놓는 걸 싫어하지만, 약에 취해 제정신이 아닌 김에 풀어놔 볼게요. 아무래도 제 관점의 이야기를 원하실 것 같아서요. 그래야 최종적으로 제 파일에 확실히 미쳤다는 낙인을 찍으실 수 있겠죠. 자초지종은 다음과 같아요.

곧 약이 끊긴다는 걸 알고서 무도회 전까지 토자프렉스를 야금야금 모았어요. 하루 정도는 걸러도 버틸 만하길래 2주 동안 이틀에 한 번씩 먹었죠.

무도회 당일, 옷장 안쪽에 몰래 모아 둔 약을 한꺼번에 삼켰어요. 왠지 그렇게 하면 불시에 나타나던 부작용을 단번에 뿌리 뽑을 수 있을 것 같았거든요.

엄마와 폴은 일찌감치 무도회 가는 걸 금지했어요. 언제나처럼 "너를 위해서"란 말로요. 엄마가 울면서 저더러 마야에게 양해를 구하라고 했는데 그때 그 말을 들었어야 했어요. 저는 이미 마야에게 말했다고 둘러댔죠. 하지만 절대로 마야를 실망시킬 수는 없었어요.

저는 모두를 속이고 무도회에 참석했어요.

엄마가 한숨 자는 사이에 마야에게 데리러 와 달라고 했어요. 마야는 왜 우리 엄마가 자기를 집 안으로 불러들여 기념사진을 수백 장씩 찍어 대지 않는지 묻지 않았어요. 그게 딱 엄마가 할 법한 일이거든요. 아마 마야도 정신이 없었던 것 같아요.

초록색 미니밴을 끌고 학교 무도회에 가는 건 썩 모양은 안 났지만, 마야는 신경 쓰지 않았어요. 리무진을 빌리는 무의미한 사치를 오히려 불편해하는 애니까요. 미니밴으로 충분했죠. 마야는 무도회가 끝나면 드와이트와 클레어와 함께 디저트를 먹으러 가자고 했어요.

이때까지도 저는 마야가 어떤 옷을 입고 있는지, 제가 넥타이는 제대로 맸는지 확인하지 않았어요. 울렁거리는 속을 다스리려고 진땀을 빼고 있었거든요. 놀라운 촉을 지닌 제 여자 친구도 자기만의 걱정에 사로잡혀서 제 상태를 알아채지 못했어요. 마야를 탓할 수는 없어요. 춤은 남자보다 여자 쪽이 더 어렵잖아요. 그리고 아마 준비하는 데 한나절이 꼬박 걸렸을 거예요. 저야 엄마가 소파에서 곯아떨어진 걸 확인하고 20분 만에 준비를 끝냈죠.

차에서 내려 마야에게 코르사주를 달아 줬어요. 폴과 엄

마 몰래 냉장고 안쪽 깊숙이 숨겨 둔 생화였죠. 그러고서 사
진 찍게 줄을 서자거나 티켓을 핸드백에 넣어 달라거나 하
는 말을 꺼내는 참이었어요.

여자들이 가끔 드레스를 차려입으면 몰라보게 아름다
워지는 거 알아요. 그러니 그 순간 마야를 이 세상에 존재하
는 가장 예쁜 여자애라고 하는 건 과장일 수는 있지만, 결코
거짓이 아니었어요. 마야는 천사 같았어요.

박사님이 천사를 본 적 없다면 제가 묘사해 드릴게요.
저는 지금 약에 잔뜩 취했고, 천사를 묘사하는 게 은근 위안
이 될 것 같거든요.

원래 마야는 머리카락이 쭉쭉 뻗은 직모인데 어떻게 한
건지 굵은 컬이 얼굴 주위로 부드럽게 흘러내렸어요. 드레스
는 엷은 파란색에 번쩍이는 장식 하나 없이 어깨를 드러낸
우아한 스타일이었고요. 가슴 아래에 비단 띠가 둘러져 등
뒤에서 리본으로 묶여 있었는데, 언뜻 보면 정말 접힌 날개
처럼 보였어요.

저만 그렇게 생각한 게 아니었어요. 우리 쪽을 쳐다보는
사람이 꽤 많더라고요. 아마 몇몇은 마야를 뒤에 선 거인으
로부터 구해야 한다고 중얼거렸을 테지만, 대부분은 마냥 감
탄의 눈빛을 보냈어요.

아 참, 제가 여기 와서 이틀 동안 끈에 묶여 진정제를 투
여받았다는 얘기 들으셨나요?

아무튼, 무도회에 가려고 거짓말한 건 별로 걱정되지 않았어요. 엄마가 잠에서 깨거나 폴이 집에 와서 제가 없어진 걸 알게 되는 건 시간문제였지만, 설마하니 둘이 무도회장 한복판에 뛰어들어 저를 끌어내지는 않을 테니까요. 아마 강당 뒤편에서 기다리면서 저에게 살벌한 눈빛을 날리는 게 분노 표현의 최대치겠죠. 다만 저는 그때 제가 걱정해야 할 것이 제 상태일 줄은 몰랐어요.

마야는 춤이나 드레스나 화려한 파티에 관심 없는 척했지만, 제 손을 꽉 잡는 데서 느껴졌어요. 지금 무척 즐겁다고.

여기서 이야기가 끝나면 얼마나 좋을까요?

하지만 박사님께 제출하는 기록인 이상 이야기를 이런 식으로, 우리는 행복했고 모든 게 괜찮았다는 식으로 끝낼 수는 없겠죠. 실제로는 그렇지 않으니까요. 만약 제가 괜찮다면 이후에 일어난 모든 일을 환각으로 치부할 수 있을까요? 우리 모두 무도회가 아직 열리지 않은 척할 수 있을까요? 모두가 함께 연기한다면 그게 현실이 되지 않을까요?

이 대목을 읽는 박사님 얼굴이 눈에 선하네요. 절 평생 가둬 놔야 하는 증거를 발견할 때마다 짓는 서글픈 미소. 박사님은 좀 더 중립적인 표정을 유지하실 필요가 있어요. 실은 아예 신경 안 써 주셨으면 해요. 저는 무표정이 한결 편해요. 그게 실제로 느끼는 감정에 가깝잖아요. 남 일에 그렇게까지 신경 쓰는 사람은 없거든요.

저는 미쳤지만, 이야기가 여기서 끝날 수 없다는 건 알아요. 약을 털어 넣은 지 몇 분 만에 상태가 안 좋아졌어요. 한꺼번에 너무 많은 양을 먹은 거예요. 마야는 제가 워낙 사람 많은 곳을 싫어하니까 긴장했을 뿐이라고 생각했지만 식은땀이 나고 호흡이 불편했어요. 그건 몸이 보내는 경고였어요. 그때쯤 병원으로 갔어야 하는데, 블루스가 시작됐어요. 평범한 남자가 되고 싶었던 제 안의 일부가 마야를 무도장으로 이끌었죠. 우리는 근처에서 어색하게 몸을 흔드는 드와이트와 클레어를 향해 손을 흔들었어요.

가톨릭 학교 무도회는 꽤 유치하죠. 천장에는 색 테이프와 야광 별 풍선들이 주렁주렁 달렸고, 학교에서 고용한 디제이는 벽에 현란한 점멸등을 쏘고, 무도장을 둘러싼 스크린에 네온사인을 띄웠어요. 한 번씩 수녀가 부둥켜안은 남녀를 떼어 놓고 둘 사이에 성령의 공간을 남겨 두라고 속삭였어요. 그런데도 마야는 제 품에 기대었고 저는 제가 비정상이란 걸 잊으려고 애썼어요. 마야 덕분에 어느 정도는 가능했지만, 한계가 있었죠.

제 상상의 친구들이 모두 그 자리에 있었어요. 환영이라고 부르는 것보다 정감 가지 않나요? 그들은 제가 마야와 춤추는 동안 벽에 일렬로 서 있었어요. 다들 어두운 표정이었는데 알고 보니 저를 측은하게 여기는 거였죠. 절 겁주려는 의도는 없었어요. 심지어 그 자리에 있는 것조차 불편해 보였어요.

저를 흔든 건 소리였어요.

춤을 추다가 뭔가 깨지는 소리를 들었어요. 유리잔 같았는데, 소리 나는 쪽으로 휙 고개를 돌리자 마야가 괜찮냐고 물었어요. 순간적으로 제가 마야를 덥석 끌어당긴 것도 같아요.

"괜찮아."

"좀 앉자. 너 지금 안 좋아 보여."

"아니, 난 계속 춤추고 싶은데."

"너 두통 왔잖아. 1분만 앉아서 쉬자."

"괜찮다니까."

파도가 철썩이는 듯 요란한 소리가 귓가를 가득 채우자 기운이 쭉 빠졌어요. 결국 저는 마야 손에 이끌려 강당 뒤편에 마련된 테이블로 가서 의자에 털썩 주저앉았어요.

"나가자. 너 뭔가 이상해. 땀 흘리고 있잖아."

"괜찮아. 멀쩡해."

그렇게 말하면서도 마야가 제 말을 믿을 리 없다는 걸 알았어요. 저에게 무슨 문제가 있는지 정확히 모르는 것과 그 문제를 무시하는 것은 전혀 별개의 일이었죠. 게다가 이안이 무도장 건너편에서 우리를 보고 있는 걸 알아차렸을 때 저는 손까지 떨고 있었어요.

바로 그때, 무도장을 둘러싼 열 개의 스크린이 음악과 함께 점멸을 멈추더니 새로운 영상을 내보내기 시작했어요. 제 영상이었어요.

스크린마다 저는 화장실 소변기에 토를 하고 세면대에 손을 내리치며 꺼지라고 소리치고 있었어요. 두 눈은 초점이 없고 두 손은 부들부들 떨고 있었죠. 누군가가 제 모습을 촬영했던 거예요.

갑자기 숨을 쉴 수가 없었어요.

"애덤? 이게 무슨 일이야?"

마야가 제 등에 손을 얹으며 물었어요.

그 순간 환청이 들렸어요.

뭘 망설이는 거야? 어서 도망쳐. 모두가 알게 됐잖아. 여기서 벗어나야 해.

물론 이안이 벌인 짓이었죠. 한참 전부터 제 비밀을 알고 있다고 암시했지만 이제 증거까지 손에 넣어 전교생 앞에 까발린 거예요. 제 실체가 거기 있었어요. 모두가 볼 수 있게, 마야가 볼 수 있게 전시된 미치광이.

이안이 우릴 향해 달려오는 걸 봤어요. 몸이 덜덜 떨렸어요. 피해야 한다고 생각한 순간, 놈은 낯선 존재로 돌변했어요. 어둡고 기괴한 무언가가 바닥을 미끄러지듯 가로질러 와 제 가슴팍으로 돌진했어요.

여기서부터는 자세히 이야기할 수 없으니 엄마에게 들

은 대로 전달할게요. 엄마도 제가 여기 처음 실려 왔을 때 절 위해 기도하러 온 캐서린 수녀에게 자초지종을 들었대요. 그 때 저는 정신이 나가 있어서 몰랐어요.

스스로 기억해 내는 것보다 엄마한테 듣는 게 더 어렵 더라고요. 꼬치꼬치 캐묻고 나서야 자세한 얘기를 들을 수 있었어요.

"네가 가까이 오지 말라고 계속 소리를 질렀대."

엄마가 말했어요.

"누구한테?"

"그건 모르겠어."

하지만 저는 엄마의 말투로 제가 허공에 대고 악을 썼 다는 걸 알았어요.

"나 때문에 다친 사람 있어?"

"아니."

엄마는 제 얼굴을 어루만지며 대답했어요.

"거짓말."

제 말에 엄마는 특유의 레몬 씹은 표정을 지었어요.

"마야를 밀어서 넘어뜨렸는데, 다치지는 않았어."

그제야 제가 돌진하는 무언가를 팔을 뻗어 막은 기억이 났어요. 그것을 힘껏 떠밀고 뒤돌아 전속력으로 달렸죠. 그 게 마야인 줄 몰랐어요.

제가 통제력을 잃고 마야를 바닥에 패대기친 거예요. 저

는 제정신이 아니었고 마야에게 그 상황을 설명해 줄 사람
은 아무도 없었어요. 아무도.

"마야가 알아?"

엄마가 고개를 끄덕이며 제 볼에 흐르는 눈물을 닦아
줬어요. 그리고 제 손을 오래도록 잡고 있었어요.

"내가 말했어."

저는 한참 울었지만 엄마에게 왜 그랬냐고 따지지는 않
았어요. 엄마는 그동안 저에게 직접 말할 기회를 충분히 줬
는데 제가 놓친 거니까요. 엄마가 저 대신 궂은일을 한 거예
요. 저는 제가 정말 마야를 해치지 않았는지, 마야가 괜찮은
지만 계속 물었어요. 들을 때마다 현실감이 없어서 몇 번이
나 물어야 했죠. 엄마는 제가 묻는 것 말고 다른 말은 안 했
어요. 약을 모아 뒀다 먹은 거나 엄마와 폴을 속이고 무도회
에 간 걸 질책하지 않았어요. 제가 엄마는 상대방이 존중받
는 느낌이 들게 하는 사람이라고 했죠. 맞아요. 하지만 동시
에 무력하게 만들어요. 언제까지고 위로받고 싶게.

잠시 후 엄마는 아기가 발길질을 한다며 동생에게 말을
걸고 싶은지 물었어요. 저는 고개를 저으며 폴은 어디 있는
지 물었어요. 폴은 엄마와 아들만의 시간을 위해 병실 밖에
있었어요.

병상에 구속된 사람의 손을 잡아 주는 건 분명 껄끄러
운 일이겠죠. 그리고 부모로서 감당해야 할 수많은 고역 중

266

에서도 자식이 실성해서 벌인 짓을 설명해 주는 일은 난이
도가 상당할 거예요.

엄마는 제가 중환자실에 있을 때 마야가 방문하려고 했
지만 병원 규정에 어긋나서 못 했다고 말했어요. 면회는 직
계 가족만 가능했거든요. 일반 병실로 옮겼을 때도 저는 마
야를 보고 싶지 않았어요. 정확히 말하면 마야가 절 보는 걸
원치 않았어요.

그 대신 마야 엄마를 봤어요.

마야 엄마가 간호사라고 했던 거 기억나세요? 그분은
제 링거를 확인하는 동안 아무 말도 안 했어요. 사실 저도 말
걸 생각이 없었는데, 말이 멋대로 튀어 나갔어요. 그분이 마
야의 눈을 하고 있었거든요.

"미안하다고 전해 주실래요?"

제가 속삭이듯 말했어요.

"네가 직접 하지 그러니."

"이제 못 만나니까요. 적어도 이런 상태로는요."

그분이 절 물끄러미 바라봤어요.

"말을 못 하게 막는 건 아무것도 없다. 충분히 직접 말할
수 있어."

"저기요. 이제 제가 어떤 병을 앓는지 아시니까 마야보
다 더 잘 이해하시겠죠. 아시다시피 이 병에는 치료제가 없
어요. 저는 남은 인생 동안 엉망진창이 될 거라고요. 정말 마

야가 이런 놈이랑 만나길 원하세요?"

그분은 저를 잠시 바라보더니 간호용 트레이를 들고 나가면서 말했어요.

"그건 내가 판단할 일이 아니다."

그분이 병실 문을 닫고 떠나자 저는 마야가 마야 엄마에 비해 얼마나 다정다감한 앤지 깊이 실감했어요.

한참 지나서야 그때 일이 단편적으로 기억났어요. 약에 절어 정신이 흐릿한 상태에서도 제가 마야를 밀치던 순간 마야의 표정이 어땠는지 떠오르더라고요. 어떻게 그 짧은 순간을 선명히 기억하는지 저도 신기해요. 넘어지면서 마야의 표정이 무너졌어요. 눈을 크게 뜨고 두 손으로 바닥을 짚은 채 절 황망하게 올려다봤어요. 제가 괴물처럼 보였겠죠. 저는 그대로 뒤돌아 달렸어요.

물론 그렇게 멀리 가지는 못했어요. 그래도 성당 복도에 있는 화장실까지 가서 토를 한 게 놀라워요. 화장실 벽에는 여전히 똑같은 낙서가 있었어요. 그쯤 되니 도저히 지워낼 수 없는 건지 수녀들이 일부러 남겨 둔 건지 모르겠더라고요.

예수님은 당신을 사랑합니다

호모가 되지 마세요

함께 읽으면 왠지 그럴싸한 조건절처럼 들리죠. 따로 보면 하나는 따뜻한 말이고 다른 하나는 혐오 발언인데 신기하게도 글자 하나만 추가되면 이런 말이 돼요. 예수님은 당신을 사랑합니다만 호모가 되지 마세요. 어떻게 읽느냐에 달렸죠.

'예수님은 당신을 사랑합니다'는 기본적으로 조건 없는 수용을 뜻하지만, '호모가 되지 마세요'는 배척을 담고 있죠. 모순덩어리인 우리네 삶과 마찬가지로 부딪치는 문장인 거예요. 희망을 주는 말과 빼앗는 말.

너 자신이 되어라.

다른 건 다 괜찮은데 그것만 빼고.

그런 생각을 하며 저는 다시 속을 게워 냈어요. 그러고 나서 완전히 맛이 갔죠.

어지럽고 다급한 발소리를 들었어요. 구급차 안에서 레베카가 제 손을 잡고 있었는데 왜 엄마 목소리가 안 들리나 의아했던 기억이 나요. 대신 폴의 목소리를 들었어요. 희미한 의식 속에서 폴이 울고 있다는 걸 알았어요.

폴은 다 괜찮아질 거라는 말을 되풀이했어요.

"병원 도착하자마자 엄마 불러 줄게. 걱정하지 마. 내가 있잖아."

폴이 제 손을 잡아도 저는 가만히 있었어요. 그야, 그 상황에서 달리 뭘 어쩌겠어요? 폴은 이미 레베카가 잡고 있던

손을 잡았어요. 레베카는 뭐든 말해 보라는 표정으로 저를
바라봤어요. 제가 뭘 묻고 싶어 하는지 우리 둘 다 알고 있었
죠.

"너는 진짜가 아니지?"

멍청한 질문이었죠. 하지만 막상 레베카가 고개를 끄덕
이자 마치 그 사실을 처음 알게 된 것처럼 가슴이 내려앉았
어요.

"진짜다, 애덤."

물론 대답한 사람은 폴이었죠. 저는 입을 다물었고 폴은
제 손을 꽉 쥐었어요.

박사님은 지난 몇 달간의 상담과 새로운 시도가 모두
헛수고였다고 생각하시겠죠. 제가 그 전보다 더 미쳐 버렸으
니까요. 이 말이 위로가 될지 모르겠지만, 받을 건 받으실 거
예요. 그리고 병문안 와 주셔서 감사하다고 제가 말했던가
요? 박사님이 환각이 아니란 점은 늘 확실해서 좋아요. 보잘
것없는 제 상상력으로는 도저히 박사님의 그 머리 스타일과
바지를 만들어 낼 수 없거든요.

38

5월 29일

겁쟁이.

제가 생각해도 그래요.

마야는 여전히 전화를 걸고 문자를 보내고 방문하고 싶어 해요. 하지만 저는 한 번도 응답한 적 없고 간호사들에게도 방문객을 들여보내지 말아 달라고 했어요. 다만 그 전에 한 차례 예외는 있었죠. 잠에서 깨어났을 때 마야가 제 침상 옆에 앉아 있었거든요.

그때 저는 진정제 때문에 정신이 흐릿했어요. 그냥 대놓고 확인하는 게 나을 것 같았어요.

"너 진짜야?"

"응."

마야는 울었는지 눈이 벌건 채로 무릎 위에 놓인 손을 주무르고 있었어요. 손끝까지 피를 통하게 하듯이요. 그러고서 눈이 마주쳤을 때 저는 봤어요. 무도회 전까지 없었던 어

떤 이해의 기색, 이제 진실을 안다는 한 가닥 얼굴빛을요. 그
건 이제 어떤 변명도 소용없다는 뜻이기도 했어요.

"내가 이상하다는 거 언제부터 알았어?"

더 이상의 부정은 의미가 없었죠. 마야는 옷소매로 눈가
를 닦았어요.

"그런 걸 줄은 몰랐어. 그냥 두통이 잦고, 가끔 표정을
보면 뭔가…… 다른 걸 보는 것 같았어."

마야와 눈이 마주치자 목구멍이 뜨거워졌어요. 하지만
무슨 일이 있어도 마야 앞에서 울 수는 없었어요. 절대로.

"왜 나한테 얘기 안 했어?"

마야가 물었어요.

"내가 망가졌다는 걸 몰랐으면 해서."

그때 불현듯 제 모습이 마야에게 어떻게 보일지 깨달았
어요. 전날 눈이 충혈되어 있었는데 아직도 그럴지 신경 쓰
이더라고요. 자다 일어나서 머리는 한쪽으로 눌리고 목덜미
가 땀에 젖어 끈끈했어요.

"그래도 어떻게 나한테 비밀로 할 수 있어?"

"너한테만 비밀로 한 거 아니야."

"난 내가…… 내가 다른 줄 알았는데."

마야는 제 얼굴을 구석구석 뜯어보며 무언가를 찾았어
요. 이성. 이해. 뭔지 모르겠지만, 고개를 숙이고 흐느끼는
걸 보니 아마 못 찾았나 봐요. 저는 한숨을 길게 내쉬었어요.

"아니. 너도 똑같아. 너도 앞으로 날 두려워할 거야."

"애덤, 그건 불공—"

"불공평해? 여기서 공평한 게 뭐가 있는데? 네 눈엔 내가 이런 꼴인 것부터가 공평한 것 같아?"

마야는 고개를 내저었어요. 눈물이 볼을 타고 흘렀어요. 제가 겁을 준 거예요. 언성을 높이는 순간 몸을 움츠렸거든요. 제가 마야를 그렇게 만들었어요. 저는 정말 괴물이었죠.

"애덤, 괜찮아지면 다시 얘기하자. 너 아직 회복 안 됐잖아."

"괜찮아지면."

저는 자조하는 말투로 중얼거렸어요.

"내 병은 회복할 수 있는 게 아니야, 마야."

"내가 도울 수 있게 해 줘."

"아니! 넌 이미 충분히 도와줬어."

이번에는 일부러 언성을 높였어요.

"제발, 애덤⋯⋯."

처음으로 마야의 목소리가 자기 체구만큼 가냘프게 들렸어요.

"그냥 가. 가는 게 도와주는 거야."

갑자기 수많은 목소리가 동시에 지껄이고 갱단이 총을 난사해서 저도 모르게 움찔했지만 아무래도 상관없었어요. 저는 간호사 호출 버튼을 눌렀고 마야는 울면서 걸어 나갔어요.

제가 망가졌다는 걸 그제야 확실히 느꼈어요. 마야를 울리고 나서야.

사실 엄마가 마야에게 말해서 한시름 덜었어요. 제 입으로 고백할 필요가 없었으니까요. 이제 저는 마야를 안 봐도 돼요. 심지어 모르는 사람인 척할 수도 있어요. 길게 보면 그편이 나을 거예요. 어차피 마야는 제 옆에 있어서 좋을 게 없으니까요.

그나저나 박사님은 여전히 실없는 질문을 하시네요. 환청이 뭐라고 하는지 알려 달라고요? 왠지 엄마가 알고 싶어 하는 내용 같네요. 그런데 도무지 말 같아야 알려 드리죠. 그냥 뭔가 긁는 듯한 소리만 들리다 멈출 때도 있고, 가끔 화난 목소리로 뭐라고 떠드는데 해석할 수 없는 경우도 많아요. 요즘은 심지어 레베카도 좀 이상해요.

이틀 정도 더 입원해야 하는데 레베카가 굉장히 불안해 보여요. 병실에 사람이 들어오면 숨어 버리기도 해요. 어차피 아무도 못 본다고 얘기해도 레베카는 고개를 저어요.

병원에 와서 좋은 점은 잠을 푹 잘 수 있다는 거예요. 꿀잠. 열 시간가량 기절 상태인 게 얼마나 달콤한지 잊고 있었어요. 유일하게 개 같은 순간은 깨어날 때죠.

네, 학교에 안 가서 심란해요. 끔찍하게요. 건성으로 독실한 척하며 존재하지도 않는 성령이나 신을 위해 목숨 바친 인간들 얘기를 들을 필요가 없어서 눈물이 다 나요.

아뇨, 슬프지 않아요. 전 자기 연민에 빠진 쓰레기가 아니에요. 저 자신이 불쌍하지도 않고 박사님께 제가 실제로 무슨 생각을 하는지 털어놓고 싶지도 않아요. 왜냐면 첫째, 박사님이 그 정보를 어디에 써먹을지 모르고, 둘째, 그냥 그러기 싫으니까요.

퇴원했어요. 이미 알고 계시겠지만요. 월요일에 드와이트가 집에 찾아왔어요. 테니스복을 입고 평소처럼 창백한 얼굴이었죠.

"먼저 서브할래?"

저는 말문이 막혀서 드와이트를 멍하니 바라봤어요.

"계세요?"

드와이트가 농담을 걸었어요.

"야, 난 오늘 밖에서 테니스 칠 상태가 아니야. 너희 엄마한테…… 얘기 못 들었어?"

엄마들이 이미 얘기를 나눈 걸 알고 있었지만 제 입으로 말하자니 역시 껄끄럽더군요. **미안한데 난 밖에서 못 놀아. 단단히 미쳤거든.**

"들었어."

"그럼, 여기 왜 왔어?"

"월요일이잖아. 테니스 치는 날."

드와이트는 백팩을 바닥에 내려놓고 뭔가를 주섬주섬 꺼냈어요.

"네가 상황을 잘 모르나 본데—"

"알아."

"근데 여기 왜 왔냐고."

"월요일이잖아."

드와이트는 그게 제 질문에 가장 맞는 대답이라는 듯 태연하게 반복했어요.

"난 조현병에 걸린 미친놈이야. 환영을 보고 환청을 듣는."

"알아. 엄마한테 들었어."

드와이트가 눈썹을 치켜올렸어요.

"드와이트, 나 밖에 안 나갈 거야."

"좋아. 그럴까 봐 이걸 가져왔지."

드와이트는 백팩에서 닌텐도 위 게임기를 꺼내더니 거실 텔레비전으로 가서 플러그를 연결하기 시작했어요.

"여기서 하자."

"나 게임 꽝인데."

"테니스도 마찬가지잖아. 먼저 서브할래?"

제가 뭐라고 대꾸하기도 전에 드와이트는 테니스 게임을 실행하고 흰색 컨트롤러를 내밀었어요. 저는 그 물건을 멍하니 바라보다가 받아 들었어요.

그렇게 우리는 한동안 거실에서 테니스를 쳤어요. 뒤에서 제이슨이 소파 쿠션 사이에 맨엉덩이를 파묻고 우리를 지켜봤어요. 레베카와 나란히요. 둘 다 세상에서 가장 박진감 넘치는 경기를 관람하는 표정이었죠.

같이 오레오 쿠키를 먹고 나서 드와이트는 짐을 챙겼어요. 제가 미쳤다는 사실에 대해서는 한마디도 꺼내지 않았어요. 하마터면 그 사실을 잠시 잊을 뻔했어요.

제빵이 그리워요. 칼과 날카로운 물건들은 전부 제가 모르는 어딘가로 치워졌어요.

제가 자해를 시도할 수 있다고 여겨지는 집기들은 모조리 사라졌어요. 엄마와 폴은 제과용 솔로 무슨 짓을 할 수 있다고 생각하는지 모르겠지만, 그것마저 사라졌더군요.

저녁마다 배달 음식을 시켜요. 엄마가 발이 퉁퉁 부어 제대로 못 걷는 이유도 있죠. 피자, 태국 음식, 이탈리안. 나쁘진 않지만 저는 제가 먹을 건 스스로 만드는 게 좋아요. 재료를 고르는 것부터 즐겁죠. 이제 왜 그렇게 못 하는지 저도 알아요. 이해해요. 그저 제가 할 수 있는 게 뭐라도 있었으면 해요. 스스로가 쓸모없이 느껴지니까요. 그래서 폴에게 한바탕 화풀이를 했죠.

너무 놀라지 마세요. 그건 저한테나 박사님 자신에게나

모욕적인 반응이니까요. 저는 혼자 조용히 괴로워하는 대범한 사람들과 달라요. 괴로워하면 주변에서 다 알죠. 제가 그렇게 만들거든요. 폴은 제가 왜 요리를 할 수 없는지 조리 있게 설명하려 했고, 저는 폴이 저한테 준 음식에 독이 들었다고 했어요. 폴은 자기가 어째서 그런 짓을 하겠냐고 물었어요.

"아저씨는 제 아빠가 아니니까요. 아저씨 자식은 고장 난 곳 하나 없이 멀쩡하고 완벽하겠죠. 누가 저 같은 애를 완벽한 가족사진에 넣고 싶겠어요? 제가 아저씨라도 독살하고 싶겠어요!"

폴에게 소리를 지르면서 제가 참 여러모로 쓰레기라는 걸 깨달았어요. 우선은 마야가 병원에 왔던 이후로 문자나 음성 메시지에 답하지 않은 게 첫 번째 쓰레기 짓이었죠. 지금껏 엄마는 제 의사를 존중해서 마야에게 제가 아무도 보고 싶어 하지 않는다고 전했어요. 물론 저도 그렇게 끝낼 수는 없다는 걸 알았어요. 그래서 이메일을 썼어요. 이 방법도 꽤 찌질하지만, 저로서는 최선이었어요.

마야,

미안해. 사과한다고 나아질 건 없지만, 그래도 하고 싶어. 네가 끝까지 몰랐으면 했어. 네가 날 두려워하는 게 싫어서. 이기적이었지. 그래도 네가 날 이전과 다르게 대

278

하거나 몸을 사린다고 생각하면 견딜 수 없었어. 애초에 신중했어야 할 사람은 나야. 너와 사랑에 빠지면 안 된다는 걸 처음부터 알았어야 했어. 내 병은 어떤 약을 먹어도 나아질 수 없으니까.

여태껏 숨겨서 정말 미안해. 넌 더 좋은 사람을 만날 자격이 있어. 그러길 진심으로 바라고 있어.

사랑해.

애덤

이제껏 마야에게 한 번도 한 적 없는 사랑한다는 말을 이런 식으로 했어요. 정말 쓰레기죠.

보내기 버튼을 누르면서, 낯선 사람에게 이메일을 보내듯 아무렇지 않은 척했어요. 한동안은 효과가 있었죠. 저는 방바닥에 레베카, 루퍼트, 바질, 이름 모르는 낯익은 환각들과 함께 앉아 있었어요. 제이슨은 제 옷장 문에 기대어 서 있고, 갱 두목은 책상 의자에 앉아 절 뚫어지게 노려봤어요. 바닥에는 절대 안 앉는 놈이죠.

문득 그들에게 너희는 진짜가 아니라고 말하고 싶었어요. 마야를 잃은 게 너희 탓이라고 욕하고 소리치고 싶었죠. 하지만 너무 피곤했어요.

"루퍼트."

제가 말을 걸었어요.

"웬일이야, 친구?"

루퍼트가 몸을 기울여 대답했어요.

"노래 불러 줄 수 있어?"

제 입에서 나온 말인데 꼭 남이 한 말처럼 들렸어요. 심지어 저는 루퍼트와 바질이 요청을 받아들일지, 〈대니 보이〉 말고 다른 노래를 부를 수 있는지조차 몰랐어요. 이제껏 제가 만들어 낸 사람들에 대해 한 번도 궁금해하지 않았죠. 그런데 한번 요청해 보고 싶었어요. 불쑥 이런 마음이 올라왔거든요. **아무려면 어때?** 그냥 환각을 전부 느껴 보고 싶었어요. 제가 느낄 수 있는 한계까지.

그렇게 저는 루퍼트가 부르는 〈파팅 글래스〉라는 노래에 맞춰 콧노래를 흥얼거렸어요. 옛날 영화에서 한 번 들었던 노래였죠. 바질은 휘파람을 불고 레베카는 제 손을 잡았어요. 그리고 갱 두목은 처음으로 평화를 깨뜨리지 않았어요.

39

6월 5일

네, 기분 괜찮아요. 대면 상담을 중단했는데도 엄마는 계속 박사님께 기록을 보내라네요. 사실 저는 토자프렉스를 먹을 때만 해도 불면증이 가장 나쁜 부작용인 줄 알았어요. 하지만 다른 약을 먹고 밤낮없이 좀비처럼 지내다 보니 차라리 불면증이 낫겠더라고요. 어찌나 피곤한지 마야가 집으로 쳐들어와 제 앞에 섰을 때도 환각인지 현실인지 분간을 못 했어요. 마야는 제가 기억하는 모습과 달라 보였어요. 어딘지 위태롭달까, 당장이라도 화르르 타오를 듯한 분위기였죠. 어쩌면 약 기운 때문에 그렇게 보였는지도 몰라요.

"야!"

마야가 대뜸 소리를 지르자 폴과 엄마가 달려왔어요. 아니, 달려온 사람은 폴이고 엄마는 두 손으로 배를 받치며 뒤뚱뒤뚱 걸어왔어요.

저는 마야가 그렇게 화내는 모습을 처음 봤어요. 실제로 무섭지 않았다면 그마저도 예뻐 보였을 거예요.

"넌 내가 선택할 기회도 안 줬어."

저는 그때까지도 마야가 진짜가 아니라고 확신했기 때문에 아무 말도 하지 않았어요. 무슨 일이냐고 물은 사람은 제가 아니라 폴이었어요. 마야는 조용히 하라는 듯이 손을 쳐들었고 폴은 입을 다물었어요. 놀라웠죠. 마야는 다시 저를 보고 똑똑히 말했어요.

"넌 내가 선택할 기회도 안 줬다고."

"무슨 선택?"

"넌 내가 뭘 원하는지도 모르잖아."

"마야, 그렇게 단순한 문제가 아니야."

"상관없어."

"어떻게 상관없어?"

"애덤, 넌 진짜 개새끼야!"

마야가 소리 질렀어요.

"알아."

제 초연한 반응에 마야가 멈칫했어요. 저하고 제대로 한판 붙을 태세였던 거죠. 하지만 저는 마야와 싸울 이유가 없었어요. 그리고 솔직히 말하면 마야가 욕을 한 게 내심 충격이었어요.

"넌 날 속였어."

"미안해."

"그딴 소리 하지 마. 애초에 미안한 짓을 하지 말았어야
지."

"하지만 이미—"

"내 말 안 끝났어."

마야는 분노에 사로잡혀 있었어요. 제 시야 끄트머리에
엄마가 슬그머니 식탁 의자에 앉고, 폴이 냉장고 문에 기대
어 서는 움직임이 보였어요. 저는 내심 엄마나 폴이 저 대신
사과하며 마야를 집 밖으로 내보내리라 기대했어요. 하지만
둘 다 상황을 제 손에 맡길 눈치였어요. 그럴 거면 자리나 제
대로 비켜 주든가요.

"왜 나한테 얘기 안 했어?"

이 시점에서 저는 엄마를 향해 애절한 눈빛을 보낸 것
같아요. 엄마는 고개를 가로젓고 시선을 바닥에 떨궜어요.
네가 알아서 하거라.

"마야. 너도 알잖아. 내가 이미 얘기했잖아."

"메일로 보낸 그딴 같잖은 변명 말고 네 입으로 설명해,
애덤."

"설명 못 해."

거짓말이었지만 속내를 털어놓기는 싫었어요.

"노력이라도 해."

마야는 입술을 꾹 말아 물었어요. 저는 어쩔 수 없이 말
문을 뗐어요.

"내가 먹고 있던 임상 시험 약에 대해 들었지? 우리 엄마한테. 그 약이 나한테 잘 맞으면 너한테 진실을 밝힐 필요가 없을 줄 알았어."

"진실이 뭔데?"

"난 앞으로도 환영을 보고 환청을 들을 거야. 약을 먹더라도 효과는 일시적일 테고, 이번에 먹은 약보다 더 좋은 약이 없을지도 몰라. 이제 그 약은 너무 위험해서 못 먹어. 나는 한동안 여러 치료를 받게 될 거야. 나한테 적절한 균형을 찾을 때까지……. 앞으로 영영 나아지지 않을 수도 있어."

"언젠가 적절한 균형을 찾을 거야. 우린 같이 견뎌 낼 거야."

"난 너한테 같이 견뎌 달라고 못 해."

마야는 엄마와 폴이 그 자리에 있는 것도 아랑곳하지 않았어요. 마야와 키스하는 게 얼마나 좋은지 잊고 있었어요. 그제야 그동안 마야가 얼마나 그리웠는지 실감 났어요. 마야는 입술을 떼고 제 머리카락을 쓸어 넘겼어요.

"이건 거래가 아니야. 네가 미안할 일도 아니고. 그리고 내가 견딜 수 없다고 누가 너더러 판단하래?"

"내가."

"또라이."

"마야—"

"네가 메일로 그랬잖아. 사랑한다고. 그건 진심이야?"

저는 아니라고 말하고 싶었어요. 아니라고 해야 했죠. 하지만 더는 마야에게 거짓말할 수는 없었어요.

"응."

"지금 나한테 가장 중요한 건 그거야. 나도 널 사랑하니까."

그 순간 저는 제 평생 가장 엉터리 같은 말을 내뱉었어요.

"네가 진짜가 아니라도 상관없어."

박사님이 보시기엔 이 모든 게 말이 되나요? 물론 우리가 대면 상담을 그만둔 상태고 어쩌면 의료진이 저한테 맞는 약을 만들어 낼 때까지 상담 치료를 전면 중단할지도 모르지만, 저는 박사님이 이제껏 제가 말한 것들을 어떻게 생각하시는지 궁금해요. 이 상담 치료가 실제로 저에게 도움이 되었다고는 말 못 하겠지만, 따지고 보면 제가 제대로 임한 건 아니잖아요. 그러니 손해였다고 할 수도 없죠.

40

6월 12일

"뭐 보이는 거 있어?"

요즘 마야가 가장 즐겨 하는 질문이에요.

"아니."

"확신해?"

"아니. 확신은 못 하지. 난 미쳤으니까."

"뭐 보게 되면 말해 줄래?"

"아마도."

마야는 제가 이렇게 대답하는 걸 싫어해요.

"목소리도. 지금 들려?"

"어."

"어떻게 들려?"

"너처럼 들리지."

"또라이."

"난 네가 나한테 문제가 있단 걸 알았으니 좀 더 잘해 주지 않을까 내심 기대했어."

"그럼 넌 미친 데다가 멍청한 거야."

제 여자 친구는 다정하지 않아요. 제가 아프다고 해서 쿠키를 구워 주거나 우쭈쭈 받아 주는 스타일이 아니에요. 여전히 딱히 도움 안 되는 현실적인 조언을 줄줄이 늘어놓죠. 하지만 날마다 학교 끝나고 우리 집에 와서 제 몸에 기댄 채로 숙제를 해요. 가끔은 아무 말 없이 숙제에 집중하는데, 한 번씩 눈을 게슴츠레 뜨고 저를 쳐다봐요. 마치 제 귀에서 광기가 새어 나오는지 확인하려는 것처럼요. 확인이 안 된다 싶으면 하던 일로 돌아가요.

마야가 절 사랑하게 내버려 둬서 죄책감이 들어요. 잘못 읽으셨나 싶죠? 저도 알아요. 그럴 필요 없다는 말씀은 사양할게요. 그리고 사랑하게 '내버려 둔다'는 표현도 지적하지 마세요. 사실이니까요. 남자가 저녁을 사는 걸 여자가 그냥 내버려 두듯이 저도 마야가 절 사랑하는 걸 그냥 내버려 둘 뿐이에요. 굳이 싸우려 들지 않고 가만히 앉아 받아들이는 거죠. 왜냐면 저는 마야가 그 무엇보다 절실히 필요하니까요. 그다지 건전하지 않죠? 박사님이 하실 말이 그거잖아요. 하세요. 저도 들은 셈 칠게요.

이따금 전 섹스 얘기를 꺼내요. 뭐 어때요? 전 이미 쓰레기인데. 그냥 한 번씩 별일 아닌 것처럼 들먹이는 편이 나을지도 몰라요. 그래야 마야가 부담을 내려놓고 우리가, 아시죠? 물론 마야가 원한다면요.

마야는 저한테 맞는 약을 찾을 때까지 참자고 했어요. 일리가 있지만, 그래도 말이죠. 어쨌거나 터놓고 얘기해서 좋았고, 맞는 약을 찾는 일은 더욱 절실해졌어요.

마야는 저에게 변한 건 아무것도 없다고 말했고, 대체로 그 말을 지키고 있어요. 저를 이전과 똑같이 대하지만 더는 두통에 대해 안 물어봐요. 이제 조현병 최신 약물을 알아보고 우리 엄마와 의견을 주고받는데, 좀 적응이 안 되긴 해요.

그나저나 오늘 기분이 썩 좋다고 할 수는 없네요. 그래도 이만하면 괜찮은 편이에요. 굳이 그럴 필요 없는 누군가가 사랑한다고 말해 줘서인가 봐요.

오늘은 확실히 안 좋았어요. 또 폴에게 이유 없이 신경질을 부렸죠. 저도 왜 그렇게 화가 났는지 모르겠어요. 너무 화나서 아무 잘못도 하지 않은 사람에게 막말을 퍼붓고 말았어요. 목소리들이 계속 지껄였어요. **감당할 수 있는 시설에 보내는 편이 나을지도 몰라.** 이때 폴은 그런 말을 한마디도 안 했는데.

폴이 상처받은 티가 났지만, 저는 아랑곳하지 않고 분노를 드러냈어요. 폴이 완벽한 타인처럼 느껴졌어요. 저를 아끼거나 위하지 않고 그저 제가 얌전히 지내기를 바라는 사람처럼.

나중에 엄마가 제 방에 와서 책상에 편지 한 통을 올려놓았어요. 그 옆에는 엄마가 몇 시간 전에 만들어 준 땅콩버터 샌드위치가 있었죠. 엄마는 이제 집 안에서도 마음껏 걸어 다닐 수 없는 시기예요. 주치의가 되도록 침대에만 누워 있으라고 했죠. 하지만 폴이 장을 보러 간 사이에 엄마는 방에 들어와 제 이마에 입 맞추고 갔어요.

엄마는 제가 말할 기분이 아닌 걸 알았어요. 사실 요즘은 아무런 의욕이 없어요. 그래서 뭘 읽을 기분도 아니었지만, 무슨 편지인지 궁금했어요.

적힌 날짜를 보니 약 반년 전인 2012년 12월 20일이었고, 폴이 가톨릭교회 대교구에 보낸 편지였어요.

우선, 이 편지를 쓰게 되어 정말 유감입니다. 저희는 대교구에 폭력 전과가 없는 미성년자의 정신질환 폭로를 허용하는 적법한 문서를 제공한 바 없습니다. 그런데 대교구는 주장을 관철하기 위해 편견과 두려움을 이용했습니다. 저는 대교구에 신중할 것을 충고하고 싶습니다. 그러한 관행이 가톨릭교회의 악습으로 빠르게 굳어지고 있기 때문입니다.

저는 코네티컷주 뉴타운의 희생자들을 진심으로 애도합니다. 그들은 길 잃은 영혼이 저지른 무차별 범죄의 희생자들입니다. 저는 총격범을 옹호하지 않습니다. 그에게 절실히 필요했던 적절한 치료를 받지 못한 점에는 연민을 느끼지만, 그 점이 그가 저지른 행위를 용납하거나 정당화할 수는 없습니다.

저는 이미 지난 편지에서 제 가족이 애덤의 병과 치료의 필요성을 깊이 이해하기 위해 얼마나 노력했는지 설명했습니다. 허위 사실은 단 한 줄도 없었고, 치료의 전 과정을 대교구에 주기적으로 보고했습니다. 이는 법적 의무를 떠나, 애덤의 인생에 속한 어른들이 자세한 정보를 알고 있는 것이 애덤에게 최선이기 때문이었습니다. 그런데 대교구는 애덤에게 위협을 가했습니다. 네, 위협이요. 대교구의 누군가가 학교 이사장인 학부모에게 기밀 사항을 누설했고, 그 학부모는 조현병 문제가 공개적으로 다뤄져야 한다고 생각한 것입니다.

이사회는 아마도 애덤을 퇴학시키거나 병결에 문제를 제기하는 것이 적절하다고 판단할지도 모릅니다. 어쩌면 애덤을 사파리 안의 동물처럼 사회에서 격리시켜야 만족할지도 모릅니다.

애덤은 열한 살에 저를 처음 만났습니다. 저를 완전히 거부할 수 있었지만 그러지 않았습니다. 저를 자기 인생에 들임으로써 제게 부모가 된다는 것이 어떤 의미인지 가르쳐 주었습니다. 바로 자식이 가장 필요로 하는 존재가 된다는 것이지요. 지금 당장 내 아들은 두려움에 자

극받은 편협한 사람들로부터 제가 자신을 보호해 주길
원합니다.

저는 대교구가 지침을 바로 세우고 이 문제에 정당하게
대응하리라 믿습니다.

축복이 있기를,

폴 티볼리

법무법인 스키너, 볼튼, 호록스 & 티볼리

이 편지가 저에게 어떤 의미인지 물어보시기 전에, 제가
운 게 그렇게 대수로운 일은 아니라는 점을 미리 알아 두셨
으면 해요. 실은 지금도 울고 있거든요. 병원에서 준 약은 아
주 강한데 가장 흔한 부작용이 무기력, 감정 폭발, 성욕 감소
예요. 따라서 제가 운 건 정상이지만, 이 편지가 저를 그렇게
까지 강타할 줄은 미처 몰랐어요. 폴은 한 번도 저를 그렇게
부른 적 없어요. 내 아들. 마치 자기 사람처럼.

방에서 나와 보니 엄마는 잠들어 있고 폴은 주방에 있
었어요. 요즘 항상 밤늦게까지 깨어 있더라고요.

저는 폴이 땅콩버터 샌드위치를 만드는 뒷모습을 지켜
봤어요. 폴의 요리 실력으로는 한계가 있었죠. 땅콩버터와
잼을 바른 빵을 겹칠 때 네 귀를 맞추지도 않더군요. 보호자
없이 혼자 내버려 둔 아주 어린 아이 같았어요.

폴은 문간에 서 있는 저를 힐긋 보고 아직 안 잤냐고 물었어요. 마치 제가 아침에 이유 없이 막말을 퍼부은 적 없다는 듯이, 야밤에 주방에 내려온 것 말고는 아무 짓도 하지 않았다는 듯 태연한 기색으로요. 저는 그렇다고 짧게 대꾸하고 잠시 그 자리에 서서 폴과 제 모습을 비교했어요. 폴의 헝클어진 차림새와 형편없는 샌드위치가 저보다 훨씬 정상으로 보이더군요.

폴은 샌드위치를 대각선으로 잘라, 반쪽을 냅킨에 싸서 저에게 내밀었어요. 저는 말없이 받아 들고 먹었어요. 다 먹고 주머니에서 편지를 꺼내 조리대 위로 쓱 밀어 건넸어요.

"죄송해요."

원래는 **아침에는 죄송했어요**, 라고 말할 생각이었는데, 그간의 모든 일을 망라하는 사과로 대신했어요. 미쳐서 죄송해요. 소리 질러서 죄송해요. 샌드위치 만드는 법을 알려 주지 않아서 죄송해요. 죄송하다는 말이 이렇게 쉽지 않아서 죄송해요.

폴은 제 얼굴을 물끄러미 보더니 피식 웃었어요.

"괜찮다, 애덤."

잠시나마 정말 괜찮다는 느낌이 들었어요. 폴은 제 어깨를 꽉 쥐었다가 놓고는 침실로 향했어요.

엄마가 옳았어요. 함께하는 식사는 의미가 커요. 폴의 형편없는 샌드위치조차도요.

41

6월 19일

동생이 태어날 때 저는 분만실에 없었어요. 속 깊은 폴이 대신 평계를 대 줬고 엄마는 어차피 주변에 누가 있든 신경 쓸 정신이 아니었죠. 저는 한동안 대기실에서 고약한 폴의 모친과 함께 앉아 있었어요.

그분은 선량한 노부인처럼 주위 사람들에게 첫 손주를 기다리고 있다고 말했어요. 다들 웃으며 축하한다는 둥, 좋으시겠다는 둥 덕담을 한마디씩 던지고 지나갔어요. 폴의 모친은 아무도 안 볼 때마다 한 번씩 저에게 표독스러운 시선을 던졌어요. 살아 있는 걸 죄스럽게 느끼라는 눈빛이었죠. 그런데 의외로 기분이 나쁘지 않아서 웃음으로 받아쳤어요.

"들리세요?"

제가 속삭이듯 물었어요.

"뭐가?"

그분은 누가 들을세라 주변을 살피며 대꾸했어요.

"천사들이요. 지금 또 노래 부르고 있잖아요. 너무 아름답지 않아요? 안 보이세요?"

그러고서 저는 사이코패스처럼 최대한 광기 어린 표정을 지어 보였어요. 니콜라스 케이지가 거의 모든 영화에서 짓는 표정 있잖아요.

그분은 그때부터 입을 꾹 닫았어요. 처음으로 제가 미쳐서 즐거웠던 순간이에요.

그건 그렇고, 제가 틀렸더라고요. 갓 태어난 아기들은 흉측한 살덩어리가 맞는데, 제 여동생은 달랐어요.

폴이 아기를 곧장 제 품에 안겨 줬어요. 너무나 앙증맞은 분홍빛 생명체.

마구 울어 젖히는 것도 잠시, 아기는 금방 감지했어요. 제가 누군지 바로 알아차렸죠. 그 순간 저는 분만실에서 이상한 냄새가 나는 거나 폴의 모친이 아들을 돌아보며 얼른 아기를 저한테서 떨어뜨려 놓으라고 손짓하는 것을 신경 쓰지 않았어요. 저는 엄청난 사실에 푹 빠져 있었어요. 제가 그 아이의 하나뿐인 오빠라는 사실이죠. 누군가를 그렇게 빨리 사랑하게 될 수 있다니 놀라워요.

폴의 모친은 아기가 폴을 똑 닮았다고 지껄였어요. 저는 기분이 좋아서 노망났냐고 묻지는 않았어요.

몇 시간 뒤 마야가 아기를 보러 왔어요. 아기를 안아 볼 생각은 없지만 딱히 거부감도 없는 눈치였어요. 그 정도 반응이면 아기가 천사 같았다는 뜻이에요. 마야는 아기 주먹에 손가락을 대고 웃었어요.

"이름이 뭐야?"

"사브리나."

마야도 그 이름을 마음에 들어 했어요. 너무 과하지도 부족하지도 않게, 딱 그만큼 사랑스럽게 자랄 것 같은 이름이죠.

사실 아기가 자라는 일은 별로 생각하고 싶지 않아요. 자라서 소녀가 되고, 또 언젠가 숙녀가 될 거라는 생각을 하면 왠지 불안해져요. 그와 함께 많은 게 변할 테죠. 저는 아기가 저를 바라보는 눈빛을 오래도록 기억하고 싶었어요.

드와이트도 병원에 들러 사브리나에게 분홍색 튀튀(발레 할 때 입는 주름 잡힌 스커트: 옮긴이) 입은 곰 인형을 선물했어요. 드와이트는 아기를 안고 꼬박 20분 동안 말을 걸었어요. 기저귀를 갈 때가 되어서야 겨우 엄마 품에 돌려줬죠. 드와이트는 갓난아기가 징그럽지 않은 모양이었어요. 그저 경이로워했죠. 쳇.

제 환각들도 방문했어요. 거슬리긴 했지만 그들은 피해를 끼치려는 게 아니었어요. 그저 엄마의 침상 뒤에 모여서 아기를 향해 우스꽝스러운 표정을 지어 보였어요. 물론 아기 눈에는 안 보일 테지만, 저는 그냥 내버려 뒀어요. 아무리 가짜라도 누군가의 즐거움을 망치고 싶은 기분이 아니었거든요. 그럴 힘도 없었고요.

새 약을 먹으면 환각이 바뀔지도 모른다고 생각했는데, 그렇지 않았어요. 달라진 건 레베카뿐이었죠. 누군가 창문을 닫거나 문을 열 때마다 가까이 있는 물건 뒤로 휙 몸을 숨겼고, 아기가 울음을 터뜨리면 바닥에 털썩 주저앉아 귀를 막았어요.

레베카에게 겁내지 말라고 말하고 싶었지만, 모두가 함께 있는 자리에서 그럴 수는 없었어요. 물론 레베카가 환영인 걸 모르지 않고, 요즘 먹는 약이 농간을 부리는 것이려니 하면서도 여전히 죄책감이 들었어요. 레베카는 많이 외로워 보였어요.

오늘 이안이 집에 찾아왔어요.

언젠가 올지도 모른다고 생각하긴 했어요. 무도회에서 제 영상을 띄워 그 사달을 낸 장본인이니 어떻게든 수습해야 한다는 압박에 시달렸겠죠.

문 앞에 선 녀석을 보자마자 주먹이 날아갈 뻔했어요. 사건이 벌어진 지 벌써 한 달이 지났지만, 여전히 화가 치밀었거든요. 제 손으로 그 낯짝을 짓뭉개고 우리 집 포치(건물 입구나 현관에 지붕을 갖춰 비를 피하도록 만든 곳: 옮긴이) 난간 너머로 떠밀고 싶었어요. 하지만 머릿속 한구석에서 어쩌면

이 상황이 환각일지도 모른다는 생각이 들었어요.

"뭐야?"

"사과하러 왔어."

종이 가방을 건네는 이안의 손이 불안하게 떨렸어요. 안절부절못하는 모습이 아주 낯설었는데도 환영이 아니라는 직감이 강하게 들었죠.

"그래."

"그래?"

"하라고."

제 말에 이안이 인상을 찌푸렸어요.

"뭘?"

"사과하러 왔다며? 아니야?"

"그럼 내가 왜 여기까지 왔겠어?"

그러고 보니 길가에 차 한 대가 서 있었는데, 조수석에 여자로 보이는 사람이 앉아 있었어요.

"엄마가 시켜서 왔냐?"

제가 턱짓으로 차를 가리키며 물었어요.

"아니. 아직 연습면허라서."

이안이 대답했어요. 저는 꽤 놀랐지만, 표정으로 드러내거나 왜냐고 묻지 않았어요. 녀석과 조금이라도 공통점이 있다는 사실을 인정하기 싫었거든요.

"그래서, 여기 온 진짜 이유가 뭐야?"

"미안하다고 말하고 싶어서."

이안은 약간 혈떡이듯 말했어요. 정말 불편해 보였죠. 저는 녀석이 쩔쩔매는 모습에서 약간 쾌감을 느꼈어요.

"그래. 아직 그 말 못 들었지."

저는 문간에 기댄 채로 먼 곳을 응시했어요.

"저기, 난 그냥 네가 나한테 창피 준 일을 복수하고 싶었어. 네가 어떤 약을 먹고, 어떤 상태인지는 전혀 몰랐어."

"하지만 내 병이 뭔지는 알았지?"

이안은 고개를 끄덕였어요.

"그런데 전교생 앞에 내가 무너지는 모습을 까발리는 게 재밌다고 생각했어?"

녀석을 패고 싶었던 욕구에 비해 제 목소리는 놀랄 만큼 차분했어요.

"아니. 그런 게 아니라—"

"새아빠는 널 고소하지 않을 거야. 내가 그러지 말라고 했어. 그게 걱정돼서 여기 온 거라면—"

"그래서 온 거 아니야."

이번에는 이안이 제 말을 끊고 제 눈을 똑바로 봤어요.

"그럼 뭔데?"

녀석이 움찔하는 모습에 저는 애써 입꼬리를 끌어 내렸어요.

"너한테 망신을 주고 싶었던 건 맞아. 맞는데, 그렇게 될

줄은 몰랐어. 병원에 실려 가는 상황까지는 바라지 않았다
고. 내가 너무 심했어. 미안해."

녀석의 목소리는 사과를 내뱉으며 기어들어 갔어요. 그
러고서 줄곧 어정쩡하게 들고 있던 종이 가방을 저한테 떠
밀더군요. 내용물을 보고는 입이 떡 벌어졌죠.

"쿠키? 설마 네가 구웠냐?"

어안이 벙벙했어요. 이안이 진심으로 미안하다는 걸 보
여 주려고 손수 쿠키를 구워 오다니요. 그건 제 앞에 무릎을
꿇고 용서를 비는 행위와 맞먹었어요. 차라리 녀석의 알몸을
마주하는 게 덜 당황스러웠을 거예요. 그리고 젠장, 웃음이
터질 것 같았어요.

"네 여자 친구가 그러랬어."

"아니, 뭐?"

저는 너무 놀랐어요.

바로 그때 드와이트가 길가에 자기 엄마 차를 세웠어요.
바퀴 테두리가 인도의 콘크리트를 긁으면서 시끄러운 소리
를 냈어요. 드와이트는 차에서 내리자마자 이안을 보고 한걸
음에 달려와 제 옆에 붙어 섰어요.

"앤 여기 왜 온 거야?"

드와이트는 이안을 무시하고 저한테 물었어요.

"사과하러 왔대."

저는 종이 가방을 벌려 드와이트에게 쿠키를 보여 줬어

요. 드와이트는 가방에서 쿠키 하나를 꺼내 이안을 노려보며 깨물었어요.

"그럼, 난 이만."

이안은 얼버무리듯 말하고 허둥지둥 자기 엄마 차로 돌아갔어요.

"이안."

녀석이 차 문에 손을 뻗는 순간 제가 불렀어요.

"고맙다."

녀석이 어색하게 고개를 끄덕였어요.

"야, 넌 앞으로 쭉 수영이나 해라. 이 쿠키는 개도 안 먹겠다."

드와이트가 덧붙였어요. 그러더니 이안이 차에 오르자 뻔뻔한 얼굴로 절 돌아봤어요.

"왜? 우린 같은 편이잖아."

나중에 마야에게 문자를 보냈어요.

나: 혹시 이안한테 쿠키 구우라고 했어?

마야: 원래는 지옥에나 가라고 했지. 눈에서 구더기가 끓고 겨드랑이에 거머리가 달라붙을 때까지 지옥에서 썩어 문드러지라고. 그래도 너한테 한 짓을 만회하지는 못할 거라고.

나: 흠. 그렇다면 녀석이 헛다리를 짚은 것 같은데.

마야: 그리고 인간미가 조금이라도 남아 있다면 쿠키를 구워다 주면서 직접 사과하라고 했지.

아무리 그래도 쿠키라니 너무 뜬금없잖아요.

나: 왜?

마야: 첫째, 밸런타인데이에 네가 나한테 쿠키 준 걸 비하했잖아. 선물 사 줄 돈도 없냐면서.

기억났어요.

마야: 그리고 둘째, 쿠키를 만들면서 널 생각할 테니까.

나: 음…… 그건 좀 이상한데.

마야: 아니, 완벽하지. 쿠키를 먹는 일은 아무나 할 수 있지만, 누군가를 위해 만들게 되면 그 시간 동안 그 사람에 대해 생각할 수밖에 없거든. 걔는 자기가 한 짓을 곱씹고 부끄러워해야 해.

나: 이해했어.

마야: 아직도 이상하다고 생각하지?

나: 어. 그나저나 구더기랑 거머리 발언은 끝내줬어.

42

6월 26일

《해리 포터와 혼혈 왕자》가 나왔을 때 욱했던 기억이 나요.
제 평생 그렇게 화가 난 적은 처음이었어요. 제 말은, 책을
읽다가요. 해리는 이미 충분히 고통받았잖아요.

그나마 책 결말부에 죽은 덤블도어가 다시 등장하죠. 기
억나세요? 아마 안 나시겠죠. 킹스크로스역을 배경으로 해
리의 환각 속에서 덤블도어는 해리에게 선택권이 있다고 말
해요. 그 뒤에 해리가 지금 이게 현실인지, 그저 자기 머릿속
에서 벌어지는 일인지 묻죠. 덤블도어는 이렇게 대답해요.
"물론 네 머릿속에서 벌어지는 일이지, 해리. 하지만 그렇다
고 현실이 아니라는 법은 없잖니?"

맞는 말 아닌가요? 제가 보는 걸 남들이 볼 수 없다고
해서 제 경험이 덜 현실적인 건 아니니까요.

현실이란 주관적이에요. 모두에게 현실이 아닌 건 얼마
든지 있잖아요. 예를 들면 고통. 그건 겪는 사람에게만 현실

이에요. 다른 사람은 그저 짐작할 수밖에 없죠.

제 동생은 현실을 헷갈릴 필요가 없어서 다행이에요. 상상의 동물과 싸우거나 존재하지 않는 사람과 대화하는 일은 없을 거예요. 그걸 제가 어떻게 아냐고요? 미치광이들은 서로를 알아보거든요. 아무도 가입을 원치 않는 비밀 클럽의 회원들처럼요. 우리는 우리와 닮은 사람을 가려낼 수 있어요. 그런데 사브리나는 아니에요.

박사님은 아마 사브리나가 더 클 때까지는 확신할 수 없다고 하겠죠. 저도 제 동생이 갓난아기인 거 알아요. 하지만 사브리나에게는 뭔가 단단한 구석이 있어요. 어쩌면 폴의 유전자를 물려받아서일지도 몰라요. 빈틈없는 성정을 타고난 거죠. 제 생각에 사브리나는 주변에서 자기가 멀쩡하기를 바란다는 걸 알고 있어요. 아기에게는 큰 부담일 테지만, 부디 그렇게 안 느꼈으면 해요. 가능하면 당분간은 사랑만을 느꼈으면 해요. 모두에게서, 특히 저에게서. 그 밖의 감정들은 차근차근 느끼게 되겠죠. 사브리나는 강한 아이라서 충분히 감당할 수 있을 거예요.

그들은 갈수록 즐거워하고 있어요. 제 눈에만 보이는 사람들이요. 저는 이제 그들을 환영이라고 부르지 않아요. 왠지 불공평하게 느껴져서요. 그들은 단지 몸을 갖지 못했을 뿐이에요. 그것도 '해리 포터'를 통해 배운 점이죠. J. K. 롤링은 빌어먹을 천재예요. 동의하지 않는 사람이야말로 미친 거예요.

만약 우리가 지금껏 상담을 이어 가고 있다면 박사님은 그들이 왜 즐거워하는지 물어보셨겠죠. 늘 그들을 궁금해하셨잖아요. 답하자면 아마 그들은 저에게 무슨 일이 일어나리란 걸 알기 때문에 신이 나는 것 같아요. 노인들이 무릎 관절로 비가 올 것을 예측하듯이요.

지금 루퍼트와 바질은 다리를 꼬고 앉아 아무도 못 듣는 농담에 낄낄거리고 있고, 갱 두목은 총을 들고 서서 문을 지켜보고 있어요. 불안해 보이는 사람은 레베카뿐이에요. 눈물이 그렁그렁한 눈으로 애원하듯 저를 쳐다보는데, 요즘 늘 그래요. 그때마다 저는 레베카 손을 잡고 다 잘될 거라고 말해 줘요. 심지어 근처에 다른 사람이 있더라도요. 제가 상상의 친구들을 털어놓았을 때 마야가 조언해 준 방법이죠.

"그럼 레베카가 너인가 보네? 근본적으로?"

마야가 몇 시간 만에 처음으로 제 컴퓨터 모니터에서 눈을 떼고 안경을 고쳐 쓰며 물었어요. 학교는 방학했지만 제 상태를 알게 된 뒤로 마야는 약물 임상 시험을 알아보느라 열심이에요.

"맞아. 근본적으로 나인 것 같아."

"지금 여기 있어?"

"어."

레베카는 마야가 제 책상에 앉아 있는 동안 벽에 대고

물구나무서기를 하고 있었어요.

"레베카가 불안해하지 않게 달래 주고 싶다면, 그냥 그렇게 해."

마야의 눈에 박힌 녹색 반점들이 평소보다 반짝였어요.

"주변에 사람들이 있으면? 날 이상하게 볼 거 아니야."

"레베카를 위로해 줄 수 있는 사람은 너뿐이야."

마야는 제 질문과 동떨어진 답을 내놓았어요.

"마야, 레베카는 진짜가 아니라고!"

저는 헛웃음이 나왔어요.

"레베카는 네가 필요해. 네 일부이기도 하고. 네가 통제할 수 없는 일로 널 괴롭히지 마."

마야는 대수롭지 않게 말했어요.

"레베카를 괴롭히지 말라는 뜻이겠지?"

"그게 그거잖아? 어쨌든, 레베카에게 괜찮을 거라고 말해 줘."

그러고서 마야는 이렇게 덧붙였어요.

"내가 곁에 있을 테니까."

저는 마야의 손끝을 잡고 미소를 지었어요.

"레베카는 운이 좋네."

"맞아. 넌 행운아야."

저는 마야를 바라보며 방금 들은 말을 마음에 새기고서 씩 웃었어요.

"초여름 날씨에 감기에 걸리고, 샌드위치 하나 주문하는 데 한 시간도 더 걸리는 널 사랑해. 날 바보 취급하며 쳐다볼 때 콧잔등에 작은 주름이 생기는 모습도——"

언젠가 마야가 가장 좋아한다고 했던 영화 속 대사를 읊자 마야가 키스로 막았어요.

"나도 사랑해."

마야는 부드러운 표정으로 제 얼굴을 쓰다듬으며 말했어요.

"이제 집중 좀 하게 입 좀 다물어."

누군가의 머릿속을 읽는 게 쉽지 않다는 걸 저도 알아요. 박사님처럼 매일 다른 사람의 머릿속을 들여다보다 보면 영향을 받지 않을 수 없겠죠. 그 고충 이해해요. 그렇지만 저는 박사님이 제 기록을 읽어 주셔서 다행이라고 생각해요. 사실 저로 살아간다는 건 꽤 외롭거든요.

이제껏 박사님과의 상담 시간이 제 인생의 지긋지긋한 걸림돌인 것처럼 굴었지만, 실은 그렇지 않았어요. 박사님도 마찬가지고요. 진심이에요.

박사님은 유능하세요. 비록 제가 모두의 기대처럼 호전되지는 않았지만, 박사님 탓은 아니에요. 그 누구의 탓도 아니죠. 박사님이 없었다면 훨씬 심각했을 거예요. 감사해요.

아, 그리고 제가 깜빡하고 얘기 안 한 게 하나 있어요.

저 콜럼버스 기사단 글짓기 대회에 응모했어요.

하하, 진짜로요. 퇴원하고 집에 오니 우편함에 신청서가 있길래 마지막 숙제라고 생각하고 제출했어요. 세인트 애거사로 돌아가진 않을 테지만, 그냥 재미 삼아서요. 심지어 마야한테도 얘기 안 했어요.

물론 그 멍청한 질문, "가톨릭교회의 진정한 메시지는 무엇인가?"에 답했어요. 세인트 애거사에서 배운 바를 그대로 옮겼죠.

예수님은 당신을 사랑합니다
호모가 되지 마세요

그 우문우답을 읽고 루퍼트와 바질은 한바탕 웃음을 터뜨렸어요. 장하다는 듯이 제 등을 찰싹 때리기까지 했죠.

그게 제가 쓴 전부였어요. 망할, 말린 자두처럼 쪼글쪼글한 심사 위원들의 얼굴을 못 봐서 아쉽네요. 그 노인들이 학교에 보고한다 해도 수녀들은 그저 제가 정신병을 앓는 애니 기도해 달라고 말할 거예요. 참고로 저는 '정신병'보다 '광증'이란 말을 선호해요. 좀 더 근엄하게 들린달까.

오늘 오후에 제가 깜짝 방문했을 때 너무 놀라진 않으셨죠? 오해하지 않으셨으면 하는데, 제가 입을 연 건 자포자기해서가 아니에요. 박사님께 반항할 이유가 없다는 걸 이제

307

야 깨달았기 때문이에요. 더는 박사님의 도움이 필요 없는 척, 너무 망가진 척할 이유가 없다는 걸 말이에요.

물론 제가 오늘 한 말은 고작 "좋은 소식이에요. 전 아직 미쳤으니 박사님 일거리가 줄지는 않았어요"뿐이지만, 아시죠? 천 리 길도 한 걸음부터인걸요.

아아, 모험이 저를 부르네요, 박사님. 그동안 즐거웠어요.

농담이 아니고요, 멀리서 기적 소리가 들리거든요.

그럼 수요일에 뵐게요?

작가의 말

저는 의학 전문가가 아니고, 토자프렉스라는 약은 실재하지 않습니다. 이 이야기는 조현병에 관한 학술 자료에 근거했으나 애덤이 겪는 환영과 환청을 묘사하기 위해 많은 상상력이 동원되었습니다. 애덤의 경험은 허구지만 조현병은 전 세계 수백만 명이 겪고 있는 심각하고 복잡한 정신질환입니다. 중요한 것은 이 질환과 싸우는 사람들 대다수가 폭력적인 성향이 없고 타인에게 위험하지 않다는 점입니다. 이 질환은 다양한 방식으로 나타날 수 있으며, 현재 확실한 치료제는 없지만 긍정적 효과를 불러올 수 있는 다양한 치료법이 있습니다.

만약 여러분이 정신질환에 시달리고 있고 대화할 사람이 필요하다면 상담 전화로 도움을 요청하세요.

대한민국 심리상담 핫라인:
정신건강상담전화 1577-0199

청소년상담전화 1388

자살예방상담전화 1393

도움이 필요할 때 손 내미는 것을 두려워하지 마세요.
당신은 혼자가 아닙니다.

양철북 청소년문학 3

화장실 벽에 쓴 낙서

1판 1쇄   2021년 12월 13일
1판 2쇄   2023년 6월 1일

글쓴이   줄리아 월튼
옮긴이   이민희
펴낸이   조재은
편집   구희승 김명옥 김원영
디자인   육수정
마케팅   조희정

펴낸곳   (주)양철북출판사
등록   2001년 11월 21일 제25100-2002-380호
주소   서울시 영등포구 양산로 91 리드원센터 1303호
전화   02.335.6407
팩스   0505.335.6408
전자우편   tindrum@tindrum.co.kr
ISBN   978-89-6372-386-0 (03840)
값   13,000원

잘못된 책은 바꾸어 드립니다.